〔日〕吉田修一 著

王华懋 译

人民文学出版社
PEOPLE'S LITERATURE PUBLISHING HOUSE

著作权合同登记：图字 01-2017-3762 号

Original Japanese title: AKUNIN
Copyright © 2007 Yoshida Shūichi
Japanese edition published by Asahi Shimbun Publications Inc.
Simplified Chinese translation rights arranged with Asahi Shimbun Publications Inc.
through The English Agency (Japan) Ltd.

图书在版编目(CIP)数据

逃离/(日)吉田修一著；王华懋译. —北京：
人民文学出版社，2017
ISBN 978-7-02-013108-2

Ⅰ. ①逃… Ⅱ. ①吉… ②王… Ⅲ. ①长篇小说
-日本-现代 Ⅳ. ①I313.45

中国版本图书馆 CIP 数据核字(2016)第 170265 号

责任编辑：朱卫净　王皎娇
装帧设计：钱　珺

出版发行	人民文学出版社
社　　址	北京市朝内大街 166 号
邮政编码	100705
网　　址	http://www.rw-cn.com
印　　制	山东德州新华印务有限责任公司
经　　销	全国新华书店等
字　　数	237 千字
开　　本	890×1240 毫米　1/32
印　　张	11
版　　次	2017 年 11 月北京第 1 版
印　　次	2017 年 11 月第 1 次印刷
书　　号	978-7-02-013108-2
定　　价	48.00 元

目 录

第一章　她想见谁？　　　　　1
第二章　他想见谁？　　　　　67
第三章　她邂逅了谁？　　　　135
第四章　他邂逅了谁？　　　　202
最终章　我邂逅的恶人　　　　273

第一章　她想见谁？

　　国道二六三号线连接福冈市与佐贺市，全长四十八公里，南北跨越脊振山地的三濑岭。

　　国道的起点是福冈市早良区荒江十字路口。此处并无特别稀奇之处，但这片土地从昭和四十年代起，便逐渐发展成福冈市的市郊住宅区，周围林立着许多中高层公寓，东侧则耸立着巨大的荒江集体住宅区。此外，早良区也是福冈的文教区，荒江十字路口的半径三公里内就有福冈大学、西南学院大学、中村学园大学等著名大学，可能也因为有许多学生在此生活，行经十字路口的行人，以及在站牌等候巴士的乘客，即使是上了年纪，看起来也都朝气蓬勃。

　　以荒江十字路口为起点，沿着亦称为早良街道的二六三号线笔直南下，街道沿路有大荣超市、摩斯汉堡、7-11，以及招牌上大大地写着"本"①字的郊区型书店。不过，若仔细观察便利商店，即可发现，离开荒江十字路口后，起初的便利商店入口仍紧邻马路，但是，过了野芥的十字路口，店门前逐渐出现停放一至二辆车子的停车格；到了下一家，则能停放五六辆车子，再到下个便利商店，停车场的规模更扩大到能停放数十辆汽车。而来到与室见川相交的一

---

① 日文中的"本"字，为中文"书籍"之意。

带，便利商店就像个小盒子般，孤零零地坐落在能轻松停放数辆大卡车的空旷土地之中。

同时，从这一带起，原本平坦的道路缓缓倾斜，马路在须贺神社前大大地向右弯去后，沿线的民宅越来越少，只剩下刚铺好的柏油路及纯白护栏在前方引导，最后进入三濑岭的山路。

三濑岭这里，自古以来就不乏灵异传说。较早的江户时代初期，传说是山贼的据点；昭和时期也有一宗神秘事件，传说一名嫌疑人在佐贺的北方町杀害七名女子后，逃到此地。而最新的，也是来到这座岭口兜风试胆的年轻人当中最有名的传闻，则是过去在岭口有一间名为奇露洛村的民宿，一名住宿的旅客发了疯，杀害了其他旅客。

另外，虽然令人存疑，不过也有人宣称看到幽灵，目击地点大多在福冈县与佐贺县交界的三濑隧道出口附近。

这座三濑隧道人称"回声道路"，是一条收费道路。由于山路的急弯和陡坡很多，冬季难以行驶，为了解决这个问题，三濑隧道在一九七九年开始筹备兴建，于七年后——一九八六年开通。

一般车辆单程两百五十日元，大型车也只要八百七十日元，衡量金钱与时间，在行驶长崎到福冈路段的驾驶员当中，有不少人不行驶高速公路，而选择穿越这座山岭。

事实上，如果从长崎经高速公路到博多[1]，一般车辆单程也要三千六百五十日元，但是如果选择穿越三濑岭，就算支付隧道使用

---

[1] 福冈市内东半部街区。

费，也能节省将近一千日元左右。

但是，浓密的树林从左右两方覆盖住这条马路，就算在白天也是诡异万分；一到晚上，不管行驶得再快，感觉也像拿着一把手电筒踽踽独行在山上似的。

从长崎出发的车子，为了省钱而穿越这条山路时，总要行经长崎——大村——东彼杵——武雄，再经由高速公路"长崎自动车道"，从"佐贺大和"交流道下去。

这条东西横贯的长崎自动车道在"佐贺大和"交流道附近与另一条路交会，也就是以福冈市早良区为起点、穿越三濑岭而来的国道二六三号线。

直到二〇〇二年一月六日前，说到三濑岭，一般人只会想到那里有一条由于高速公路开通而老早被遗忘的山路而已。

若要列举它的特征：对卡车司机来说，这是一条省钱的山路；对游手好闲的年轻人来说，这是一个可疑的灵异景点；而对当地人来说，则是投入了五十亿日元经费建设巨大隧道而开通的县境山路，如此罢了。

然而，这一年，九州北部难得积雪的一月上旬，这条连接福冈与佐贺的国道二六三号线，以及连接佐贺与长崎的高速公路"长崎自动车道"，在如血脉般遍布全国的无数道路之中，宛如浮上皮肤表面的血管一般，从道路地图上浮现了出来。

这一天，住在长崎市郊外的年轻土木工人，因勒杀住在福冈市内的保险业务员石桥佳乃并涉嫌弃尸，遭到长崎县警方逮捕。

这起事件发生在九州难得积雪的日子，三濑岭封锁的隆冬夜晚。

◇

石桥理发店在 JR 久留米车站不远处。这天，二〇〇一年十二月九日星期日，尽管是假日，从早上起却未见半个客人上门。老板石桥佳男似乎想要招揽客人，穿着理发师的白色制服走出店外，来到北风呼啸的马路。妻子里子做好午餐，在店里用完餐后都已经过了一个钟头，店门外却仍飘荡着一股咖喱味。

从店门口的马路能远望 JR 久留米车站。站前的环形交叉口处，两辆等待载客的计程车已经停放了一个钟头以上。每当看到这块闲散的站前广场，佳男就心想：如果自己的店不是在 JR 车站前，而是在西铁久留米站前的话，生意会不会好些？事实上，连接福冈市内与久留米的两条路线几乎是平行的，但是 JR 特急单程是一千三百二十日元、二十六分钟，而西铁的急行虽然要花上四十二分钟，却只要半价以下，六百日元就能到福冈市内了。

所以是要省下十六分钟的时间，还是要省下七百二十日元的金钱呢？

佳男每次在店铺前看到一年比一年萧条的 JR 久留米站，就会忍不住心想：人们会因为七百二十日元而轻易地出卖十六分钟的时间吗？当然，并非每个人都是如此。例如同样姓石桥、久留米享誉全世界的普利司通轮胎的创业者——石桥家族，他们贵重的时间就不是这种小钱替换得了的。但是那样的人在这个城镇也只有一小撮，就像在十二月的星期日下午等待客人上门的自己一样，几乎所有的居民想要去福冈的时候，就算车站远了一些，还是会前往较便宜的西铁车站。

佳男曾经用JR与西铁的差别做了一个计算。如果把十六分钟换算为七百二十日元，一个人若活到七十岁，那么一生究竟值多少钱呢？佳男拿起计算器计算，看到上头显示出来的金额，他一开始以为自己算错了——结果竟然高达十六亿日元。他连忙重新计算，但得出来的金额还是相同。人的一生值十六亿日元，我的一生值十六亿日元。

这只是闲来无事乱按计算器所得到的金额，仅是毫无意义的数字，但是这个价钱，让生意逐年变差的理发店老板石桥佳男瞬间感到幸福。

佳男有个独生女，叫做佳乃，今年春天从短期大学毕业，并在福冈市内担任保险业务员。佳男说既然在同一个县内，而且薪水非固定薪、很不稳定，所以还是像读短大的时候一样，从自家搭乘西铁上班就好。他反对了两个星期，但佳乃坚持说"公司有房租补贴，而且要是住在家里，无法投入工作"，最后还是搬到公司在办公地点附近承租的公寓去了。

但或许那也不是原因。佳乃搬到博多之后，几乎再也不回家了。就算打电话叫她周末回来，她也冷冷地回绝说要接待顾客，没办法回家。佳男想，那么这次过年总该回来了吧？没想到前几天妻子竟告诉他："这次过年，佳乃说要和公司同期的同事去大阪，不回来了。"

"去大阪？去干什么！"佳男对妻子怒吼。

可是妻子似乎早已预料到他的反应，回答说："就算你吼我，我也不知道啊。她只说一群女同事要去环球什么城的。"说完匆匆走到厨房准备两个人的晚餐了。

"这么重要的事，你怎么到现在才告诉我？"

佳男又朝着妻子的背影吼道，妻子一边将酱油倒进锅子里，一边静静地说："佳乃都已经进入社会了，根本没有机会休假，难得有假，就让她自己爱做什么做什么吧。"

刚认识妻子时，她还是个几乎可荣获久留米小姐宝座的美女，但是生下佳乃之后，身上的脂肪日益囤积，现在已经与过去判若两人了。

"你什么时候知道的？"

他才这么一吼，店门就"当"地响了起来。佳男一面咂嘴，一面折回店里去。虽然妻子什么都没有说，但女儿一定是打电话来拜托："在我预约好机票之前，要跟爸保密唷。"而妻子一定是不耐烦地应道："知道啦，知道啦。"他可以想象出当时的情景。

进来店里的，是不久前还由母亲带来、住在附近的小学生，长得很可爱，就像个戴盔甲的日本娃娃般。可是不晓得是不是婴儿的时候母亲没怎么抱他，后脑勺扁得就像片断崖绝壁，教人发噱。

话说回来，这孩子还会来附近的理发店剪发，算是很好的了。等到他上了初中、高中以后，注重起打扮，就会说什么"想留头发"，或是"那家理发店剪得很土"，不肯再来，然后不知不觉中，就会在周末搭乘西铁去博多，到事先预约的时髦发廊剪发去了。

前些日子，佳男在市内的理发美发工会里这么提到，在一旁喝烧酒的莉莉美容院老板娘便插口说："男生还算好呢。像女生，别说是初中生了，她们现在从小学就去博多的沙龙喽。"

"你自己还不是从小就爱漂亮，哪有资格说现在的小孩？"

因为年纪相近，彼此不必客套，佳男这么揶揄。

"我们那个时候，博多还没有沙龙呢，都是自己拿发卷，在镜子前站上两三个钟头烫的。"

"圣子发型对吧？"

佳男笑道，在旁喝酒的几个人也拿着酒杯加入两人的对话："都二十年以前的事喽。"

以年代来说，佳男等人较为年长，不过松田圣子的确是从这个城镇展翅翱翔出去的。回想一九八〇年代初期的当时，佳男感觉现在已经暗淡无光的这座久留米小镇似乎又乘着她清亮的歌声，再次闪耀发光。

佳男年轻的时候去过东京一次。他在当时组了一支技艺拙劣的摇滚比利乐团，和团员一起涂满了发油，搭乘夜间电车到原宿的步行者天国[①]参观。

第一天，他们完全被拥挤的人潮给吓傻了，但是第二天他们就习惯了人潮。佳男还记得，可能出于乡下人的自卑感和焦躁感，最后竟对在步行者天国跳舞的男人找碴闹事。但东京的年轻人听到他

[①] 在一定时间内禁止车辆通行，完全开放给行人使用的特定路段。日本于一九七〇年首度于东京银座、新宿等闹区实施，成为一般人发表歌唱、舞蹈等才艺的地方，孕育出许多流行文化。

们操着九州口音的狠话，面色不改地说："喂，你们很碍事呀，可不可以滚一边去？"此外，他还回想起他们走在六本木的街道上寻找旅游手册上的酒吧，鼓手政胜感慨地说："松田圣子真的好厉害！她离开久留米，在这种地方成功了。"佳男到现在都还忘不了这句话。仔细想想，就是在那次旅行回来之后，当时尚未结婚的里子告诉他已经怀上了佳乃。

不知道是不是在店头等待客人发挥了效果，这天到了黄昏，客人突然络绎不绝地进门来。第一个来的男客住在附近，去年刚从县政府退休，因为有退休金和养老金，不必担心退休后的生活。或许是因为这样，最近他一口气买了三条要价十万日元的迷你腊肠狗，就连来理发的时候，双手都抱着那三条狗。

佳男把三条吵闹的狗系在店门口，修剪这个男子日渐稀疏的头发。这时，住在附近的小学生过来了。小学生也没打招呼，一进店里就坐到后面的长椅上，读起带来的漫画。霎时间，佳男犹豫着要不要叫妻子来剪，但是想到腊肠狗的主人快剪好了，便对冷漠的少年说："这边快剪好了，你再等等啊。"妻子和佳男结婚之后，进入博多的专门学校，取得理发师执照，两人原本梦想将来再开一家店，但是八十年代的景气立刻被阴影笼罩，不仅如此，三年前母亲因为脑血栓过世之后，妻子竟说出教人发毛的话来："我一碰到别人的头发，就有一种摸到尸体的感觉。"最近她连店里都不肯进来了。不过生意好的时候挡也挡不住，就在佳男为县政府退休的客人刮胡子时，第三个客人来了。佳男实在没办法，出声朝店里面叫唤，想请妻子出来理发，却传来不甚高兴的声音："我正在忙！"

"忙什么？客人在等啊！"

"我在给虾子清肠泥啊。"

"什么虾子的肠泥，等一下再弄不就好了！"

"可是现在先弄比较……"

妻子的话还没说完，佳男已经死了心。镜子里，去年刚从县政府退休的男子在目瞪口呆地微笑。可能之前也在这里听过类似的对话吧。

"不好意思啊，请你再等等啊。"

佳男对背后的小学生说道。小学生也不在意，专心看着漫画。

"理发师的老婆还这样，一点用都没有。"

佳男重新拿好剪刀，咂了咂嘴，客人在镜中与他对望，说："……我家的也是，我只是拜托她遛个狗，她就生气地对我大吼：'你完全不知道做家务有多辛苦！你以为我是女佣还是什么！'"说完还吐了吐舌头。

听到客人的话，佳男客套地笑了笑，但是靠养老金生活的人拜托妻子遛狗，与理发师拜托妻子帮客人理发，根本不能相提并论。

这天十分稀奇的是，客人竟接踵而至。直到七点打烊为止，包括染白头发的客人在内，总共来了八个客人。仿佛每个月一次的常客一口气都过来了似的，忙得不可开交。虽然想叫妻子帮忙，但她清完虾子的肠泥后，马上就出门买东西去了。

这一天，送走最后的客人后，佳男清扫地板上散乱的头发，心想：就算不是每天也好，至少一星期有个一天这样的日子的话，该有多好。由于理发时一直站着，脚和腰都濒临极限快撑不住了，但

9

是代替收银机使用的老旧皮革钱包里塞满了一千日元钞票，钱包已经十年以上没有这么饱满的触感了。

佳男关上店门，来到起居间，妻子正在和女儿通电话。佳乃勉强遵守着至少每星期天晚上要打一通电话回家的约定。但是佳男看着妻子和女儿通电话，不是关心她们聊天的内容，而是忍不住担心起电话费来。数个月前，女儿退掉了小灵通，买了新的手机。佳男好几次告诉她，说房间里有室内电话的话，就用室内电话打，女儿却说手机拿着讲比较方便，老是用手机打电话回家。

◇

此时，佳男的独生女——石桥佳乃，正在福冈市博多区千代的平成寿险所承租的公寓"费莉博多"的一室里，一面漫不经心地虚应着母亲说"常客带来的迷你腊肠狗好可爱"的话，一面补涂指甲油。

"费莉博多"里约有三十间单人房，住的全是平成寿险的女性业务员。它与一般公司管理的宿舍不同，并没有餐厅和宿舍规定，住的人虽然上班地点不同，但毕竟是同一家公司的职员，经常隔着阳台聊天，每天晚上也总有几个人拿着罐装果汁聚集在中庭的小凉亭里热闹地谈天说笑。

房租由公司补助三万日元，入住者再支付三万日元。房间里头有卫浴设备和小厨房，为了节省餐费，不少人会集合在朋友的房间一起料理晚餐。

由于母亲一直讲腊肠狗的事，没完没了，佳乃终于忍不住打断她的话说:"妈,我要跟朋友去吃饭了。"

母亲分明刚打电话来时就已问过,却好像这才发现女儿还没用晚餐似的道歉说:"哎呀?是唷。对不起,对不起。"然后又硬是说"等一下唷,我叫你爸来听",拿开了话筒。

佳乃心里觉得烦,走出阳台。从二楼的阳台望出去,就是中庭的凉亭,几个人在天寒地冻的户外开心地聊天。里头有个叫仲町铃香的女人,来自埼玉,可能是对自己完全没有地方口音相当自负,用压过众人的大嗓门谈论着无聊的电视连续剧情节。

佳乃要离开阳台回到房间里时,手机传来父亲的声音:"喂?"

"我要和朋友去吃饭了。"

佳乃先发制人,但是父亲好像也没有什么话对她说,也不像平常那般抱怨店里生意不好。"这样啊,出门小心点……对了,工作还顺利吗?"他难得心情很好。"工作?推销保险哪有可能一下子就拿到合同,我该走了,再见。"佳乃简短回答后便挂断了电话。

她完全不晓得这是她与父母最后的对话。

佳乃在公寓大厅等了一会儿,沙里和真子配合着彼此的脚步一起走下楼梯。她们三个人的上班地点都不同,但在这栋"费莉博多"里,跟佳乃最要好的就属她们两个。

沙里高高瘦瘦,真子有点矮胖,两个人并排走下楼来,高度相同的阶梯看起来也变得不一样高。

这一天,她们三个人白天一起去逛了天神的百货公司等,还不到晚餐的时间便回来公寓了。

沙里走下楼梯，耳垂已经戴上白天刚在三越的蒂芙尼买的心形耳环。为了买下这副两万多日元的耳环，沙里在店里犹豫了将近一个小时。

沙里一面考虑价钱，一面物色着其他款式的饰品。佳乃已经等得不耐烦，忍不住插嘴说：“犹豫的话，还是买经典款最好。”

佳乃若无其事地赞美沙里的耳环，脱掉感觉怪怪的长靴再重新穿上。长靴的鞋跟已经磨平，拉链都快坏了。而旁边两人穿的长靴也差不了多少。

佳乃起身问道：“要去哪边吃？”

"铁锅饺子如何？"难得表达意见的真子说。

"啊，我也有点想吃煎饺呢。"

沙里马上赞成，望向佳乃征求同意。

佳乃把手中的手机收进路易威登的 Cabas Piano 肩包里——这是她短大毕业的时候要父亲买给她的，然后取出同样是路易威登的钱包，半带叹息地确认里面只剩下不到一万日元的现金。

"还要去中洲，不会很麻烦吗？"佳乃应道。沙里从她的话里察觉有异，问道："你跟人家有约吗？"佳乃暧昧地偏着头。

"你是要去见增尾吗？"

沙里半惊讶、半怀疑地扬声盯着佳乃的脸看。"咦？你怎么知道？"佳乃闪躲问题，"可是，如果今天能见一下就好了。"她急急地说。

"那还是不要吃煎饺比较好吧。"

真子从旁插嘴说，语气相当迫切，佳乃忍不住笑了。

从"费莉博多"走到地铁千代县政府前站，不用三分钟。不过途中的路线紧临东公园，树林茂密，白天的时候还好，但町内会的公告栏上张贴了公告，警告民众尽量不要在晚间单独经过。

东公园是附设于福冈县政府的公园，里面建有龟山上皇的铜像。广大的公园里，坐落着祭祀惠比须神的十日惠比须神社以及史料馆等建筑物，但是日暮以后，整个公园仿佛就成了一座郁郁苍苍的森林。

三人走向车站的途中，佳乃把增尾圭吾几天前发给她的电子邮件拿给沙里和真子看。

"环球影城！我也想去！可是过年的时候人一定很多。好吧，我要去睡了，晚安。"

沙里和真子轮流读完邮件之后，无不发出羡慕万分的叹息声。

"他这是不是在邀你一起去环球影城啊？"真子个性直爽，读完邮件后，羡慕地对佳乃说。

"是吗？"佳乃暧昧地微笑，于是这次换沙里插嘴了："如果你主动邀约，增尾一定不会拒绝的。"

增尾圭吾是南西学院大学商学部的四年级学生。据说家里在汤布院经营旅馆，在博多车站前租了一间大公寓房居住，并且拥有一辆奥迪A6。佳乃等人在今年——二〇〇一年十月中旬左右，在天神的酒吧结识了增尾。她们三人是碰巧去那家酒吧的，增尾和他的朋友正在里面喝酒喧哗，邀她们一起玩射飞镖，结果一直玩到将近午夜。

那天晚上，增尾向佳乃要了电子信箱，这是事实。但是，佳乃

13

说他们后来约会了好几次则是骗人的。

"等一会儿你不是要跟增尾见面吗？到时候约他看看呀？"

刚才被问道"你和谁有约吗"的时候，佳乃支吾其词，所以两人深信佳乃等一会儿一定是要去跟增尾见面。

佳乃像要逃离沙里的视线，再三地说："今天真的只是见一下面而已。"

三人的脚步声仿佛被万籁俱寂的东公园的黑暗给吸了进去。

抵达车站之前，三人一直在聊增尾圭吾。公园旁的道路很阴森，但是三人的声音很开朗，让人感觉路灯的数量变得比平常还多。

抵达地铁车站，搭车前往天神的途中，三个人还是在聊增尾圭吾，诸如：他长得像哪个艺人，或是在网络上查到他家开的旅馆附有露天温泉。

在天神的酒吧认识增尾的时候，增尾只向佳乃一个人要了电子信箱，让佳乃感到得意，所以当沙里问她"增尾写邮件给你了没"时，那种得意使得她不由得扯谎说："嗯，有啊，我们这个周末要见面。"那个周末，沙里和真子两人仔细地打点佳乃的服装和发型，热热闹闹地把她送出公寓。不经意的小谎言变得一发不可收拾，那天佳乃只好搭乘西铁回老家，打发时间。

但是在天神的酒吧邂逅以来，佳乃与增尾也不是完全没有联络。只要佳乃写邮件过去，增尾就一定会回邮件。佳乃说："真想去环球影城看看。"增尾便回邮件说："我也超想去的！"语尾还加了惊叹号。可是，事情并不会就这样发展成"那我们一起去"。他们虽然发过几次电子邮件，但是自从在天神的酒吧认识以后，佳乃一次都没有见过增尾圭吾。

　　进入中洲的铁锅饺子店之后，三个人依然继续谈论增尾。桌上摆着卤鸡翅、马铃薯沙拉和主餐煎饺，三个人喝着生啤酒，真子由衷羡慕佳乃交到男朋友，而沙里则半带嫉妒地忠告佳乃小心增尾花心。

　　"佳乃，时间来得及吗？"

　　听到真子这么说，佳乃望向店里的挂钟，油光闪闪的玻璃底下，时针已经指着九点了。

　　"没关系啦，他晚一点也跟朋友有约，只能见一下下而已。"佳乃回答。真子立刻叹息说："哇，就算只有一下下，还是会想见面呢。"佳乃也不想更正真子的误解，只是耸了耸肩说："我明天也要上班啊。"

　　这天晚上，佳乃实际上约好要见面的对象，并不是增尾圭吾。由于增尾迟迟不来邮件，佳乃感到焦急，为了排遣无聊，她忍不住上了交友网站。她等一下要见面的对象，就是在那里认识的一名男子。

　　正当佳乃与沙里、真子在中洲的铁锅饺子店用餐，大聊特聊增尾圭吾的时候，距离约十五公里远的三濑岭转角处，那名男子正紧急转弯，把车子停在满地沙砾的路肩。这条山路称之为国道，实在是太过荒凉了。

15

地上的白线浮现在车子的卤素灯中，一瞬间看来像条蠕动的白蛇。白蛇像要绑紧山路似的延伸出去，被紧紧绑住的山岭挣扎身子，山中的树木仿佛因此摇曳。

若是背对这条山路走去，在昏暗的一片漆黑当中，可以看见远远张开大口的三濑隧道出口。相反，顺着山路下山，博多的市镇便逐渐扩展在眼前。

车子停在路肩，卤素灯把灰尘和前方的草丛照得一片苍白。一只飞蛾穿过光圈离去。

从佐贺大和交流道一直到这里，全是连续而陡急的山路弯道。因此，每当转弯，放在仪表板上的十日元硬币就跟着左右移动。

这枚十日元硬币，是进入山路前绕去加油站加油找的零钱。他平常总是三千日元、三千五百日元地加油，可因车门另一头的年轻女员工长得很可爱，他忍不住打肿脸充胖子地说"98号汽油，加满"，花了五千九百九十日元。用一千日元钞票付完账之后，他的钱包里只剩下一张五千日元钞票了。

加油站的女员工双手抓着粗壮的加油枪，插进注油孔。男子目不转睛地从车外后视镜盯着她的动作。加油的时候，女员工绕到车子前面，擦拭着挡风玻璃。十二月初旬，夜风相当寒冷，女子的脸颊冻得红通通的。街道两旁都是煞风景的田园，只有这家加油站明亮得宛如白昼。

"星期天我跟朋友约好一起吃饭，如果晚一点的话……"

"晚一点也没关系。"

"可是宿舍的门禁到十一点……"

数天前，通过电话传来的佳乃的声音在耳边复苏。

男子名叫清水祐一。他住在长崎市郊外，二十七岁，是个土木工人，接下来正要去见石桥佳乃。他在上个月和佳乃见过两次之后，就一直联络不到她。

祐一和佳乃约在晚上十点，就算加上下山的时间，也完全来得及。地点是上次载她回去的市内东公园正门前。他记得从停车的地方看得见公园里巨大的铜像。

祐一打开车门，只把脚伸出驾驶座外。这辆车的车身改造得较低，脚可以完全踩住地面。

要是在这里抽支烟，就能打发掉一点时间，只是，祐一没有抽烟的习惯。工作的时候，一到工地的休息时间，其他工人都抽起烟，而祐一经常无事可做；不过比起抽烟，他觉得闭上眼睛消磨时间更能够解闷。

他感觉到车内温暖的空气流到外面。

远处看得见隧道出口，除此之外，看不到其他有色彩的物体。不过，笼罩着山路的黑暗也有许多色彩，像是山岭接近紫色的黑、藏在云间的月亮周围明亮的黑，以及覆盖住近处草丛的漆黑。仔细观察的话，仍看得出许多色彩。

祐一闭眼又张了一会儿眼，比较着盲目与现实的黑暗之间的不同，忽地，他看见两道小小的车灯从山坡爬上山路。车灯弯过转角消失，又出现在下一个转角。灯光虽小，却也照亮了白色的护栏与橘色的路口反射镜。

此时，隧道中驶来一辆小型卡车，转眼间通过祐一眼前。车子一离去，强烈的家畜臭味随之而来。乍然混进山间清澈空气里的家畜臭味，就像水母般紧紧咬住祐一的鼻子。

祐一为了摆脱臭味，关上车门，放倒车椅躺下。他从口袋里取出手机查看，但没有佳乃的邮件。他又打开相机功能，佳乃的内衣照片显现出来。虽然没有拍到脸，但肩上的一颗小痘子拍得一清二楚。

为了拍下这张照片，祐一被佳乃索求了三千日元。

"等一下，不要拍啦。"

在博多湾海埔新生地上的爱情宾馆里，祐一拿着手机镜头对准佳乃的时候，佳乃立刻用白衬衫掩住了胸口。原本打算要穿而拿起的衬衫，慌忙之下似乎抓得太用力，她明显露出不悦的表情说："等一下，你看，衣服都弄皱了啦！"

爱情宾馆房内，似乎只是直接在水泥墙上糊上壁纸，感觉令人窒息。三小时要价四千三百二十日元，室内铺着廉价地毯，摆了一张铁管双人床，虽然有弹簧床垫，但不知道为什么，上面又铺了一条比床垫小一号的和式垫被。房间里有一道无法开关的上下拉窗，外头不是港口的风景，而是都市高速公路的高架桥。

"让我拍一张嘛。"

祐一不死心地低声要求，佳乃失声笑道："你白痴啊？"比起祐一，她似乎更介意弄皱的衬衫。

"一张就好，我不会拍到脸。"

祐一跪坐在床上，苦苦哀求。佳乃一瞬间抬眼望他，不耐烦地问："拍照啊……你要给我多少？"

祐一身上只穿着内裤。脱下来的牛仔裤掉在床下，装着钱包的后口袋高高隆起。

祐一沉默不语，佳乃说："三千日元就好。"她已经不再遮掩胸口。

祐一用拇指摁下按钮。"啪"的一声，一道清脆的声响，半裸的佳乃就这样留在手机里。

佳乃立刻跳上床来，吵着要看照片。她确认没拍到脸后，说："我真的得走了，门禁时间快到了。"她下了床，穿上白衬衫。

从宾馆的停车场远眺，就是福冈铁塔。祐一伸长了脖子望着，佳乃催他："喂，快点啦。"

"你去过福冈铁塔的观景台吗？"祐一问。

佳乃不耐烦地答道"小时候去过"，扬扬下巴，催促祐一快上车。祐一本来想说"那看起来好像灯塔"，但是佳乃早已坐上副驾驶座了。

◇

"如果这次过年要跟增尾去环球影城，至少也要住上两晚吧？"

佳乃一面从铁锅里夹出冷掉的煎饺，一面说道。

她和清水祐一约定十点，但店里的时钟已经指着十点了。

"佳乃，你去过大阪吗？"真子问道，她喝了两杯生啤酒，一张脸变得红通通的。

"我没去过。"佳乃摇摇头说。

"我也没去过，不过我有亲戚住在那里。"

真子平常话不多，但一喝醉就变得饶舌。她平常讲话有点大舌头，一旦喝醉，声音就变得像在撒娇，和男生联谊的时候，总是让女生觉得碍眼。

"我也没出过国……"

真子斜坐在坐垫上，手肘顶着桌子说，于是佳乃答道："我也还没有出过国。"

"哪像沙里，她去过夏威夷呢。"

沙里离席去上厕所，真子也不是特别羡慕地望着空掉的坐垫说道。

真子这种恬淡无欲的个性，有时候让佳乃很受不了。她觉得真子在说自己的事的时候，总是有那么一句"反正我"的开头语。

佳乃、真子以及现在去厕所的沙里，在公寓里确实是公认的三个好朋友。虽然不到"总是"的地步，但她们经常聚在其中一个人的房间里共用晚餐，有时候也会霸占中庭的凉亭，谈笑到日落。业绩都不好这一点，也加深了三个人的关系。刚进公司的时候，个性好强的佳乃与沙里两个人也曾经彼此竞争每个月的业绩，但是当两边都拉完亲戚朋友的保险之后，转眼间就干劲全失了。包括原本就没什么推销能力的真子在内，她们三个人最近到公司参加完早会之后，就放弃毫无意义的外勤拉保险工作，而常溜去看电影。

说起来，佳乃与沙里是因为有个性悠哉的真子这个缓冲才能相处在一起。

"如果增尾真的答应要去环球影城，真子要不要一起去？"佳乃说。

沙里还没有从厕所回来。

"我？"

真子在桌上托着腮帮子，有些吃惊地抬起下巴。

"我叫增尾约上其他朋友，四个人一起去吧。那种地方，人多比较好玩吧？"

这个时候，佳乃和增尾根本没有约好要去环球影城，但是佳乃或许是借由把别人卷进自己幻想的计划里，想沉浸在仿佛美梦逐渐成真般的甜美兴奋中。而且就算说谎骗了真子，事到临头再告诉她"增尾突然有事不能去了，可是票很浪费，我们两个一起去吧！"也无妨。当然，最好是能够和增尾两人一起去，但是就算只能跟真子去，佳乃也想在这次过年到环球影城看看。

"可是，不约沙里好吗？"

真子不安地望着佳乃的双眸。

"可是，增尾好像不太喜欢沙里哩。"佳乃故意压低声音说。

"真的假的？在酒吧的时候，他们看起来很要好啊。"

"不要告诉沙里哟，要不然她很可怜。"

佳乃故作严肃地说，真子认真地点头。

当然，说什么增尾讨厌沙里，都是骗人的。只是，不管说什么，真子都会信以为真，所以佳乃有时候会撒些无伤大雅的小谎，看真子的反应取乐。

安达真子，出生于熊本县人吉市，为家中独生女，父亲是贩卖二手车的业务员，母亲则在同一家公司兼差。真子就像在夫妻和睦的家庭中成长的女孩，工作对她而言只是暂时的，她希望短大毕业后尽快结婚。她从小就不是主动结交朋友的类型，而是等待别人来挑选的被动性格。尽管如此，高中毕业以后，她还是决定进入福冈的短大就读，也不管有没有认识的朋友，就这么入了学。结果那是一所女子高中直升短大的大学，她在里头成了孤单一人。真子非常想要回人吉去，而家乡却没有工作。无可奈何之下，她只好进入平成寿险就职，搬进公司承租的公寓，总算结交到佳乃和沙里两个朋友。和高中时代的朋友相比，两个人都有点时髦，但是真子还是松了一口气，心想这下子在找到结婚对象之前，就不会感到寂寞了。

"对了，上次我在中庭被仲町铃香叫住哩。"

马铃薯沙拉的小黄瓜贴在小钵里，真子灵巧地用筷子夹起来，忽然想起来似的说。

"什么时候？"

佳乃想起铃香在中庭的凉亭里自傲地用东京口音说话的模样，表情有些难看地反问。

"大概三天前。她问我说：'我听沙里说增尾跟佳乃在交往，是真的吗？'喏，仲町铃香不是有个朋友跟增尾是大学同学吗？"

分明在意的说话口气，真子反而一脸不感兴趣，清脆地嚼着马铃薯沙拉里的小黄瓜。

"那你怎么回她？"佳乃故作镇静地反问。

"我跟她说'大概'……"

可能是佳乃的口气很凶，真子有点害怕地停止咀嚼小黄瓜。

正好这个时候，沙里从一楼的厕所回来了。

"咦？什么？你们在讲什么？"

沙里一面脱靴子，一面出声问。

像这种有包厢的店，通常会准备客用拖鞋让客人上厕所的时候换穿，但是沙里一定得穿自己的鞋子去。她说她有洁癖，和别人共享鞋子会觉得不舒服，但是佳乃一直怀疑她的说法。佳乃望着真子又伸筷夹马铃薯沙拉，说："说到仲町铃香，她好像喜欢增尾呢，所以她才会仇视我。"

这完全是佳乃不由自主的信口开河，但似乎能够发挥出意想不到的牵制效果。就算铃香从她和增尾同校的朋友那里听到什么，她所说出来的事实，也会因为佳乃刚才的谎言，变成出于嫉妒的逞强话。

沙里脱下靴子，进了包厢，立刻追问佳乃编出来的谎话："真的吗？"沙里的这种个性，让佳乃无论如何都无法相信她真的有洁癖。如果佳乃在公寓房间吃面包，沙里就会立刻伸手讨着要："给我一口。"而且有时候还会一块手帕连续用好几天都不换。沙里说，她以前有个高中时代一直交往的男朋友，但是佳乃有一次偷偷对真子说，那可能也是骗人的，她怀疑沙里其实还是个处女。

事实上，沙里今年二十一岁，还没有与男人共度良宵的经验。她对佳乃和真子撒谎说："短大的时候，我没有和任何人交往，可是高中的时候，我跟一个篮球社的男生交往了三年。"沙里就读的高中的确有这样一个男生，但他不是与沙里交往，而是和别的女生交往了三年，可以说是沙里暗恋了人家三年。但是沙里现在来到了福冈，没有人知道她的过去，所以她趁机捏造这段事实，将唯一一张运动会时拍下的两人合照拿给佳乃和真子看。

真子看到那张照片，坦率地感叹道："哇，好帅哟！"这句话让沙里分不清谎言与现实的界线。

每当真子夸赞"好帅，脚好长，眼睛好大，牙齿好白"时，沙里就陷入一种仿佛自己被夸赞的错觉。事实上，沙里正是喜欢那个男生的这些地方，真子这么一夸，她就觉得好像被这样一个男人深爱了三年。

不管是"费莉博多"还是营业处，都没有人认识高中时代的沙里。只要她不说，过去的自己要怎么改写都行。沙里在福冈找到了新的乐趣：创造出理想的自己。

可是，就算骗得过老实得像傻瓜的真子，一旁的佳乃也总是露出狐疑的眼光。事实上，当沙里第一次拿出运动会照片的时候，真子由衷地发出欢呼，一旁的佳乃却说："那你打个电话给他嘛。"

沙里当然拒绝，说两人已经分手了，佳乃却追问："可是，对方还喜欢着你不是吗？因为你要搬来福冈，他才百般不舍地跟你分手的不是吗？要是你打电话给他，他不是应该很高兴吗？"佳乃仿佛嘲笑着困惑的沙里。

也因为这样，当沙里与佳乃两人独处的时候，沙里有时候会喘不过气来。和真子在一起的时候，自己可以是主角，但是和佳乃共处，沙里就有种内疚的感觉，仿佛全身穿戴了假名牌。不过若是在街上被男生搭讪，跟内向害羞的真子就不能尽兴地去玩，和佳乃一起的话，就变得大胆放纵，要男生请她们吃美食，一起唱卡拉OK，最后再撒谎说有门禁，挥挥手走人。

佳乃等三人转眼间就吃光了最后叫的一人份煎饺。她们已经吃了四人份，平均一个人吃了十三个。

佳乃在桌子底下伸直了腿，夸张地抚摸肚子说："吃太饱了，好不容易才瘦了一公斤哩。"沙里和真子也摆出相同的姿势，似乎也吃得很饱，"呼"地大口吁气。

佳乃拿起账单，将总额除以三，此时真子仰望墙上的时钟说："真的没关系吗？已经十点半了呢。"

佳乃霎时间弄不清她在问什么事情没关系，反问："什么？"

"什么什么，喏，你不是跟增尾……"真子纳闷地说。

这时候佳乃才想起来，她们两个仍然误会自己接下来要去见增尾。

"啊，嗯，我差不多该走了。"佳乃装出着急的样子，仿佛接下来真的要去见增尾。

事实上，刚到十点的时候，佳乃本来想传邮件给祐一，说她会晚到，不过那时候她正忙着讲仲町铃香的坏话，才忘了联络。

祐一缠着说想见她，她才不得已答应。祐一说"我想把之前的钱还你"，如果真的只有这样，只需要五分钟就搞定了。

佳乃把账单上的金额除以三，告诉两人金额。煎饺一人份四百七十日元，马铃薯沙拉五百二十日元，加上卤鸡翅、沙丁鱼明太子、生啤酒等等，总计七千一百日元，一个人两千三百六十六日元。佳乃说出这个数字，沙里和真子便从钱包里拿出刚刚好的零钱，摆到桌上。等她们拿钱的时候，佳乃从皮包里取出手机，检查了一下邮件。虽然有几则邮件，不过都不是约好的祐一传来的，当

25

然也没有增尾发来的邮件。

◇

　　约好的十点已过了五分钟，清水祐一犹豫着该不该传邮件给佳乃。

　　车子已经停在东公园前面的马路上，引擎熄火，就像其他停在林荫路上、一小时两百日元的停车格的车子一样，仿佛已经在这里停了好几天。

　　尽管旁边是JR吉冢站，但过了晚上十点，公园旁的马路已没什么车子行经，偶尔转弯过来的计程车车灯会照亮并排在停车区的车列。

　　车灯照亮的每一辆车子里，驾驶座都没有人影。只有恰好停在公园正门前的一辆车子，驾驶座里浮现出祐一在工地晒黑的脸。

　　佳乃的确说的是"东公园的正门前"。她说和朋友约好一起吃饭，十点就会过来。

　　祐一想要开车绕公园一圈，不过绕过公园后，要穿过公园后面的小巷子，得花上三分钟以上。要是佳乃这时从车站走出来，或许要误会祐一还没有到。

　　祐一放开原本要转动的车钥匙。他熄掉引擎已经过了五分钟以上，但穿越三濑岭而来的车体热度仍然从椅座下传到臀部。山路只存在于卤素灯苍白的灯光里，他像要冲进光里似的踩下油门，甩动后轮，转过弯道，可不管再怎么追赶，照亮前方的苍白光团依然往前方窜逃。

每次开车经过夜晚的山路，祐一总幻想：自己的车子会不会迟早被那块光团给攫住？被光团攫住的车子，会在一瞬间穿过它，然后前方将是一片未曾见过的光景。不过祐一完全无法想象那会是什么光景。他试着把以前在电影中看到的名为"地中海"的欧洲蔚蓝大海，或同样在电影中看到的银河等情景套进去，却找不到完全契合的风景。他也试着不要依靠电影或电视看到的情景，而是自己想象，结果瞬间眼前变得一片空白，他觉得根本就不可能穿过车灯所制造出来的光团。

祐一闭上眼睛，在眼皮底下回想刚才穿越而来的山路，以及灯火通明的天神市街。

距离约定的时间已经过了十五分钟。就算佳乃现在来了，也无法聊上什么，不过即使祐一自问想和佳乃聊些什么，也想不出半句话来。

一下山路，祐一就在路边的自动贩卖机买了一瓶乌龙茶，可能是一口气喝光的关系，他突然感到尿意。

马路两侧都不见人影过来。他知道公园的公共厕所就在附近，上次他载佳乃到这里后，去过那间刚好看到的公厕小便。当时，一个年轻男子不知不觉间来到他背后，明明旁边的小便斗空着，他却纹风不动地站在原处，直到祐一小解完毕。尽管如此，男子却又没有出声说半句话，祐一匆匆地小解完后，拉上拉链，逃也似的奔出公厕。

回去车上的途中，祐一回头看了好几次，但是男人没有出来，让他更觉诡异了。

　　打开手机一看，又过了五分钟。佳乃应该不会放他鸽子，但是他感到不安，下车走到外面。

　　他一直待在车子里，没发觉今晚冷得仿佛山上的空气直泻下市街一般。他伸了个懒腰，做了个深呼吸，冰冷的空气卡在喉咙里。远方，天神方向的天空染成了紫色。忽地祐一心想，佳乃是不是打算和自己共度今晚，直到早晨？因为自己特地从长崎来见她，她是不是打算和自己去上次的爱情宾馆呢？这么一想，佳乃迟到二十分钟也是可以理解的了。可是，今晚不能在博多的宾馆过夜，因为明早七点就要上工了。

　　祐一跨越护栏，确认马路上没有人影后，朝公园的树篱上小起便来。起泡的尿液就像洒在布上，沾湿了树篱，懒懒地流向自己的脚边。

◇

　　"对了，之前在那边的邂逅桥，不是有几个男人跟我们搭讪吗？佳乃，你还记得吗？"

　　沙里在背后说道，佳乃回头问："什么时候？"

　　三个人离开中洲的铁锅饺子店，沿着河面倒映出霓虹灯的那珂川畔，快步赶往地铁站。

　　"今年夏天吧。"

　　沙里站在佳乃旁边，望向架在明亮河面上的"福博邂逅桥"。

"有这回事吗?"

"喏,就是从大阪到这里出差的两个人啊。"

"那时候他们不是硬塞名片给我们吗?我昨天找到名片,他们好像是大阪电视台的人呢。"

听到沙里这么说,佳乃有些感兴趣地反问:"真的假的?"

"我想,如果我要转业的话,就去大众传媒工作,所以想跟他们联络看看。"

"联络在路上搭讪你的人?"

佳乃对沙里的想法嗤之以鼻。凭沙里毕业的短大,根本不可能在传媒,尤其是电视台工作。

过桥的时候,沙里改变话题说:"对了,之前在索拉丽亚广场(SOLARIA PLAZA)旁边的公园搭讪你的那个人,现在怎么样了?"

"索拉丽亚?"佳乃反问。沙里说:"喏,就是那个从长崎来玩的人啊,开了一辆很炫的车子。"

那是佳乃接下来要去见的祐一。佳乃想要结束话题,"哦"了一声,瞄了真子一眼。

事实上,佳乃跟祐一是在交友网站上认识的,不过佳乃骗沙里说是祐一在天神的公园搭讪她的。

在交友网站上认识以后,两个人以电子邮件往来了约两个星期后,便约在索拉丽亚的穿堂前第一次见面。因为祐一住在长崎,起初并不知道索拉丽亚广场这个流行商场。

"你没来过天神?"佳乃问道,祐一回答:"我开车来过几次,但没在街上逛过。"佳乃突然有点懒得去见他，不过前几天祐一传来的照片帅得超乎她的预期，于是她把索拉丽亚的详细位置说明给了祐一听。

当天，佳乃在约定的时间抵达索拉丽亚，看到一个疑似祐一的高个子男人靠在穿堂旁的橱窗上站着。老实说，他本人比手机传送来的照片更是帅多了。

佳乃回想起见面之前，两人透过邮件与电话交谈过的种种内容，忍不住懊悔：早知道对方这么帅，就该正经点应对才是。

她有些心头小鹿乱撞地来到男子面前，对方似乎也紧张地看着突然走近的佳乃，低声喃喃自语着。

"咦？什么？"佳乃反问，男子又低声说了些话。

佳乃以为他很紧张。"咦？你说什么？"她故意抚摸对方的手臂，带着满面笑容仰望对方的脸。

"我不太清楚哪里有好吃的餐厅。"男子悄声说。

"随便哪里都好啦。"佳乃笑着回答，男子的表情总算略微放松了下来。

但是，男子那初次见面时以为是紧张所致的模糊口音，过了一段时间，也依然如故。他会窸窸窣窣、怯声怯气地回答佳乃的问题，而且只听一次绝对听不清楚他讲的话。这似乎不是因为初次见面的紧张，而是他平常讲话就是如此。

"跟他在一起，令人很不耐烦。"

佳乃一边走下通往地铁的阶梯，一边语带不耐与不屑，对两旁的沙里和真子说。

"可是他很帅啊。"

真子语带羡慕,佳乃答道:"外表是不错啦,可是他讲话一点都不有趣,而且,喏,我已经有增尾了啊。"

"是啊……可是,为什么男人总是聚集在佳乃的身边呢?"

听到真子的话,原本沉默了一会儿的沙里半带讽刺地插嘴说:"可是,你才刚认识增尾,竟然还有兴致跟别人约会呢。"

佳乃抓着拥挤的地铁车厢的皮革拉环,对着倒映在车窗上的沙里和真子说:"……他开的是改装过的SKYLINE GT-R,个子应该也比增尾高,可是他讲话真的很无趣,而且感觉有点笨笨的。"

"你跟他见过几次?"真子对着玻璃窗问。

"两三次吧。"佳乃一样对着玻璃窗回答。

"可是,他为了见佳乃,大老远从长崎跑来福冈不是吗?"

"他说只要一个半小时就到啦。"

"那么快?"

"他开车超快的。"

"你和他一起兜过风?"

"也不算兜风吧,只是去了百道那里而已。"

沙里聆听着两人对着车窗对话,此时她骤然压低音量,顶了顶佳乃的侧腹说:"百道?你们去了君悦饭店对不对?"

"怎么可能嘛。"佳乃故意用一种模棱两可的口气说。

事实上,他们去的不是百道的君悦饭店,而是一家廉价的爱情宾馆"DUO2",盖在突出博多湾的海埔新生地上。

第一次和祐一约在索拉丽亚的那天,他们到附近的比萨餐厅用餐。祐一这个人不管做什么都一副畏畏缩缩的样子，也不敢叫住忙碌穿梭的服务生，就连服务生送错料理，也不知所措，不敢抱怨半句。看到祐一那种态度，佳乃一再想起在天神的酒吧一起射飞镖的增尾。

刚搬进"费莉博多"的时候，佳乃有一段时期迷上了手机交友网站。那个时候她和沙里及真子还没有那么要好，晚上一个人在公寓的房间里很无聊，她经常有十个以上的网友，彼此交换电子邮件，每个人都想见佳乃。晚上在公寓房间里发着邮件，回绝这些邀约，让她觉得自己是一个非常忙碌的女人。虽然事实上，她只是在这个还不熟悉的博多城市的一角里忙碌地移动拇指罢了。

和沙里及真子变得熟稔以后，佳乃就没有独处的时间陪网友了。但是今年十月佳乃认识了增尾，给了他电子信箱，增尾却迟迟不与佳乃联络。佳乃心急之下，忍不住又在那类网站登录了个人资料。结果过了三天左右，她收到了近百封邮件。当然，里面有人直截了当挑明要援助交际，佳乃首先用年龄筛选，接着靠字面措词来剔除谎报年龄的人，最后挑选了其中几个回邮件。

其中一个就是清水祐一。他发来的邮件里，写着"我喜欢车子"。那个时候，佳乃一直幻想着坐在增尾开的奥迪副驾驶座上。增尾明明没有约她，她却老是幻想着要和增尾一起去哪里，在车子里要听谁的CD。或许这就是她会从近百封邮件里选中祐一的原因。

在约好的地点第一眼见到祐一的瞬间，佳乃对于在电话及邮件中随口胡诌的"我现在不想和任何人交往""我已经有男朋友了，不过现在处得不是很好"这些话感到后悔。不过,渐渐的,祐一畏畏缩缩的态度越来越显眼,不仅如此,好不容易等到他开口,却只会没完没了地聊车子,老实说,佳乃忍不住在内心嘀咕:"落空了哪。"

事实上,佳乃并不单纯只想兜风而已。她想要坐在每个人都羡慕的、好比增尾圭吾这种男人的车上,潇洒地穿过博多市街。这么一想,长崎的土木工人祐一那粗壮的手,看来也并非充满野性气味,反而只是整日辛苦劳动的工人之手罢了。

佳乃三人搭乘地铁在中洲川端站出发后的第二站"千代县政府前"下车,走上狭窄的阶梯,从市民体育馆后面出来。这不是一座萧条的城市,但是以县政府为中心的这一带,到了晚上——特别是周末夜晚,就寂静得仿佛是梦中的城市一般。

"你们约在哪里?"

走在前面的真子问道,佳乃犹豫了一下,撒谎道:"呃,吉冢站前面。"真子和沙里不可能偷偷跟踪,只不过佳乃谎称接下来要去见增尾,不由得心生戒意。

"你一个人去车站不要紧吗?"

可能是因为刚走过阴暗的公园旁,真子为佳乃担心。

"嗯,不要紧。"佳乃笑着点头。

"那我们先回去了。"沙里说完迅速弯过转角。

到与祐一约好的公园正门之前,还得在这条阴暗的道路走上一阵子才行。

佳乃在路灯下有邮筒的转角和两人分手后,略微加快脚步,走上昏暗的道路。转弯后，原本背后还听得见两人往"费莉博多"走去的脚步声，渐渐地变得遥远，不知不觉间，只剩下自己的脚步声在狭窄的人行道上作响。

已经十点四十六分了。不过，事情只要三分钟即可解决。祐一特地花时间从长崎过来，虽然有些过意不去，不过那也是祐一坚持无论如何今晚都要把说好的一万八千日元还给佳乃，这才答应见他的——尽管起初佳乃明言没时间见面，钱只要汇来就好。

真子和沙里也同样听着佳乃的脚步声从背后的公园路上逐渐远去。道路前方出现了"费莉博多"灯火通明的玄关大门。

"佳乃真的一会儿就会回来吗？"

真子听着背后远去的脚步声，回头望了一下。沙里听到她的话，也跟着回头，只见有如黑白照片的马路上，孤零零地浮现着一个红色的邮筒。

"你真的觉得佳乃是要去见增尾吗？"

沙里忽地冒出这句话来。

"什么意思？不然佳乃是去哪里了？"

真子还是老样子，悠哉地偏着头，纳闷地说。

"佳乃跟增尾交往这件事，总觉得让人无法相信。"

"可是佳乃最近常常出去约会，不是吗？"

"可是我们从来没见过他们两个在一起啊。她现在搞不好也只是去便利商店而已。"

沙里这么说，真子不当一回事地笑道："怎么可能嘛。"

◇

祐一打开车内灯，把后视镜转向自己。漆黑的车内，朦胧地浮现自己的脸。

祐一左右转动脖子，伸手梳整头发。他的发质偏细，柔软的发丝在粗壮的指间松散流过。

去年初春，祐一生平第一次染发。起初他染了几乎呈黑色的深褐色，但是工地的同事没人发现，于是他下次便染了更亮一点的茶色，再下次染得更亮，渐渐地变本加厉，一年后的现在，已经变成近乎金发的颜色了。

因为祐一的发色是慢慢改变的，周围并没有人揶揄他的金发。只有一次，工地主任笑着说："对了，你这头发什么时候变成金色的？"或许是每天都在户外工作，黑褐色的肌肤与金色的头发意外的相得益彰，并不会让人觉得突兀。

祐一的个性绝不喜欢花哨，不过，若是去优衣库之类的商店买工作用的长袖运动衫，他总会忍不住伸手去拿起红色或粉红色的衣服。开车前往服饰店的时候，他本来打算买黑色或米色这类脏了也不显眼的衣服，但是一进入店里，站在五颜六色的运动衫前，他几乎还是下意识地挑选红色及粉红色的衣服。

反正都会弄脏，反正一下子就脏了——越是这么想，祐一就越不知怎么着，忍不住选择红色和粉红色的衣服。

打开祐一房间的老旧衣柜，里面堆满了这样的运动衫和T恤。

每一件衣领都已经磨损，衣摆脱线，布料本身也洗薄了，却只有色彩异常鲜艳，给人一种宛如落魄游乐园的印象。

尽管如此，穿旧的运动衫和T恤，吸汗、吸油力特别好。越常穿，越带给他一种仿佛光裸着身体的解放感。

祐一整理好头发，抬起臀部，脸凑近后视镜。眼睛有点充血，不过这几天长在眉间的痘痘已经消失了。

高中毕业前，祐一是个连头发都不梳的少年。他并没有参加运动社团，但是从小每隔几个月就去一次固定的理发店，将头发剪短。

大约是他刚进工业高中的时候吧，理发店的老板对他说：“你也差不多到了会啰嗦这里要剪怎样、那里要剪怎样的年纪了吧。”店里的大镜子里倒映出一个只有个子不断蹿高却还没有蜕变成男人的少年姿态。

"如果你想要特别剪成怎样，尽管告诉我吧。"这个老板自费录制演歌唱片，还把海报贴在店里的墙上。

老实说，尽管老板叫他指示怎么剪，祐一也完全不晓得要说什么才好。就算他说把哪里剪成怎么样就会变成怎么样，祐一也一头雾水。

结果高中毕业后，祐一仍然继续去那家店理发。毕业以后，他在一家小型健康食品公司工作，但很快就离了职，在家里闲晃。当时因为高中同学邀约，他到卡拉OK包厢打工，不过那家店半年左右就倒闭了，祐一接着到加油站工作了几个月，又去便利商店几个月，不知不觉间，他已经二十三岁了。

就在那个时候，他进入现在的土木建设公司工作。他的身份不算正式员工，比较接近领日薪的零工，不过这里的社长算是祐一的亲戚，给他的日薪比一般行情更高。

如今他在这家土木建设公司已经第四年了。工作虽然辛苦，但是祐一觉得天晴上工下雨休息的不安定感，正适合自己。

穿过公园前马路的车辆越来越少了。刚才一对年轻情侣坐上停在两辆车之前的车离去，路上一下子恢复宁静，但似乎能感觉到刚才的嘈杂声仍留在原地。

就在这个时候，祐一看见佳乃不怎么着急地从黑暗的公园旁马路走来，而他正在车内灯底下抠着指甲里的污垢。

在每隔数十米一盏的路灯照耀下，佳乃的身影清晰地浮现、消失，接着又浮现在下一盏路灯下。

祐一轻按喇叭，佳乃被声音吓到，一时间停住脚步。

◇

二〇〇一年十二月十日，星期一早上，位于福冈市博多区的"费莉博多"三〇二号室里，谷元沙里难得在闹钟响起来的五分钟前自然醒来。她早上本来很会赖床，住在鹿儿岛市内的老家时，每天早上都要惹得母亲大动肝火。离开老家，来到博多生活后，母亲偶尔打电话来，第一句话也都是问她："早上爬得起来吗？"

早上爬不起来，是因为晚上不容易入睡。由于早上爬不起来，沙里总是提早上床就寝，可是一进入被窝，闭上眼睛，她就想起当天在学校和同学说过的话，心想"啊啊，如果那个时候这样回嘴就好了""啊啊，如果那个时候先回教室就好了"。明明也不是什么大不了的事，她却没完没了地想个不停。不过，光是这样也没有什么好稀奇的，但沙里原本是在为日常琐事感到后悔，到后来却总在不知不觉间幻想起某个情景来。

这个情景很难用一句话来形容。大概是刚进初中的时候开始，这个情景不知不觉侵入了在被窝里难以入眠的沙里脑中，从此以后，不管沙里再怎么要自己不去想，在睡前也会想起它来。

她不知道那是什么时代，是昭和初期，还是更早以前？总之，在那个情景当中，沙里总是被关在一个小房间里，手中紧握着一张女明星的照片。有时候是女明星穿着洋装的照片，有时候是报道女明星即将主演电影的剪报。沙里不知道那个女明星是谁，但是幻想中的自己知道她是谁，虽然不明白理由，却深深嫉妒着那个女明星，恨到几乎咬破下唇。

小房间里的格子窗外，有时看得到年轻军人气宇轩昂地穿过樱花行道树，有时候则是远远传来小孩子打雪仗的声音。

在幻想中，沙里总是愤恨不平地心想："要是能够离开这里就好了。"她知道只要能够离开这里，就能够取代那个女明星，主演电影。这个幻想并没有情节，也没有其他登场人物，但是疑似沙里分身的主角感情，传进了无法入眠的沙里心中。

在闹钟即将响起的时候，沙里从棉被里伸手按掉它。她觉得仿佛听见了没响的闹铃声。沙里打开枕边的手机，确认佳乃依然没有联络。

沙里离开被窝，打开窗帘。从三楼的窗户俯瞰整个朝阳下的东公园。

昨晚，沙里在快十二点的时候打电话到佳乃的手机。她心里盘算着佳乃应该回来了，没想到竟无人接听电话。

电话转到语音信箱，沙里挂断手机，走到阳台，望向佳乃就在二楼正下方的房间。灯没开。如果佳乃和她们分手以后去见了增尾圭吾，然后已经回来，那也未免睡太早了。

沙里犹豫了一会儿，这次打电话到真子的手机。真子很快就接了电话，不过可能正在刷牙，她发出模糊的声音："喂？"

"佳乃还没有回来吧？"沙里问道。

"佳乃？"

"她不是说很快就回来吗？可是我刚才打她的手机，没人接啊。"

"会不会是在洗澡？"

"可是她房间是暗的啊。"

"那她应该还跟增尾在一起吧？"

真子似乎显得很不耐烦。沙里姑且同意她的说法："这样吗……"

"她很快就会回来啦。你找她有事吗？"

真子这么一问，沙里说"也没什么事啦"，便挂断了电话。

虽然没什么事，不过沙里耳际忽地响起佳乃往黑暗公园走去的脚步声。

平常的话，应该会就这么忘了，但是淋浴完毕，躺进了被窝以后，沙里还是有些牵挂。虽然觉得可能会惹人嫌，但她再次打电话到佳乃的手机。可是这次电源好像关了，没有嘟嘟声，一下子就切换到语音信箱。瞬间，沙里脑中浮现出增尾圭吾所说的位于博多车站前的公寓。沙里觉得很蠢，把手机扔到枕边。

这天早上，沙里赶到博多车站前的博多营业处上班时，差点赶不上八点半开始的早会。营业处距离"费莉博多"直线距离约一公里，沙里总是骑脚踏车上下班，不过这天早上她来到公寓的停车场，正要跨上脚踏车时，平常搭地铁到城南营业处上班的真子叫住她："我今天有事要去博多营业处。"于是两人决定一起搭乘地铁到公司。

前往车站的途中，沙里问道："对了，佳乃有没有联络你？"

"佳乃？她没回来吗？"

真子还是老样子，以温吞的口吻反问。

"她没打我的手机。"

"啊，她会不会是昨天晚上就住在增尾那里，今天直接去公司了？"

不可思议的是，真子悠哉地这么一说，沙里才感觉或许真是如此。接着两人也没怎么交谈，急忙冲进地铁站。

她们在千钧一发之际赶上早会，会议结束后，营业部长打开狭小接待室里的电视。部长平常不会开电视，所以在场的职员全都朝那里望了过去。

"三濑岭好像发生了什么事。"

部长打开电视，这么说道，回头望向众人。几名职员似乎已经知道这件事，在营业处的角落窃窃私语，其他几个人往电视方向走近。

朝阳从大窗子射进屋内，七夕的装饰还留在窗边，好似只有那里恢复了夏季的热度。

真子正在清点纸箱里剩下的赠品数量，沙里走到她身边问道："真子，你要买那个啊？不会太贵了吗？"

"要做新的赠品，所以这个好像可以用三折价买。"

纸箱里塞满了一点都不可爱的兔子布偶，是送给顾客的赠品。

"就算送这种东西，也不会有人要买我们家的保险吧？"

听到沙里这么说，真子正经八百地回答："可是也有人只想要布偶呢。"

就在这个时候，聚集在接待室电视机前的职员中有人出声叫道："真的假的？太恐怖了。"

那是没什么紧张感的悠哉声音，沙里也不怎么在意地望向电视机。

平常这个时段，应该是当地电视台的八卦节目在介绍市内商店街的特价信息，但是今早柜子上的电视荧幕里，出现的却是一个眉头紧蹙的年轻记者，背景是山路。

"听说在三濑岭发现了尸体。"

站在电视机前的其中一人也不是特意在对着谁说，回头这么出声道。

然而，其他人像是被他的声音吸引了似的，不在电视机附近的人一个、两个地站起来，纷纷走向电视机前。

"今早,就在记者前方的悬崖底下,发现了一具年轻女性的尸体。目前警方已经围起封锁线无法靠近,不过从这个角度也看得到陈尸现场,尸体似乎是在相当陡峭的悬崖被发现的。"

可能是刚抵达现场,播报员气喘吁吁的,几乎是喊叫般大声说道。

沙里忽然有种不好的预感,望向一旁的真子。但是真子没有看电视,而是热衷于挑选纸箱里的布偶。

"喂。"

沙里出声叫她,真子以为沙里在催她拿布偶,把手中最小的一只兔子递给沙里。

"不是啦,那个。"沙里有点焦急地抬起下巴比比电视。真子这才慢慢地望向电视。

"……目前尚未证实死者的身份。据有关人士表示,应该是在今天凌晨遭到弃尸,死后至少经过八到十个小时……"

听到记者说到这里,真子转回视线。沙里有些胆战心惊地等待她接下来的回答,没想到真子僵着一张脸,说出口的竟是:"三濑岭不是有幽灵出没吗?"完全牛头不对马嘴。

"不是啦,喂!"沙里吼道。要是好好说明,真子应该也会明白沙里的恐惧,可是沙里总觉得不敢说出口。

"咦?什么?"

真子又把手伸向纸箱里的布偶。

"佳乃已经去上班了吧?"

沙里好不容易说出这些,但是真子好像还不明白她的意思,若无其事地回答:"当然已经去上班了。"

"那你联络她看看。"

沙里不安地转向电视机,真子好像这才意会过来,目瞪口呆地说:"怎么可能?她一定是从增尾那里直接去上班了吧。"

沙里还想反驳,但是看到真子又伸手去翻布偶,才觉得或许是自己多虑了。

"如果你担心的话,联络她看看嘛。"

"可是……"

"那我来打好了。"

真子不耐烦地从自己的皮包里拿出手机。

"好像转到语音信箱了。"

真子说道,留下信息:"喂,佳乃,你听到留言的话,回电给我。"

"直接打去营业处怎么样?"沙里说。

"她一定去上班了呀。"

真子嘴里说着,却还是按下佳乃上班的天神地区的营业处电话号码。

"喂,您好,我是城南营业处的安达,请问石桥佳乃在吗?"

说到这里,真子把手机夹在耳边,又把手伸进纸箱里。

不久之后,真子直起上半身,开朗地回话:"是。咦?这样啊。好,是,好的。"

真子挂断电话,一脸诧异地望向沙里。

"她没去上班?"沙里问。

"说她在白板上写着今天早上直接去拜访客户。应该是之前佳乃说的那个，喏，刚拉到保险的咖啡店老板吧？"

此时，同样住在"费莉博多"的仲町铃香向她们搭话了。沙里心想，若是她不出声，这个话题或许会就此打住。

众人纷纷返回工作岗位，原本在数布偶的真子也准备回营业处去。

"真恐怖。三濑岭，我以前去那儿兜过风呢。"

仲町铃香盯着报道命案的电视，夸张地发抖说。

虽然负责同一个地区，但沙里等人和铃香并不要好，铃香却总是亲昵地与她们攀谈。

真子虽然不以为意，但佳乃特别讨厌铃香，总是浑身不快地说："我就是看不惯她那种态度。"

"对了，仲町，"沙里看着电视出声说，"你认识南西大学的增尾圭吾吧？你知道他的电话吗？"

听到沙里的问题，铃香心生警戒地反问："增尾的电话？要做什么？"

"佳乃去他那边过夜了，打她的手机也联络不到人，所以如果你知道增尾的电话的话，能不能告诉我？"

铃香不动声色地听着沙里说话。

"我和增尾并没有直接的关系，只是我朋友和他稍微认识而已。"

"那个人知不知道增尾的电话？"

"我也不晓得呀……"

看到铃香回答的表情,沙里心想:看样子她是不会帮忙了。

真子在一旁漫不经心地听着两人的对话,合上纸箱的盖子说:"我差不多要走了。"就在这个时候,头号目击者的老人出现在电视上,回答记者的问题。不知怎么回事,好几个人看到那画面而爆笑出声。

似乎是老人的鼻毛过长,不过幸好也使得早晨营业处稍稍紧张的气氛恢复了原本的悠闲。

"我感觉货架上的绳子松掉了,所以把车子停在那边的转角。之后下了车,不经意地往悬崖底下一瞧,发现有个东西勾在树干上。再仔细一看,竟然是……哎呀,真是吓死我啦。"

◇

这天刚过早上十点,仲町铃香来到三越百货前的咖啡店。她今天和一个客户约在这里,感觉似乎能签到睽违许久的合同。虽然不是保额多高的商品,不过顺利的话,对方或许还会把她介绍给表妹夫妇。

距离约定的十点半还有一点时间。铃香打电话给就读于南西学院大学的朋友土浦洋介。当然,她不是担心失联的佳乃。她是想借此机会看看能不能亲近从以前就一直有好感的增尾圭吾。

土浦和铃香都是埼玉人,两人是高中同学。土浦高中毕业后,跑到人生地不熟的福冈的私立大学就读,当时周围的朋友都笑他:"你干吗没事跑到九州去?"土浦说:"既然要读大学,我想趁着学生时代的这几年,在没有人认识自己的地方度过。"只有铃香觉得他的想法很有魅力。

铃香从东京郊外的短大毕业后,虽然不是追随土浦才来到福冈的,但是在东京求职不顺、疲惫不堪的时候,铃香确实不经意地想起了他的话。

虽然铃香晚了两年来到福冈,不过她与土浦经常见面。尽管他们不是完全没有肉体关系,不过两人都不当彼此是男女朋友。

铃香打电话过去的时候,土浦似乎还在睡觉,声音困倦而不耐烦:"……喂?"

"你还在睡吗?"

"铃香?现在几点了?"

"已经过十点了。你今天没课吗?"

每说一句话,土浦的声音就越清醒。铃香简短地为吵醒他而道歉后,随即切入正题:"对了,你不是有一个学长叫增尾圭吾吗?"

"增尾?"

"喏,上次在天神的酒吧喝酒的时候,他不是也在那里吗?你告诉我的啊。"

"哦,增尾学长啊,怎么了?"

"你知道他的电话吗?"

"电话?"

土浦的反问里带着一丝嫉妒,铃香觉得有点爽快。

"我有个女同事好像在跟那个增尾交往,可是她从昨天起就联络不上,所以我想如果你知道增尾的电话,可不可以告诉我?"

铃香尽量公事公办地问道,土浦自我解嘲地回答说:"我不知道啊。他高我一年级,而且他也不是会跟我这种人混在一起的人。"

"那你不知道他的电话喽?"

"不知道……啊,可是……对了,两三天以前,我听到增尾学长的八卦,听说他现在下落不明。"

"下落不明?"

"嗯。我想大家应该是说着玩的,可是这几天他好像不在他住的公寓,也没有回老家。"

"然后呢?下落不明?"

"会不会是一个人突然去旅行了?喏,他家不是在汤布院还是哪里经营日式旅馆吗?他是小开嘛,一定很有钱的。"

铃香曾经在街上偶然和增尾圭吾擦身而过三次。真的只是偶然,可是当遇见第三次时,她不由得感觉到不可思议的缘分。

由于土浦的口吻实在过于悠哉,铃香几乎就要相信"独自旅行"的说法。

"可是,我同事昨天好像跟他约在附近呀?"

"昨天?所以说他下落不明,也只是大家这样传而已。他应该在家里吧?"

土浦如此断定,铃香脑中浮现出增尾圭吾和佳乃在床上嬉闹的景象。

在天神的酒吧看到增尾圭吾的时候,铃香的确对他一见钟情。可是,从土浦以及土浦的朋友那里听到关于增尾的种种传闻后,铃香死了心,认为增尾毕竟不是她高攀得起的对象。

在"费莉博多"的中庭，从沙里和真子的对话中得知增尾圭吾和佳乃似乎在交往的消息时，老实说，铃香感到难以置信。她之前所听到的关于增尾圭吾的传闻，比如与地方电视台主播约会之类的，完全符合他全校第一名人的身份，全都十分浮华糜烂。

然而，她们却说那样的增尾圭吾正与在"费莉博多"里也只能算中上的石桥佳乃交往。

◇

沙里上午向主要保户收完保费，压抑着焦急的心情回到博多营业处。

她一面拜访客户，一面发了几次邮件给佳乃，却都不见回信，休息时间打了电话，也马上就转到了语音信箱。

当然，佳乃还不一定发生了什么事，只是一早在营业处看到三濑岭命案的电视报道后，她一直感到心神不宁。

沙里一回到营业处，就立刻打电话到佳乃上班的天神营业处。她抱着"拜托你在吧"与"她不可能在"交杂参半的心情，就要按下电话号码时，却发觉指尖正微微颤抖。

一名中年女子接了电话，和早上一样，告知佳乃不在。

"她今天应该是直接到客户那里，十一点才会回营业处。咦？可是她好像还没来呢。"

沙里挂断电话，环顾午餐时间总是空荡荡的营业处。视线前方恰好是营业部长的办公桌，上面立着一个告知不在的牌子。突然间,沙里灵机一动:"对了,再打一次去天神营业处,询问佳乃老家的电话好了。"

此时,接待室传来电视声。回头一看,两三名职员正专注地看着电视。画面上播出的似乎是三濑岭命案的后续报道。

沙里被电视声吸引而走进接待室。脚下高跟鞋叩叩作响,然而竟没有半个人回头。

直升机从上空拍摄发现尸体的深谷,记者尖锐的嗓音夹杂在直升机的隆隆声中,说明被害女子的特征。

"沙里……"

电视机前传来呼唤,沙里寻声望去。刚才专注于电视画面的她,没注意到真子也在那里。

"佳乃有联络了吗?"真子说。她的表情与其说是担心,更像是哀悼。

沙里摇摇头,真子指着电视说:"喏,你看。"

画面从深谷转到描绘被害女子特征的图片。不管是发型还是服装、体形,都与昨晚道别时的佳乃一模一样。

沙里抓住真子的手,将她拉离电视机前。真子上午在上班的营业处看电视,结果越看越害怕,忍不住跑到沙里的营业处来了。

"是不是该通知一下什么人比较好?"沙里说。

"通知?要通知谁?"真子不安地反问。

"先跟营业部长商量看看如何?啊,对了,你知道佳乃老家的电话吗?"

"啊,对呀,搞不好她回老家了呢。"

49

真子松了一口气似的点点头,立刻从皮包里拿出手机。

沙里轮流望着打电话到佳乃老家的真子,以及电视上的三濑岭画面。

"喂,您好,我叫安达真子,请问佳乃在家吗?"

铃声持续了一阵子后,真子急急忙忙开口,并且频频瞄向沙里。

"啊,不,我才是,总是受佳乃照顾。啊,不……啊,没有……啊,是的,不会……"

真子和对方应答了好一会儿,突然将手机从耳边拿开,按住通话口说:"怎么办?我可以说佳乃从昨天晚上起就没有回来吗?"然后把手机递向沙里。

突然被这么一问,沙里一时答不上话来。她觉得如果不说,就没办法进入正题,可是佳乃还不一定发生了什么事。如果后来佳乃满不在乎地跑回来,就等于是她们向佳乃老家的父母告状说她外宿未归。

"你就说,佳乃好像说她今天下午要回老家,所以你才打电话问一下,你说佳乃或许待会儿就到了。"

沙里当场想出一个借口,叫真子这么说。眼前的真子立刻照着沙里的话转述。听着真子的话,沙里也觉得一切都只是她们多心了。

真子挂断电话,用温吞至极的语调说:"佳乃的母亲说,要是佳乃回家,会请她打电话联络我们。"

三十分钟后,仲町铃香回到营业处,事态急转直下。

沙里和真子之后也持续注意着报道命案的八卦节目，犹豫是不是该通知营业部长或警察，或是再等一下，期盼佳乃的归来，就这样没有结论地不停讨论。

沙里见到仲町铃香回到营业处，立刻出声叫她："你找到知道增尾圭吾电话的人了吗？"

铃香看向电视荧幕，并跑了过来。

"听说增尾这两三天不知去向。"

铃香意想不到的话，让沙里和真子不由得面面相觑，异口同声地说："不知去向？"

"嗯，当然我不是问增尾本人，而是从增尾的朋友的朋友那里听说的，听说这两三天没有人联络得到他，每个人都在找他。可是也不算是失踪，或许只是一个人到什么地方旅行了吧……"

"可是！"

真子叫出声来。沙里接口说："昨天晚上他跟佳乃约在那边的公园啊！"

"还联络不到石桥吗？"

铃香望着报道命案的电视，这么问道。

沙里和真子同时摇头说："还没有。"

"是不是先通知一下什么人比较好？当然，增尾行踪不明或许只是夸大其词的流言，昨天晚上他可能就跟石桥约在那里见面了吧。"

铃香异于往常，态度显得相当诚恳，沙里觉得获得了支持。

"要通知警察吗？"沙里犹豫地说，铃香答道："先告诉石桥那边的营业部长比较好吧？不过不要打电话，直接去说可能比较好。"

沙里和真子被铃香拉着离开了营业处。

前往佳乃上班的天神营业处，搭计程车只需要几分钟。这里也开着电视，几个人边吃便当边看命案报道。

沙里一行人你推我挤地来到天神地区营业部长寺内吾郎的面前。

寺内吾郎本来正坐在椅子上睡午觉，沙里简明扼要地报告了事情的梗概。当然，她声明这大半是杞人忧天，而且是不确定的消息。

但是一说到被害人的特征与佳乃相似，寺内的脸色霎时变了。

寺内吾郎在平成寿险天神营业处担任部长已经将近四年。自从他经由地区录用进入公司后，这二十年来义无反顾地全心打拼，最后总算获得了福冈第二大营业处的部长职位，底下共有五十六名员工。

寺内的脚不太好，走路时拖着右脚有些不良于行，但不至于影响到业务。他在营业处里行走的时候，看来温吞缓慢，但在争取顾客的直觉上却很敏锐，甚至有传闻说他在年轻的时候勾搭可能即将离职的女性职员，接收她们的客户，才能够获得现在的地位。

当上部长后，寺内决心改头换面。因为已经没有必要像过去那般一份合同抽多少佣金地赚钱了，而底下那些比他女儿还要年轻的职员，今后正要进入拼命赚钱的时期，他想成为她们的好父亲。

事实上，他总是聆听年轻女职员的心声，也深信越是交谈越能够缔结深厚的关系。但是年轻女孩子来找他咨询的，却不是人生或恋爱的烦恼，而净是些"○○色诱我的客户""我被亲戚讨厌了"等，自己这二十年来已经受够了的、不想再看到也不想再听到的烦恼。

即使如此，寺内当上部长后的三年来，天神营业处的业绩大幅增长。以前的部长由于歇斯底里的性格，常常有许多好不容易进公司的员工连新人研修期间也熬不过就离职了。由于这个业界是靠着员工不断出门营业来增加新顾客的，所以部长的工作不是开发新客户，而是将这些外勤人员捧上天。

福冈地区的春季新职员谷元沙里和安达真子说，同样在春季进入公司的石桥佳乃从昨晚起便音讯全无，不仅如此，三濑岭发现的被害人特征与石桥佳乃十分吻合——听到这个报告的时候，寺内首先感到一丝愤怒。但并非对命案或凶手的愤怒，而是这家天神营业处的信誉可能受创的愤怒；以及为了接收石桥佳乃的客户，员工间或许会发生一场小争夺战的愤怒；还有同事可能被卷入命案，沙里和真子却毫无紧张感的愤怒。

听完沙里的话之后，寺内首先打电话到平成寿险的福冈分店。接听的女职员讲话不得要领，寺内忍不住粗声大骂："叫总务部长来听电话就是了！"

从寺内那里听完原委，总务部长手足无措地回答："那……那……还……还是先通知警察……"被害人还不一定就是石桥佳乃，但或许是寺内的口气听起来十分笃定，总务部长也不做特别的指示，明显表现出尽可能想把事情推给寺内处理的态度。

寺内挂断电话，仰望呆呆地杵在办公桌另一头的三人。

"我接下来要联络警察。"他说。

"啊……哦,是的。"三个人不知所措地点了点头说。

"她不是从昨天起就联络不上吗?她穿的衣服不是跟电视上说的特征很像吗?"

寺内怒吼似的说。三人彼此瑟缩在一起,害怕地同时点头。

寺内拨了一一〇,电话转到了负责命案的单位。可能是最初接电话的女性应对得非常有礼,接下来听电话的男刑警要求说明详情的口气则有点强迫蛮横。

不过,感觉得到电话的另一头相当忙乱。不知道是麦克风漏音,还是有两只以上的听筒在听,寺内察觉到有很多人在听自己说话。

在警方的指示下,寺内叫了计程车。谷元沙里等三人也要求同行,可是考虑到或许会指认尸体,寺内还是暗自决定一个人先去看看。

抵达警察署,在柜台报上名字后,寺内很快被带到五楼的搜查总部,刚才接电话的刑警出现了。寺内把准备好的职员证和名片交给那个高个子的刑警,然后他被推往遗体安置所。在前往的途中,刑警询问天神营业处与"费莉博多"的详细位置。

这场体验,就像在电视和电影中看到的一样。房间里烧着香,刑警有模有样地掀起盖在尸体上的淡绿色被单。

没错,躺在上面的,是今年春天刚进公司的石桥佳乃。

"没有错。"

寺内像要把话吞回去似的说。他边说边惊讶自己竟然能够这么自然地说出在电视和电影中听到的台词。

"是被勒毙的。"刑警说道,寺内望向佳乃的脖子。白色的脖子上残留着紫红色的瘀伤。

寺内的脑中浮现出佳乃在营业处里谈笑的模样,以及她在早会开始前急忙冲进来的情景。竟然能够如此清楚地记得五十多名职员中一人的长相,本人又再次感到惊讶。

◇

寺内确认尸体的时候,石桥佳乃的父亲佳男正待在约三十公里外的久留米市内的自家起居间。他稍晚用过午餐后,拿坐垫当枕头躺着休息。

从他躺着的位置,看得见星期一公休的店面。店里的灯没开,阳光从入口的玻璃门照进来,用白漆写在玻璃上的"石桥理发"字样在水泥地上投下了阴影。

这家店是佳男父亲那一代创立的。佳男生下佳乃后不久就继承了这家店。当时他整天和当地的狐群狗党搞乐团活动,向父母要钱四处游玩,后来因为妻子里子的劝说,他才开始练习怎么当一个理发师。佳男的父亲在佳乃上小学那年因为脑溢血而撒手人寰。也因为母亲早在十年前就已过世,佳男一家三口便从附近的公寓搬回这栋无人居住的家。有时候佳男心里会想:如果那个时候里子还没有怀上佳乃的话……可是就算这么假设,他也想象不出另一种人生。佳男从小就讨厌父亲的职业,因为妻子怀了佳乃,他才心不甘情不愿地走上这一行。从某种意义来说，这是他为了女儿而选择的工作。然而到了最近，佳男却清楚地感觉到自己的女儿非常厌恶他这个工作。

佳男漫不经心地望着昏暗的店内，里子从厨房出声问道："那孩子会回来吗？中午的时候，佳乃的同事打电话来这么说。"

"反正一定又是叫我们介绍朋友买她的保险……"

佳男考虑要不要骑脚踏车去西铁车站接女儿。佳乃一定会不高兴，但是反正佳男闲着也是闲着。

警察打电话来的时候，佳男正在打瞌睡。"是，是，是的。对，没错。"里头传来里子接电话的声音，佳男听到一半，还以为在做梦，但是他的睡意被里子的叫声完全驱散了。

"喂，老公！"原本听来很遥远的声音突然在狭窄的家中，而且就在耳畔响起。

佳男翻了个身，里子捂着话筒，一副要踩上佳男的模样俯视着他。

"老公……警察打电话来……不晓得什么事……"

听到里子断断续续的话，佳男爬起身来："警察？"里子握住无线电话子机的手正微微颤抖。

"警察？什么事？"

佳男仰起身体，躲开里子递来的话筒说。

"你来听啦，我听不懂……"

里子的眼瞳焦点涣散。她的脸，显然正逐渐失去血色。

佳男从里子手中抢过话筒，吼叫似的接起电话："喂！"

电话另一头传来女人的声音，虽然口气不到冷冰冰的地步，但声音很小，听不清楚。佳男耳边的无线电话是去年佳乃选购的。买来的时候，通话时就常有杂音，佳男很不中意，可是佳乃说"电波嘛，难免会有杂音"，所以他忍耐着用了将近一年。但是电话里的杂音唯独今天就像耳鸣般响个不停。

"咦？什么？你说什么？"

佳乃被卷入案件，请立刻到署里确认身份——对方这么说。佳男仿佛不是在反问她，而是反问碍事的杂音。

挂断电话一看，里子正瘫坐在一旁。她的表情与其说是陷入茫然，更接近绝望。

"喏，走啦！"

佳男拉起里子的手。

"鬼才相信！什么公司的部长，凭他一个人怎么可能记得住好几十个员工的脸！"

里子下身瘫软，佳男硬是拉扯她的手。里子生下佳乃后徐徐变得丰满的臀部拖行在老旧的榻榻米上。

"她不是说今天要回来吗？佳乃今天会回来家里啦！"

◇

寺内在警察署确认完佳乃的身份，下午三点过后联络天神营业处。先前营业处的员工目送寺内离开后，都怀着不安的心情等待他回来，以沙里为中心，众人围绕着电视机，频频转换频道，寻找报道命案的节目。

一个职员出声说寺内打电话回来了,沙里第一个跑过去。真子望着沙里的背影,不知为何心想:"啊啊,佳乃果然被杀了……"

紧接着,接下话筒的沙里发出尖叫:"咦!"电视机前的人都望向沙里,真子忍不住以微弱得几乎快听不见的声音说:"喏,果然……"

沙里接到寺内的联络,一放下话筒,就像触电似的说个没完。要交代的事情太多,话好像一口气从嘴巴里进出来似的。

被害人果然是佳乃,她是被勒死的;寺内吩咐在他回来之前,要留在这里待命——沙里喘息般说着,真子看着她,身体几乎要颤出声似的猛然哆嗦起来。她知道旁边有人搂住她的肩膀,问她要不要紧,可是她甚至无法抬头确定是谁。平常白天的营业处总给人空旷的印象,现在却突然感觉好狭窄。想深吸一口气,却仿佛已被吸光似的,不管怎么吸,空气就是进不了身体。沙里在眼前说个不停,真子却听不见她的声音。每个人都争先恐后地说着,但看起来就像溺水,只是嘴巴不停开合。拜托,谁快点哭出来啊!真子在心中大叫。如果现在有谁哭的话,自己肯定也立刻哭出来。只要哭出来,就能轻松呼吸了。

"听说待会儿警察就要来了!要我们详细说明昨天是在哪里以及怎么样和佳乃道别的!"

沙里的口吻听来简直就像在威胁一般,真子勉强点头。不知不觉间,她从椅子上站了起来,膝盖抖个不停。脚底好远,自己好像站在什么高得不得了的地方。

真子觉得佳乃跟沙里本来就有点钩心斗角。当然，她们并没有面对面争吵过什么，但是她们却经常通过真子中伤彼此。

比方说，佳乃曾自鸣得意地告诉真子说她最近在上交友网站，有时候跟网上认识的男生约会，却叮嘱她绝对不能告诉沙里，不愿意让沙里知道。真子觉得只是偶尔跟那种对象见面吃饭，也没什么好隐瞒的，可是佳乃虽然乐在其中，却好像也觉得丢脸，不愿意让沙里抓住她的把柄。

刚搬进"费莉博多"的时候，沙里曾经半开玩笑地问道："佳乃，你家在久留米对吧？你家也姓石桥，难道跟普利司通的董事长是亲戚？"那个时候，真子已经知道佳乃的老家是开理发店的，以为佳乃会否定，没想到她竟若无其事地答道："咦？我家？跟他们是远亲啊。"

"真的假的！"

沙里当然兴奋得尖叫。佳乃似乎反而被她的反应吓到，急忙添了几句："可……可是，真的是很远很远的亲戚啦。"

沙里一不在，佳乃就对真子说："你绝对不可以告诉别人我家是开理发店的。"真子一时间想要反驳，可是佳乃当时的表情实在过于凶恶，真子害怕失去好不容易交到的朋友，微微点头道："嗯，我知道了。"

真子不明白佳乃为什么要撒那种谎。三个人好不容易变成好朋友，为什么还要撒那种谎？真子百思不得其解。

虽然不知道正确人数，但是佳乃总是至少同时和四五个网友保持联络。沙里不在的时候，佳乃偶尔会让真子看那些男生传来的邮件。

"喏，超恶的对吧？"佳乃这么说。拿给真子看的邮件里，的确有不少令人不舒服的邮件，像是："谢谢附照！你长得超可爱的！已经看了一个钟头以上喔！"

在那类交友网站上认识的男生里，佳乃实际上应该见过三人——不，四人左右。

要和通过邮件认识的男人见面时，佳乃一定向真子报告。佳乃从来不说对方几岁、是做什么的、长什么样子，而是说："他请我在有名的铁板烧店，吃一客一万五千日元的菲力牛排哟！""他开宝马车哟！"完全只谈论那人的附属品。

真子总是默默听佳乃说这些事，从来不感到羡慕。真子就算和初识的人吃饭，也只会将自己搞得紧张万分，倒不如待在房间里看书还比较适合自己的个性。也因为如此，真子并不觉得听佳乃说这些话是件苦差事，甚至觉得佳乃是在代替她歌颂与自己无缘的青春。

"沙里说，她觉得佳乃昨天晚上去见的不是增尾，可是我还是觉得佳乃是跟那个叫增尾圭吾的人约好见面的。"

警方在"费莉博多"的入口大厅进行个别侦讯，真子如此回答警方的问题。

"……虽然听仲町铃香说增尾圭吾好像几天前就行踪不明，可是我想佳乃若是想见面，应该还是有办法联络上的。或许她有事想找那个叫增尾圭吾的人，所以约昨晚见个面……"

真子说着说着，有点后悔了。年轻的刑警说："关于石桥佳乃小姐，能不能把你所知道的全部告诉我呢？"真子忍不住将佳乃跟沙里其实没那么要好，还有佳乃有很多网友的事都给说出来了。她担心因此损害了警方对佳乃的印象。

入口大厅里，只有年轻刑警和真子两人。有时会有穿制服的警官慌张地过来向年轻刑警报告，不过，坐在铺着塑胶蕾丝桌垫的玻璃桌旁的，只有真子和年轻刑警而已。当然，这是真子生平第一次与刑警面对面交谈。年轻刑警的右眉旁有一道小小的缝合伤口，手臂的肌肉将西装撑出皱褶来。

"关于石桥佳乃小姐网友的事，能否说得更清楚一点？"

记得是上个月初的事，那天是星期日，一早就下着冰冷的雨。雨势虽然不大，但是从真子居住的三楼阳台望出去，那场雨仿佛夺走了整座城市的声音。

就在她望着雨景的时候，佳乃来到了房间，邀她去便利商店。真子总是觉得"不过是去个便利商店，一个人去不就好了"。只是，这种话说出口会伤感情，而且也不是需要谎称有事来推辞的事。

两人撑着伞前往吉冢站前的便利商店。正当真子避开水洼行走的时候，佳乃递出手机说："你看这个。"

荧幕上是一张陌生年轻男子的照片，佳乃说："我最近在跟这个人通电子邮件。"

真子望向沾到雨滴的液晶荧幕。照片绝对不算拍得很清楚，但上面的男子看起来十分粗犷，皮肤黝黑，鼻梁高挺，注视镜头的眼神有些寂寞，帅得让人忍不住直盯着瞧。

"如何？"佳乃问。

"超帅的呀！"真子坦率地回答。

老实说，真子甚至觉得如果能够认识这样的男生，交友网站也蛮不错的。

听到真子的感想，佳乃似乎也感到满意，故意粗鲁地合上手机说："可是，我已经不打算再见他了。因为，喏，我已经有增尾了嘛。"

"不打算再见面……那你们见过面了吗？"真子问道。

"上个星期日见过了。"

"咦？这样啊？"

"喏，上次我不是说我在索拉丽亚前面的公园被一个男生搭讪吗？"

佳乃说到这里，真子"啊"了一声。

"不可以告诉沙里哟。其实那不是偶然被搭讪，而是我跟他约在那里的。"

"是这样啊……"

真子心想：要是认为在交友网站认识男生很丢脸，不要去不就得了？佳乃明明觉得丢脸，却又像这般炫耀男人的照片，对于她这样的个性，真子实在无法理解。

"脸是长得不错啦，可是他讲话真的很无聊，跟他在一起也一点都不好玩。而且他还是做粗工的，鄙俗死了。"

收起雨伞，进入便利商店后，佳乃依然讲个不停。

真子并不是要买东西才来的，可是一走进便利商店，她突然想吃甜食了。

"……如果只论床上功夫的话，还不赖啦。"

就在真子伸手拿草莓布丁的时候，佳乃突然在她耳边呢喃。

"啊？"真子忍不住东张西望。幸好，甜点区没有客人，两名店员都在忙着应付寄快递的老妇人。

"不过他床上功夫真的很棒哎。"

佳乃小声地对真子说，脸上别具深意地微笑，伸手拿起眼前的巧克力闪电泡芙。

"你的意思是，你们……已经做了？第一次见面当天？"真子睁圆了眼睛。

佳乃依序拿起多种口味的巧克力闪电泡芙："哎唷，就是为了这个才见面的嘛。"她露出俗鄙的笑容说。

"他真的好厉害。怎么说呢，好像在床上任由他摆布……"

佳乃不顾场合说出这种不知羞耻的话来。

便利商店外，被雨打湿的街景看起来好沉重。佳乃刚才还大大咧咧说着和男人的交欢，一结完账，又说起别的话题，说什么最近她看了电影《大逃杀》，暴力画面太残酷，害她感到不舒服。

"那你已经不打算跟那个人见面了？"真子问道。

瞬间佳乃的眼中浮现出恶毒的神色，说："啊，要不然我把他介绍给你好了。"

真子急忙拒绝："不用，不要这样啦。"

真子隐约觉得，身为女人，佳乃瞧不起她。确实，真子到了二十岁都还没有和男人交往过，也不像沙里那样加以隐瞒，会被三人当中经验最丰富的佳乃看轻，也是没办法的事。

　　但是，过去不管听到佳乃谈论再多男人的事，真子也从来不感到自卑。不管是和交友网站认识的男人约会，还是和增尾圭吾后来的发展，真子都觉得离她很遥远，就像在看电视连续剧似的，既不羡慕，也不轻蔑。但唯有这次，佳乃的男人侵入了真子的心。她深深地轻蔑佳乃，明明有增尾圭吾这个男朋友，却和交友网站认识的男人见面第一天就做那种事，实在低贱。但越是轻蔑，真子就越感到不安，害怕自身也想要变成那种女人。

　　真子不是佳乃那种女人，上交友网站只是想要认识男人。话说回来，她也不是沙里那种女人，裹足不前，郁闷焦急，只会在背地里咒骂勇于行动的佳乃。

　　如果可能，真子想和来自熊本的人结婚，将来在熊本组织一个幸福的家庭。

　　"呃……"

　　右眉旁有一小道缝合伤口的刑警望向真子的脸。

　　炎热的夕照射进入口大厅。自动门似乎有点缝隙，穿门而入的风发出诡异的咻咻声。

　　除了向真子问话的刑警外，还有五六名警官，从刚才起就在佳乃二楼的房间以及大厅来来去去。

　　每当佳乃房间的东西被装箱搬出来，真子就心想："啊啊，佳乃真的被杀了。"可是她无法像刚才接受讯问的沙里一样号啕大哭。当然，她并不是不难过，只是泪水怎么样也流不出来。

"那么，你从石桥佳乃小姐那里直接听说的，就只有这三个男人是吧？"

听到年轻刑警的问话，真子忽地回过神来，点头说："呃，嗯，是的。"

"去年夏天左右有两个，秋末左右有一个。夏天那时认识的男人，两个都是福冈人，他们带石桥佳乃小姐去吃饭，买衣服给她，年龄不详，不过年纪比石桥佳乃小姐大上许多。"

"是的，没错。"

"然后，你在秋末时分听说的，是住在佐贺的大学生，偶尔和石桥佳乃小姐出去兜风？"

"是的，佳乃是这么跟我说的。"

"没有其他人了吗？"

"没了，我记得比较清楚的只有这三个人。佳乃可能还说过别的，但我不记得了……当然，若单纯邮件来往的，应该还有更多。"

真子一口气说到这里，在心里安慰自己：我是在协助调查佳乃的命案，不是在说佳乃的坏话。

"呃，还有没有其他人从石桥佳乃小姐那儿听说这类事情？"

年轻刑警的手指很长，指甲看起来很健康。不晓得是不是习惯，他的指甲紧按在指腹上，留下深深的指甲印。

"我想佳乃只有对我一个人说过。"真子答道。

"那么，恕我再确认一次：你还是认为昨天晚上石桥佳乃小姐是去见增尾圭吾吗？"

刑警深深叹了一口气，真子用力点头说："虽然沙里似乎在怀

65

疑,可是我认为佳乃真的是去见增尾圭吾。"

"这样啊……"

"佳乃会不会是后来被什么人给带走了……"

"这方面我们当然也会调查。"

刑警斩钉截铁地说。真子垂下头来,心想自己多管闲事了。

"她真的是去见那个增尾圭吾了吗?那家伙现在又行踪不明……"

刑警望向写满了笨拙字体的记事本。

"……我明白了,不好意思,问了你这么多问题。"

刑警突然这么说,真子瞬间差点反问:"咦?已经好了吗?"但刑警不知道真子的心情,迅速起身,并朝站在玄关口的警官出声:"喂!"

"那个……"真子叫住他。

"什么事?"

"这样就可以了吗?"

"啊,是的。不好意思,你的朋友遭遇不幸,还占用你那么多时间。"

真子走到走廊上,下一个受侦讯的是仲町铃香,她哭红了一双眼睛站在那里等待。真子默默地走过她的身旁。

搭上电梯后,真子心想自己为什么不说呢?当然,她认为这件事与命案无关。佳乃在交友网站认识的男人里,真子记得的还有一个。可是,她怎么样都无法把这个人的事告诉年轻刑警。她担心一说出来,仿佛连自己也会被视为与佳乃同类的女人。"在交友网站找男人的女人"的朋友——真子不希望被这么看待,所以没有告诉年轻刑警。

然而,她完全不知道,这个判断误导了接下来的调查方向。

第二章　他想见谁？

二〇〇一年十二月十日星期一早上，在长崎市郊外经营解体行业的矢岛宪夫，仿佛呵护着自己的身子似的，小心翼翼地开着里程数已超过二十万公里的破旧箱形车，清着昨晚起便不太舒服的喉咙。

简单地说，他觉得喉咙有痰，但是不管再怎么咳都咳不出痰来，勉强咳嗽反倒引发了呕吐，酸涩的胃液扩散在整个口中。

昨晚在床上呕吐的时候，妻子实千代说："去漱个喉咙吧。"可是他老早就试过了，只好胡乱骂道："啊，可恶，烦死人啦！"

宪夫在平常的十字路口将方向盘打向左方。实千代挂在后视镜上的交通安全护身符大大晃动着。

这个十字路口的形状十分诡异，看起来就像巨人建造的大马路和小矮人建造的小路交会在一起。

如果从宽广的国道开过来，这个路口看起来完全是直角向右弯的 L 字形马路。但是以为是 L 字形的弯道，实际上前方还有一条细窄的小路延伸出去，有一座小桥架在与国道平行的水路上。这条水路以前曾经是海岸线，在昭和四十六年填土掩埋，连接了近海的岛屿。

与陆地相连的岛上，有一座造船厂的巨大船坞，这是巨人的城市。而过去的渔村被夺走了海岸线，现在依然布满了羊肠小路。

宪夫从国道笔直驶进小路，一面在意喉咙里的痰，一面以熟悉的动作转动方向盘，开往小路里。

左手边有教堂，彩色玻璃在朝阳底下熠熠生辉。再往小路前方开去，逐渐感觉大海的气味，此时，清水祐一如往常般穿着花哨的运动衫，一脸困倦地站在原地。

宪夫将箱形车停在他前面。祐一粗鲁地打开车门，低沉地打了声招呼："早！"然后坐上后车座。宪夫"哦"地简短应声，立刻踩下油门。

每天早上，宪夫到这里接祐一，然后到小仓载一个人，前面的户町再载一个人，像这样依序载上工人，前往长崎市内的工地。

祐一简短地道早之后，就像平常一样沉默不语。"又睡眠不足啦？"宪夫边踩油门边问道，"……你昨晚又开车晃到深夜对吧？"

听到宪夫的话，后视镜里的祐一微微抬头，短促地回答："没有。"

宪夫明白，早上六点就来迎接，对年轻的祐一来说是一种折磨，可是看到祐一仿佛三分钟前才爬出被窝的一头乱发，还有快被眼屎粘住的眼皮，也忍不住想要唠叨几句。如果是完全无关的人，宪夫也不会这么生气，但是宪夫的母亲和祐一的外婆是姐妹，而宪夫的独生女广美和祐一年纪相近，是祐一的表姐妹。

从祐一老家的巷子尽头出来，有一座供附近居民使用的小型停车场。在老旧的箱形车和轿车当中，只有祐一宝贝的白色SKYLINE如新车般沐浴在朝阳下。

虽然是辆二手车,却要价两百万日元以上,是祐一用七年分期付款买下的。

"我跟他说过好几次,叫他买便宜点的,可是他就是坚持要这辆。不过,有辆大车子,送外公去医院的时候也比较方便啦。"

祐一的外婆房枝这么说着,露出分不出是高兴还是担心的表情。

房枝与现在几乎已卧床不起的丈夫胜治之间,生有重子、依子两个女儿。长女重子现在与丈夫在长崎市经营一家精致的西点店,两个儿子在大学毕业后,各自独立有成。依房枝的说法是"完全不需要操心的女儿"。另一方面,次女依子是祐一的母亲,但她却完全安定不下来。依子年轻的时候在市内一家酒店工作,跟店里的男员工结婚后,马上就生了祐一。但是祐一一上小学的时候,男方跑掉了。依子在无计可施之下,只好带着祐一回老家,然后将祐一塞给房枝与胜治,一走了之。如今依子好像在云仙一家大旅馆当女佣,但宪夫认为祐一与其让那样的父母带着到处跑,就结果来说,让在造船厂工作到退休的外公与外婆养育反倒好。所以当祐一进了中学,房枝和胜治说要收养他时,宪夫是第一个赞成的。

祐一被外公外婆收养后,把原本的姓氏"本多"改成了"清水"。

记得好像是隔年的新年,宪夫拿压岁钱给祐一,半开玩笑地问他说:"如何?比起本多祐一,清水祐一这个名字比较帅气吧?"结果当时对车子和机车有兴趣的祐一说"不,本田比较帅",还在榻榻米上写下罗马拼音的"HONDA"给宪夫看。

69

回到勉强将巨人国与小人国缝合在一起的十字路口，宪夫等着迟迟不转换成绿灯的信号。祐一从后车座出声问道："舅舅，今天上午就要把护板拆掉吗？"

"中午以后也可以啊。全部拆掉的话，大概要花多久？"

"如果留下正面的话，一个钟头应该就可以了……"

这个时段，对向车道前往造船厂的车子很多，经常造成塞车，只见每辆车子的驾驶员都频频忍着哈欠。

信号转绿，宪夫踩下油门。可能是因为踩得太过用力，堆在后面的工具箱"砰"地发出巨大的声响。

祐一打开车窗，近在咫尺的海潮气息吹进了车内。

"昨天怎么了吗？"

宪夫看着后视镜问道，祐一的表情顿时紧绷："为什么这么问？"

宪夫其实不是在问祐一昨天怎么了，而是想问最近又要住院的胜治身体情况如何，但是因为祐一反应过度，宪夫只好配合他说："没什么，只是想说你是不是又开车远行了。"

"我昨天没出去。"祐一低声答道。

"你那辆车子一公升能跑多远？"

宪夫改变话题，后视镜里倒映出祐一不耐烦的表情。

"有十公里吗？"

"哪跑得了那么远？要看路况，能跑个七公里就不错了。"

虽然口气粗鲁，但是一谈论起车子，祐一的表情就显得神采奕奕。

时间才过六点，但是前往市区的车流已经出现塞车的征兆。要是再晚上三十分钟出发，在进入市区前，肯定完全陷入车阵之中。

这条路是南北纵贯长崎半岛沿海的唯一一条国道，如果循着这座半岛朝市区反方向南下，就可以在海上看到化成废墟的军舰岛，夏天的时候，沿途高滨的海水浴场总是挤满了市民，热闹无比，最后则会来到桦岛的美丽灯塔。

"对了，你外公怎么样了？他状况又变差了吗？"

宪夫一面从国道开往市区，一面向后车座的祐一问道。

祐一没有回应，宪夫又问道："……又要住院了吗？"

"今天下工以后，我会开车载他去。"

祐一望着窗外回答，声音被风给吹散了。

"干吗不讲？跟我讲一声，先载你外公去医院再来工地就好啦。"

宪夫知道八成是房枝叫祐一这么做，但是他觉得实在太见外，忍不住责备。

"就一样的医院啊，晚上去也可以。"祐一仿佛为房枝辩解似的说。

祐一的外公胜治罹患严重的糖尿病，已经将近七年。可能也因为上了年纪，不管看病看了多少次，身体状况都不见改善，宪夫每个月去探病，都感觉胜治的脸色日益蜡黄。

"可是啊，虽说自己的女儿不孝，但是有祐一在家，真是太好了。要是没有祐一，光是要接送外公看病，得费上好一番工夫哪。"

最近，房枝只要碰到宪夫，就会倾吐这样的心声。实际上，年轻的祐一应该是派上了很大的用场，但房枝越是这么说，宪夫就越感觉年轻又寡言的祐一仿佛被老夫妇给紧紧捆绑住了。不仅如此，祐一的村落里住着许多独居老人和老夫妇，祐一几乎可说是唯一的年轻人，所以不只是外公外婆，他也经常受托接送其他老人上医院。有人拜托他，他也不会抱怨，而是默默地让他们上车。

宪夫没有儿子，他把祐一当成儿子看待，看到祐一即使分期付款也要买下时髦的车子，也会叨念个两句，不过想到祐一好不容易买下车子却都用在接送老人去医院，反而觉得有些不舍。

祐一和其他年轻人不同，不会赖床，工作也很认真。但宪夫不明白这个年轻人活着到底有什么乐趣。

这一天，宪夫一如往常依序载着包括祐一在内的三名工人，前往上个月动工的长崎市内的工地。

箱形车里的工人除了祐一，包括宪夫在内，仓见和吉冈年纪都五十好几快六十了。早晨前往工地的通勤时间里，他们会先抽上几支烟，烟雾与"哎唷，膝盖好疼""哎唷，老婆打鼾吵死人了"等家常闲话充塞在车子里。

不只是宪夫，同乘的仓见和吉冈也知道祐一这人不爱说话，所以现在几乎都不去搭理他了。祐一刚进组里时，他们也会邀他去赌赛船，或带他去铜座的小酒店，相当照顾祐一，但是就算带他去赌赛船，祐一也不买赛船券；带他去小酒店，祐一连首卡拉OK也不会唱。两人抱怨说"最近的年轻人怎么搞的？带他们出去玩，却一点劲儿也没有"，已经完全不想理祐一了。

"喂，祐一！你怎么了，脸色怎么这么苍白？"

仓见叫道，宪夫忍不住差点踩下刹车。即将进入市区，从并排在海岸线的仓库间，隐约可见沐浴在朝阳下的港口。

仓见突如其来的叫声让宪夫急忙望向后视镜，安静得让人几乎忘了存在的祐一，一张全无血色的脸正贴在车窗上。

"怎么了？不舒服吗？"

宪夫出声询问。"要吐了吗？开窗，快点开窗！"坐在祐一后面的吉冈说着，急忙探出身体，想要开窗。祐一无力地推开他的手，悄声回答："没关系，我没怎样。"

祐一的脸色实在太差，宪夫暂时将车子停在路肩。瞬间，追逐似的紧跟在后的卡车发出尖叫般的喇叭声窜了过去，箱形车被风压吹得左摇右晃。

车子一停，祐一连滚带爬跑出车外，按着肚子伏在地面干呕了几次。但是胃里好像没有东西可吐，只是痛苦地喘息着。

"宿醉吗？"

吉冈从箱形车的车窗探出头来，朝祐一背后问道。祐一双手按在人行道的石板上，颤抖似的点点头。

◇

鹤田公纪以指尖略微掀开夕阳染红的窗帘，窥看底下的马路。自十二楼的窗边可一眼望尽大濠公园。两辆白色箱形车并排在马路上，刚才还在这个房间的年轻刑警坐上其中一辆。

父母在大学附近买下这幢大厦公寓时，鹤田怎么也不喜欢这里的景观。每当他眺望眼前的景色，就自觉到自己只是个中产阶级的阔少爷，一无是处。

床边的电子时钟显示已经五点零五分了。四点半过后，刑警粗鲁地敲门，鹤田被吵醒，就这样被刑警盘问了三十分钟以上。

鹤田在凌乱的床上坐下，喝了一口宝特瓶里的水，水很温。

刑警突然来访，直到明白他们是在追查增尾圭吾的行踪前，鹤田的应对都相当冷淡。他昨天看影片看到凌晨才睡，被纠缠不休的敲门声吵得怒火中烧，心情也显露在脸上一览无余。年轻刑警和鹤田年纪相仿，他亮出警察手册说："我们有事想请教一下。"鹤田心想，八成是外面的大濠公园又出现色狼了吧。

"听说你和增尾圭吾很要好？"

听到年轻刑警这么说，鹤田瞬间以为圭吾对别人性骚扰了，要不然就是在哪家酒店认识了女孩子，强暴了人家。圭吾的脸浮现在脑海中，那张脸比起性骚扰，更适合"强暴"这个词。

鹤田总算清醒过来，年轻刑警将命案的梗概告诉他。

三濑岭。石桥佳乃。尸体。勒杀。增尾圭吾。行踪不明。

听着听着，鹤田腿软了。圭吾干下了强暴案远远不及的大案子，而且逃亡了。鹤田差点瘫坐下去。刑警说："事情还不明朗，不过如果你知道增尾的行踪，能不能告诉我们？"

最近和圭吾有联络吗？

鹤田轻敲睡昏的脑袋，唤醒记忆。刑警拿着纸笔，静静地等他回答。

"呃……"

鹤田察言观色似的开口道。

"该怎么说呢,那家伙这三四天都联络不上。大家都起哄说他失踪了,不过我想他应该是一个人跑去旅行了。"

鹤田一口气说到这里,又窥探刑警的脸色。

"嗯,似乎是如此。你最后和他谈话是什么时候?"

刑警面不改色地问,以笔尖敲点着记事本。

"最后吗?呃,应该是上星期……"

鹤田回溯记忆。他忆起在电话里和圭吾交谈,却想不起来那是星期几的事。

电波很微弱,声音听不太清楚。"你在哪里?"鹤田问,圭吾笑着说:"我现在在山里。"

也没什么重要的事。圭吾应该想知道下星期的课堂考试几点开始。前天晚上,鹤田在看《神鬼尖兵》(The Boondock Saints)这部电影。当他正想跟圭吾说考试的事,电话就断线了。

鹤田急忙折回房间,查看录影带店的收据,告诉玄关的刑警说:"是上星期三。"

圭吾来玩的时候,鹤田偶尔强迫他看自己喜欢的电影。圭吾对电影没兴趣,不是看到一半睡着,就是半途回去,但是他对鹤田将来要拍电影的梦想感兴趣,两个人经常热烈讨论要一起制作电影。

圭吾常常说要讨论电影,晚上邀鹤田上街。但是圭吾虽然把鹤田找出去,却完全不提电影,而是到处搭讪店里的女孩。就从男生的角度来看,圭吾长得非常英挺帅俊,总是两三下就钓到女人。圭吾钓到女人,总算回到鹤田身边后,就会向女人介绍说"这家伙明年就要拍电影喽",然后随口说一些"你可不可以担纲演出呢?"之类的话,炒热气氛。但是圭吾钓到的,几乎都可说是平凡至极的女人。鹤田回想起有一次他问圭吾为什么总是找那类女孩,圭吾便笑着说:"我啊,对那种有点穷酸样的女人才有欲望。"

年轻刑警说的石桥佳乃这个名字,鹤田有印象。

当然,刑警开头说"三濑岭发现一具女性尸体,死者名叫石桥佳乃"时,鹤田脑中浮现的是一名陌生的女子——或者说,他想到的是曾经在电影中看过的、冷冻保存的白人女性尸体画面,不过刑警再三提到"石桥佳乃"这四个字,让鹤田想起约莫三个月前,圭吾在天神的射镖酒吧搭讪的保险业务员。

那天晚上鹤田也在店里,他没有跟大家一起掷飞镖、纵情嬉闹,而是坐在吧台角落跟酒保谈论埃里克·侯麦(Eric Rohmer)[①]的电影。

圭吾一行人邀约说:"等一下一起去唱卡拉OK吧!"石桥佳乃和她两个朋友却说"宿舍有门禁"而拒绝了,打算回去。当时酒保正坚持说侯麦的《夏天的故事》(Conte d'été)是他的最佳代表作,而鹤田反驳说:"不,《克莱尔的膝盖》(Le Genou de Claire)才是最棒的。"

圭吾跟着佳乃她们来到吧台,就在鹤田背后向其中一个人说:

---

① 法国新浪潮电影大师,影片风格简朴、自然,也充满文学与自然气息。

"告诉我电子信箱嘛,下次一起去吃个饭吧。"

鹤田回头一看,老实说,那个女的一点都不吸引人。女方很快就说出了电子信箱。

三个女人走上楼梯离开,圭吾轻薄地出声说:"拜拜,下次见!"并目送了她们一会儿。他回来之后,向酒保点了啤酒,把女人写下电子信箱的杯垫拿给鹤田看,上面写着"石桥佳乃"四个字。

鹤田之所以记得这个名字,是因为电影研究社里有个学妹叫石桥里乃,名字只差一个字。

圭吾从酒保手中接过啤酒,鹤田对他说:"我认识的石桥要可爱好几倍哩。"

圭吾似乎对鹤田的话不甚在意,指尖拨弄着杯垫笑着说:"我就是喜欢刚才那种型的。怎么说,你不觉得有种变身变不彻底的感觉吗?学别人拿个 LV 包包,摆出一副高高在上的样子,却有种乡下大姐的俗气哪。要是看到有个女人拿着 LV 包包,穿着便宜的鞋子走在农地的田埂上,我一定会受不了立刻扑上去。"

在大学刚认识圭吾的时候,鹤田感到非常不可思议,不明白为什么会跟兴趣、性格完全不同的圭吾如此意气投合?两人都生长在富裕的家庭,和其他学生不同,总是悠悠哉哉的。他觉得如果圭吾是个任性的男主角,自己就是唯一能够把他操纵在掌心的艺术电影导演。

那是什么时候的事了?鹤田曾经和圭吾一起去长滨的路边摊吃拉面。当时圭吾刚买新车,可能一有时间就想开车出去吧。

两人在生意兴隆的小摊子吃着拉面,圭吾突然问道:"鹤田,你爸会外遇吗?"

"怎么了?"

"没有,只是问一下。"

鹤田的父亲在福冈市中心拥有许多栋出租大楼,全都是从祖父手中继承过来的。在做儿子的鹤田眼中,父亲的时间和金钱永远多得用不完,很难说是个值得尊敬的父亲。

"不晓得,我想应该也不是完全没外遇吧……不过,可能只是跟酒家女玩玩而已吧。"鹤田说。

"这样啊。"

明明是圭吾提出的问题,他却一副没什么兴趣的样子,把免洗筷折成两半,丢进还剩下不少的拉面里。

"你爸呢?"

鹤田不经意地反问,圭吾喝着老旧塑胶杯里的水,不屑地说:"我爸?喏,我家从以前就是开旅馆的不是吗?"

"开旅馆又怎么样?"

"旅馆里不是有女佣吗?"

圭吾露出别具深意的笑容。

"我小时候见过好几次呢。我爸把我家的女佣带进里面的房间,那到底是怎么回事呢?那些女人都是心甘情愿的吗?不,她们一定不愿意吧,只是我完全看不出来就是了。"

离开摊子的时候,圭吾对店老板说:"多谢招待,难吃死了。"

霎时,摊子上的客人全都停下筷子,气氛变得尴尬极了。不过鹤田喜欢圭吾这种个性。事实上，这家店确实专门招揽观光客，价钱贵又难吃极了。

◇

祐一用装在扁平钢桶里的水专注地清洗手指上的污垢，矢岛宪夫一边抽烟，一边望着他的背影。

钢桶是用来搅拌水泥的，即便里面装的是清水，洗过的手只要干了，皮肤上还是会浮现像蛇一样的白色斑纹。

时间已经过了黄昏六点，工地的每个角落，各组工人正在收拾准备回家。数台重工机械刚才还在拆卸外墙，现在也安静地并排在一处。

这栋大楼原本是妇产科大楼，工程已经进入第四天，有三分之二都已拆得面目全非了。碰上这种大工程，宪夫的公司会转包给下游厂商。宪夫的公司虽然也有一台长十五米的长臂起重机，但是碰上钢筋水泥的三层楼建筑，只有一台也不够，只能转包给大型解体业者。

祐一用钢桶的水洗过手后，抓起脖子上的毛巾擦手。"你是不是差不多该去考个起重机执照了？"宪夫对他说，把嘴里的香烟按熄在烟灰缸上。

祐一听到宪夫的话，回过头来，没什么劲地应了一声"哦"，接着拿毛巾用力抹起脸来。他越是抹，脸上的污垢越是明显。

"下个月放你一星期假，去考个执照如何？"

听到宪夫的话，祐一不知是想去还是不想去，噘起了嘴巴，微微点头。老实说，宪夫一直在等祐一主动要求去考起重机执照，但是不管再怎么等，祐一都没有积极的表示。

祐一把橡胶手套等物品收进自己的袋子里，宪夫对他说："话说回来，你好点了吗？"今天早上祐一在车子里突然脸色大变，差点吐出来，但是到了工地以后，他还是像往常一样认真工作。不过宪夫知道，祐一自己带来的便当根本没有动几口。

"你今天一回去，就要带外公去医院吧？"宪夫问。

"大概吃完饭以后。"

祐一在灰蒙蒙的寒风中抱着袋子站起来，低声回答。

宪夫照惯例用箱形车载着仓见、吉冈和祐一回去。

行驶在国道上，望着夕阳染红的长崎湾，仓见又一如往常地喝起杯装烧酒。

"到家也只要三十分钟，你就不能忍耐一下吗？"

宪夫闻到烧酒的味道，忍不住板起脸来。

"我从下工前一个钟头就在忍了，哪能再忍上三十分钟？"

仓见一副听宪夫胡说八道似的笑着说，把几乎要溢出杯子的烧酒递到嘴边，浓稠的液体沾湿了他浓密的胡碴。

尽管车窗开着，烧酒和干燥的泥土味还是混杂在车子里。

"对了，昨天福冈的三濑岭好像有个女孩子被杀了。"

吉冈望着车窗外，突然想起来似的说。

"好像是拉保险的女孩子，碰上那种事，父母亲一定很伤心吧。"

仓见有个年纪差不多的女儿,他说完,舔了舔烧酒沾湿的手指。吉冈和女人同居,但没有结婚,所以似乎无法体会被害人父母的心情,于是他改变话题说:"说到三濑,以前我开卡车的时候,常常开那条路哪。"吉冈本人虽然没有详细说过,不过和他一起住在县营国宅的女人已经和他同居快十年了,却还没有和本来的老公离婚的样子。

"祐一,你不是也常去三濑岭兜风的吗?"

吉冈问道,坐在最后面的祐一将视线从窗外拉回车内。他的表情倒映在后视镜里。

前往市区的对向车道开始塞车了。男人在造船厂工作了一整天,开的车成群结队地排列在马路上。沐浴在夕阳下的男人,表情看起来有点凶神恶煞。

"你常去三濑岭兜风对吧?"

因为祐一不回话,吉冈再次追问。

"三濑岭那里……我不太喜欢。晚上经过那里感觉很恐怖。"

祐一低声回答。不知为何,这句话残留在开车的宪夫耳底。

依序放仓见和吉冈下车后,宪夫开往祐一家。

车子从国道驶进狭窄的小路。窄得屋子门牌都快擦撞到车外后视镜的道路,一路蜿蜒朝渔港而去。填海造陆,海岸线几乎都被夺走后,小渔港勉强苟延残喘,里面还停泊着数艘小型渔船。港湾内被堤防包围,风平浪静,只有系住渔船的绳索偶尔会想起来似的发出倾轧声。

渔港周围有几座拉下铁门的仓库。乍看之下以为是渔业仓库,但里面其实安置着称为"飞龙"的竞赛小舟。

这地区留有划龙舟①的习俗，每年一到夏天就举行分区较劲的龙舟大赛。数十名男子共同划桨的景象十分勇壮威武，每年吸引众多观光客来到此地。

"你明年也要参加龙舟比赛吧？"

宪夫正巧看见铁门半掩的仓库，向祐一问道。祐一把袋子抱在膝上，已经准备要下车了。

"练习什么时候开始？"

宪夫看着后视镜问，祐一答道："跟以前一样。"

祐一上高中以后，第一次参加划龙舟大赛时，宪夫正好担任地区队长。

练习的时候，祐一不像其他的少年，并不满嘴抱怨，只是默默划桨，但是练习起来却不知分寸，最后划到手掌都磨破了，结果在大赛当天完全派不上用场。

那之后已过了将近十年，祐一每年参加龙舟大赛。如果问他："你喜欢划龙舟吗？"他会回答："也还好。"可是每年一练习，他总是抢先第一个到仓库报到。

"我去看一下好了。"

宪夫在祐一家门前停下车子，这么说着，关掉车子引擎。

已经准备下车的祐一瞟了宪夫一眼。

"你今天几点要带外公去医院？"宪夫又问。

---

① 日本长崎地方每年六月举行划龙舟竞赛，是传自中国的习俗。

"吃完晚饭。"

祐一同样低声呢喃，下了车子。

宪夫跟着祐一进入玄关，闻到一股家中有病人的特殊气味。虽然有祐一一起生活，但是这个家里住的原本就是老夫妇，才踏进一步，宪夫就觉得色彩从视野中剥落了。祐一脱掉的红色运动鞋虽然肮脏，却是唯一一块鲜艳的色彩。

"阿姨！"

祐一急匆匆走过走廊，宪夫有点目瞪口呆地望着他，并朝里头出声叫道。

脱鞋子的时候，他听到房枝问祐一："哎呀，宪夫来了吗？真难得。"

"姨丈等一下要去医院是吗？"

宪夫脱掉鞋子，来到走廊，原本似乎待在厨房的房枝走出来说："之前好不容易才出院，又要住院了。"她拿起挂在脖子上的手巾擦着湿漉漉的手。

"嗯，我听祐一说了……"

宪夫毫不拘束地经过走廊，打开胜治休息的房间纸门。

"姨丈，听说你又要住院了？还是家里比医院舒服吧？"

纸门一开，隐隐飘来一股排泄物的臭味。路灯投射在榻榻米上，与老旧榻榻米上闪烁的日光灯交叠在一起。

"去了医院，就说想回家。带他回家，又说医院比较好。真是拿这个老头子没办法。"

房枝说着，重新点亮日光灯。胜治在被窝里发出混浊的咳啾声。

宪夫在胜治的枕边坐下,粗鲁地掀开棉被。看上去很硬的枕头上,躺着胜治满是斑点的脸。

"姨丈。"

宪夫出声,伸手摸胜治的额头。不晓得是不是自己的手心太热,胜治的额头冰得让他全身一颤。

"祐一呢?"

胜治喉咙带痰地问道,推开宪夫的手。

正好此时传来祐一上楼梯的声音,整栋屋子都震动了起来。

"不可以什么事都麻烦祐一啊。"

宪夫不只是对床上的胜治,也对站在背后的房枝说。

"我们又没有老是麻烦祐一。"

房枝在日光灯下噘起嘴说。

"啊,我不是那个意思啦。只是,祐一也是个年轻人啊,要是只顾着照料老头子老太婆,会娶不到老婆的。"

宪夫故意用开玩笑的口气反驳,房枝原本有些动怒的表情稍微缓和下来。

"可是啊,说老实话,要是没祐一,我连帮老头子洗澡都没办法啊。"

"去请居家照护不就好了?"

"说得那么简单,你知道请他们来一趟要多少钱吗?"

"很贵吗?"

"当然啦,那边冈崎家的婆婆啊……"

房枝说到这里，胜治从被窝里吼道："吵死啦！"接着难过地咳了起来。

"对不起啊，对不起啊。"

宪夫轻轻拍打棉被，站了起来，推着房枝的背离开房间。

厨房的砧板上摆着一条新鲜的黄尾鲕。漆黑的血在湿淋淋的砧板上扩散开来。黄尾鲕眼睛望着天花板，嘴巴半开，像在倾诉着什么。

"对了，昨天祐一回来得很晚吧？"

宪夫若无其事地朝着拿起菜刀的房枝背后问。他想起祐一今早在前往工地的途中脸色大变，跳下车子，难过地干呕的情景。

"不晓得哪。他出去过吗？"

"好像宿醉了。"

"宿醉？祐一吗？"

"今天早上他脸色苍白……"

"哦？可能是去哪里喝酒，或是开车出去了吧。"

房枝握着经年使用的菜刀剖开黄尾鲕的鱼身，接着菜刀"喀滋、喀滋"地切断骨头。

"你带条黄尾鲕回去给实千代吧。今早渔会的森下先生送来的，家里只剩下祐一，吃不了那么多。"

房枝握着菜刀回头，指着餐桌底下。一滴水从潮湿的菜刀滴落在黑得发亮的地板上。

宪夫望向餐桌底下，保丽龙箱里装着一条黄尾鲕。

宪夫把房枝送的黄尾鲕连同保丽龙箱搬到玄关，然后从旁边的楼梯走上二楼。上楼后的第一道门,就是祐一的房间。

宪夫觉得敲门怪不好意思的,于是只"喂"了一声,就擅自开了门。

可能是要去洗澡,祐一穿着内裤站在面前,差点撞上打开的门。

"要去洗澡吗?"

宪夫望着祐一的上半身说。他的上身就像一层薄薄的皮肤包裹在肌肉上头。

"……洗澡,吃饭,去医院。"

祐一点点头,就要离开房间。宪夫闪到一边,让祐一出去。

宪夫本来想要一起下楼,但是他瞄见房间地板上掉着一本册子,上面写着"起重机执照"。

"哦,你打算去考的嘛。"

没有回答,已经下楼的脚步声变得更响。

宪夫不经意地走进房间,捡起地上的小册子。祐一走下楼梯的脚步声这次朝着走廊逐渐远去。

宪夫在扁塌的坐垫上坐下,环顾整个房间。老旧的土墙上贴着几张汽车海报,上面的胶带已见泛黄,地板上也到处堆放着汽车杂志。

老实说,这个房间除了这些以外,什么也没有。既没有年轻女孩的海报,也没有电视或收音机。

房枝有一次还说:"祐一的房间不在这里,是在他的车子里。"看了这个房间,便知道房枝说得并不夸张。

宪夫扔下本来想要翻阅的小册子，拿起放在矮桌上的薪水袋。这是宪夫上星期发给祐一的，但是他一拿起来，就知道里面空空如也。

信封旁有张加油站收据。宪夫原本不打算看，却不经意拿了起来。五千九百九十日元的金额底下印刷着佐贺大和这个地名。

"昨天啊。"

宪夫念出收据上的日期。话一出口，他立即感到纳闷。"可是他不是说昨天没出远门吗？"

◇

房枝把黄尾鲕的头从砧板挪走。水槽响起沉沉的"咚"的一声，原本嘴巴半开、面朝自己的鱼头滑进了排水口。

房枝听见走廊上有脚步声经过，回过头去，看见祐一穿着内裤，从桌上捏了一片鱼板叼着，正往浴室走去。

"宪夫回去了吗？"

房枝朝着他的背后问。

祐一嘴里嚼着鱼板，回过头来，默默指着自己的房间。

"在你房间做什么？"

"不晓得。"

祐一偏着头，打开浴室的门。木框上镶了一整块玻璃的门，就像块薄薄的白铁片似的大幅度弯曲，发出刺耳的声响。

家里没有脱衣间，祐一当场飞快地脱下内裤，颤抖着身子冲进浴室。白色的臀部如残像般晃了过去。

门再次关上,"砰"的一声,感觉玻璃几乎要震碎了。

房枝重新拿好菜刀,开始将黄尾鲥切成生鱼片。

正当她把味噌溶进锅里的时候,响起下楼梯的脚步声,宪夫的声音传来:"阿姨,我要回去了。"房枝没有离手,应道:"哦,有空再来啊。"

做工不是很密实的玄关门发出"喀啦啦"的声响,关上门时几乎整个屋子都在震动。宪夫的脚步声远去消失之后,顿时只剩下厨房里锅子炖煮的声音。

好安静——房枝心想。虽然卧病在床,但家里还有胜治在;虽然上了年纪,但自己也在。不仅如此,正年轻的祐一就在近处洗澡,这个家却寂静得恐怖。

房枝闻着味噌香,朝浴室的祐一问道:"听说你今天早上宿醉?"祐一没有回话,取而代之的是响起了人从浴缸里站起来的水声。

"你去哪里喝酒了?"

没有回答。泼水的声音传了过来。

"你不是开车出去的吗?喝酒危险啊。"

房枝已经不指望回答了。

锅子即将沸腾,房枝把火关掉,将沾了鱼血的砧板浸到水里。

房枝摆好黄尾鲥的生鱼片,将黄昏时事先炸好的鱼肉泥一起摆上餐桌,好让祐一一洗完澡就能吃。打开电饭锅一看,饭已经煮得松松软软,浓浓的蒸汽弥漫在寒冷的厨房里。

胜治生病以前,房枝每天早上都要煮上三杯米,黄昏再煮五杯米。她甚至觉得自己这十五年来,为了填满两个男人的胃,成天都在洗米。

祐一从小就很爱吃饭。只要给他一片腌萝卜,就能轻松吃上一碗饭。他就是这么爱吃刚煮好的饭。

他吃进去的东西全都化成了骨肉。从进中学的时候渐渐抽高,房枝甚至觉得他每天早上一起床,身材就变高了一些。

自己煮的饭菜让一个少年成长为一个堂堂男人,让房枝感到惊奇,也令她赞叹。

也因为没能生下男孩子,房枝察觉到在养育孙子的过程中,有种养育女儿时无法体会到的女性本能。

当然,起初房枝也对祐一的亲生母亲,也就是次女依子有所顾忌。但是当依子抛下还是小学生的祐一跟男人跑掉以后,房枝虽然为女儿的不忠叹息,却也觉得充满了干劲,心想这下子可以亲手养育祐一了。当时房枝即将年满五十岁。

被男人抛弃后,依子带着祐一来到这个家,当时祐一看起来已经不相信自己的母亲了。嘴上虽然"妈妈、妈妈"地撒娇,但是他的眼睛早已不再看着依子。

当时房枝曾经背着依子,偷偷拿年轻时的照片给孙子祐一看,然后半带玩笑地问他:"外婆比妈妈还要漂亮对吧?"

房枝自以为是在开玩笑,但她发觉自己从柜子里拿出蒙尘已久的结婚典礼相簿时,竟有些紧张。

祐一看着外婆拿出来的照片,沉默了片刻。

房枝俯视他小巧的后脑勺，突然觉得自己做了什么见不得人的事。

房枝忍不住合上相簿，都年纪一大把了，却羞红了脸说："外婆哪里漂亮了嘛，啊，羞死人了，羞死人了。"

房枝坐在胜治枕边，把内衣裤和盥洗用具收进住院用的提包里。这个合成皮的提包是胜治第一次住院的时候买的，当时想说只会用上一次才买了便宜货，但是几次住院出院下来，提包的缝线都绽开了。

"茶啊香松什么的，我明天再带过去。"

房枝对胜治说。胜治的喉咙好像干了，发出声音咽下唾液。

"祐一吃饭了吗？"

胜治花了很长的时间翻身，爬离被窝，把身子挪近房枝送来的晚餐托盘。

"有黄尾鲕的生鱼片，你要吃的话，我去拿。"

胜治看到晚餐只有烫青菜和清粥，叹了一口气，房枝急忙说道。

"我不要生鱼片。不管这个，你要记得拿给医院的护士啊。"

胜治以微微颤抖的手拿起筷子。

"拿？拿什么？"

"还有什么？当然是钱啊。"

"钱？又说那种话。都什么时代了，没有护士会收那种东西的。"

房枝就像平常一样，不当一回事，她觉得胜治——或者说男人的这种陋习，实在教人受不了。好面子是没关系，可是他们却以为拿来充面子的钱会凭空掉下来。

"都什么时代了，就算收了钱，人家也不会对你特别照顾。人家是在尽自己的本分，你拿钱给人家，人家反而觉得你瞧不起他们。"

房枝说到这里，"嘿咻"了一声，站了起来。最近要是不小心，站起来的时候，就会感觉到膝盖一阵疼痛。

胜治蜷着背，扒着稀饭，而房枝望着他。看着胜治的背影，她突然想起前年死了丈夫的冈崎婆婆的话。

"养老金每两个月汇进来一次的时候，我就会忍不住想：'啊啊，那个人已经死掉啦。'"

起初听到这段话的时候，房枝心想：原来冈崎婆婆也是爱着自己的老公的。但是看着胜治搞坏身体、日渐衰弱的模样，她发现那段话其实有着完全不同的意义。也就是说，只要夫妇其中一个人过世，生活费也会跟着少了一半。

祐一洗完澡，盘坐在椅子上扒饭。他可能肚子很饿，连味噌汤也没倒，一片黄尾鲥生鱼片就能让他配上两三口白饭。

"有白萝卜味噌汤啊。"

房枝说道，拿起还倒扣着的碗，帮他盛满味噌汤。

汤一递过去，祐一便接了下来，虽然很烫，却也津津有味地出声啜饮。

"外婆是不是一起去比较好？"

房枝坐在椅子上，向祐一问道。祐一的下巴粘了一粒米。

"不用，把外公带去五楼的护士站就行了吧？"

祐一把芥末酱拌入九州独特的甜味生鱼片酱油里。

"七点开始，那边的公民会馆又有聚会了。喏，就是健康食品的说明会……啊，外婆没有要买，只是想，去听听看也不用钱嘛。"

房枝把热水瓶里的热水冲进茶壶。热水瓶好像快没水了，按了两三次，发出"噗咕噗咕"的刺耳声响。

就在房枝想要加水而从椅子上站起来的时候，原本津津有味地吃着生鱼片和炸鱼泥的祐一突然"呜"的一声，捂住嘴巴。

"怎么了？"

房枝急忙绕到祐一背后，用力拍打他宽阔的背。

房枝本来以为他是呛住了，没想到祐一推开房枝站起来，按着嘴巴往厕所冲。

房枝怔在原地。

厕所很快就传来呕吐声。房枝急忙闻闻餐桌上的生鱼片和炸鱼的味道，但是当然并未腐坏。

一阵难过的干呕声之后，祐一脸色苍白地走了出来。

"你怎么了？"

房枝想要细看祐一的脸色，祐一却推开她的肩膀，睁眼说瞎话地说："没怎样……呛到而已。"

"什么呛到……"

房枝捡起掉在地上的筷子。眼前就是祐一的脚，祐一才洗完澡，不可能觉得冷，那双脚却微微地抖个不停。

尽管嘴里唠叨个没完，胜治还是爬起来换衣服，让祐一开车载到医院。停车场就在短短五十米外，又不是走不过去，胜治却叫祐一把车子开到玄关来。祐一虽然一脸不耐烦，却还是乖乖地开来了。

祐一把袋子扔进后车座，胜治不高兴地坐进已经归回原位的副驾驶座。祐一绕到驾驶座，房枝对他说："如果护士长不在，负责外公的是一个叫今村的护士。"

祐一白色的车子与古老民家鳞次栉比的阴暗小巷格格不入。车子里亮着不晓得是音响还是收音机的微弱灯光，看起来就像一群不合时节的萤火虫。

房枝关上副驾驶座的车门，车子随即发动。一瞬间，车子的引擎声盖过了远方起伏的浪涛声。

房枝目送车子穿过小巷离去，随即回到厨房，收拾善后。整理完之后，她关掉各处的电灯，趿着拖鞋前往公民会馆。

风很冷，但海面风平浪静。月光照亮系留在港内的渔船，风有时吹动头上的电线，沙沙作响。

码头上孤零零地竖着几盏路灯，房枝看见了同样正前往公民会馆的冈崎婆婆，加快了脚步。

月亮照耀的小渔港码头上，一个老太婆悠哉行走的背影看起来相当诡异，也有些滑稽。

"冈崎婆婆，你也是现在要过去吗？"

房枝来到她身边，出声说道。冈崎婆婆正用购物车代替拐杖行走，她停下脚步，抬头说道："哦，房枝太太啊。"

"上次拿的中药，你喝了吗？"房枝问。

冈崎婆婆慢慢地走出去，答道："喝了，身体好像有好一点呢。"

"就是啊。我也是半信半疑，可是喝过之后，隔天早上身体好像舒服多了呢。"

约一个月前开始，町里的小型公民会馆举办了一连串健康讲座，是由制药公司主办的，听说总公司在东京。

房枝没什么兴趣，只是妇女会会长她们邀约，所以房枝每次都会参加。

走在码头上，全身的关节暴露在渡海而来的寒风中，处处作痛。渔港独特的海潮气味混合在寒风里，抚摸着冻得快要失去感觉的鼻子。

房枝为了尽量不让推着购物车的冈崎婆婆直接吹到寒风，刻意走在靠海的一侧。

"对了，下次可不可以拜托祐一买个米呢？你们家去买东西的时候顺便就行了。"

公民会馆出现在前方时，冈崎婆婆说道。

"哎呀，怎么不早说呢？前阵子我才叫祐一去买呢。"

房枝扶着冈崎婆婆的背，走进通往公民会馆的小巷子。

"也是可以请那边的大丸商店配送啦，可是那边十公斤的米卖到四千日元以上，配送还要加收三百日元呢。"

"有人会在大丸商店买东西吗？十公斤四千日元？叫祐一开车

到对面的量贩店去,半价就买得到喽。"

冈崎婆婆踏上石阶,房枝抓住她的手。老太太用力握住房枝的手腕借力,爬上楼梯。

"我也知道啊。可是我们家不像房枝太太家有年轻人能开车去买米啊。"

"干吗那么见外呢?这点小事,随时说一声就是了啊。反正我们家也是拜托祐一去采买的,别说什么顺便了。"

不长的阶梯尽头处就是公民会馆,门面就像座神社。在屋内的日光灯照射下,有个影子正俯视着这里。

"米还有剩吗?"房枝问道。冈崎婆婆爬上最后一阶,不安地呢喃说:"还能再撑个四五天吧。"

"明天我就叫祐一去买吧。"

此时,公民会馆传来像要盖过房枝声音的话声:"是冈崎婆婆跟清水太太吧?欢迎欢迎。"

望着这里的人影,是在健康讲座中担任讲师的医学博士堤下。有点胖的堤下话才说完,人就跑了下来。

"上次的中药,你们喝了吗?"

听到堤下的话,冈崎婆婆勉强挺直了背,露出高兴的笑容。

堤下陪着她们进入公民会馆,附近的居民已经集合在这里,各自摆了坐垫坐着谈笑。

房枝拿了自己和冈崎婆婆的两张坐垫过来,在担任妇女会会长的早苗旁边坐下,聆听早苗和冈崎婆婆说话。两人已经交换起感想,说喝了上次拿的中药,晚上睡觉的时候,脚都不感到冰冷了。

堤下很快地用纸杯装了热茶拿来。房枝惶恐地接下托盘上的纸杯说："哎呀，不好意思，竟然麻烦男人做这种事。"

"外婆，我没有骗你吧？喝了那个中药，洗完澡身体还是一样暖乎乎的，对吧？"

堤下抚着冈崎婆婆的肩膀，在她旁边坐下。

"真的暖乎乎的。你给我药的时候，我还一直觉得你在唬我呢。"

冈崎婆婆大声说道，大厅里笑声此起彼落："就是啊，真的。"

"我为了哄骗婆婆们，辛辛苦苦地挪动我这双短不溜丢的腿，大老远跑来这种地方呢！"

堤下坐着，伸长他的短腿前后摇晃，他的动作惹来哄堂大笑。

这座公民会馆约一个月前开始举办健康讲座，这位中年医学博士堤下每次向六十岁以上的高龄者传授一些保健秘诀。

房枝起初是因为妇女会会长邀约，才心不甘情不愿地过来，但是堤下就像这样，会拿自己的缺点当笑点，插科打诨地说明，非常有趣，房枝今天甚至过了中午就在期待晚上来临了。

"喏，那我们差不多开始吧。"

堤下站起来，对分散在大厅各处的老人说道。里面有些老先生似乎在晚餐中喝了烧酒才来，一张脸红通通的。

"今天我们要讲的是血液循环。"

堤下响亮的声音传遍大厅。大家望着堤下走上小讲台，表情就像期待着落语[①]家登台开讲似的，脸上充满了笑容。

[①] 落语近似于中国的单人相声。

讲台旁边，挂着一面最近只在龙舟大赛时才使用的大渔旗。

◇

晚间的医院流动着独特的空气。不只是沉重、寂寞，当然也绝非开朗、愉快。

这天晚上，金子美保在候诊室的长椅坐下，摊开从病房里拿出来的杂志浏览。

时间还不到八点，挂号柜台的灯已经熄灭，候诊大厅昏暗的日光灯下只有老旧的长椅并排着。

这里非常狭窄，令人无法想象白天有百人以上的病患在此候诊。

人群离开之后，夜间的候诊大厅里留下来的只有老旧的长椅，以及地板上用各色油漆画出来的箭头，指示通往各病房楼层的方向。

粉红色箭头通往妇产科。黄色箭头通往小儿科。蓝色箭头通往脑外科。

昏暗的日光灯下，只有色彩缤纷的箭头显得十分华丽，与医院格格不入。

偶尔，住院病患会快步穿过大厅，到外面抽烟。因为一到九点，这里的正面玄关就会上锁，到时候就没办法去吸烟区了。有人推着点滴架出去，有人拿着尿袋出去，有人拄着拐杖，有人坐着轮椅，每个人都为了抽上今天最后一支烟而外出。可能是住在同一间病房，一名中年男子和青年聊着棒球，走了出去。坐轮椅的女子一边用手机和丈夫讲电话，一边离开。

每个人带着各自的疾病和伤口，前往暴露在寒风中的室外抽烟区。

往候诊大厅里一看，白天一整天都开着的大型电视机前放了一辆婴儿车，一个头发染成红色的老太婆今晚也孤零零地坐在那里。她也没有特别做什么，只是偶尔想起来似的推推婴儿车，温柔地对里头的男孩说："嗯？怎么了？"

婴儿车里坐着一个患小儿麻痹症的男孩。男孩的体形已经有点太大，不适合坐在婴儿车里了，他扭曲的手脚从装饰着蝴蝶结的婴儿车里伸了出来。

每天晚上一到这个时间，老太婆就会来到这里。她来到这里，对不会回话的男孩说话，抚摸他痛得扭动不已的身体。

美保心想，可能病房里全都是年轻的母亲吧。虽然不知道是什么原因，不过，全是年轻母亲的病房让人待不下去，染了红头发的老太婆才会带着这个男孩，每天晚上来到这里。

美保听着住院病患前往抽烟区的脚步声，还有老太婆安抚婴儿车男孩的声音，翻阅着杂志。

这本杂志是放在医院活动中心里的女性杂志，已经过期两个月了，不过美保还是从报道歌舞伎演员和女星结婚消息的彩页开始，一页一页地仔细阅读。

就在她翻到约三分之一页数的时候，负责的护士急急忙忙地从电梯里走了出来。

"哎呀，金子小姐。"护士出声招呼，美保点头致意。

护士走过来，望向杂志，一脸纠结地说："在病房里，连杂志都不能好好读呢。"

"不是，没那回事。只是一整天都待在病房里，实在很闷……"

"今天早上诸井医生跟您说过了吧？"

"是的。医生说明天的检查结果没问题的话，星期四就可以出院了。"

"太好了。和刚住院的时候相比，您判若两人呢。"

约两个星期前，美保连续三天高烧不退。她虽然发了烧，但是店好不容易才开张，不能休息，只能勉强硬撑着工作。一天，她突然感到一阵眩晕，昏了过去，幸好当时有个熟客在场，立刻叫了救护车。

检查之后，她被诊断为疲劳过度。医生还说她差点染上肺炎。虽然那只是一家小餐馆，但是美保实在太勉强自己了。

好不容易开店，却短短两个月就歇业。美保觉得太不走运了。

护士离开后，又走到候诊室角落，和那个老太婆说话。

"阿守真好，总是有奶奶陪着。"

护士温柔地对婴儿车里的男孩说话，她的声音回响在寂静夜晚的候诊大厅。近处的自动贩卖机马达"嗡"地低吟起来，仿佛在回应她的话。

美保合上杂志，从长椅上站起来，想要回病房去。这个时候自动门打开，冷风吹了进来，美保以为是抽完烟的人回来了，不经意望过去。

99

一个高个子、染金发的年轻人搀扶着缓步行走的老人，走了进来。穿旧的粉红色运动服与他的金发意外的相称。

金发青年几乎只盯着脚边看。可能是为了让老人走得轻松一些，看得出他伸进老人腋下支撑的手臂使了相当大的劲。

美保漫不经心地望着两人，先走到了电梯前。她摁下上楼键，门立刻开了。

她想等那两个人从入口慢慢走过来。她在里面摁着开门键，两人的身影从大柱子后面出现了。

就在这一瞬间。

美保急忙松手，也不管可能会刺伤指头，使尽全力摁下旁边的关门键。

电梯门无声无息地关上。门完全合上的前一刻，美保看见了正要抬头的金发青年的脸。

没有错，搀扶着老人的青年，就是清水祐一没错。

那已经是两年前的事了，当时美保在按摩店工作，祐一几乎每天晚上都来光顾，指名美保服务。

那家店位于长崎市内最大的闹区，才开张不久。一楼有电玩中心，大马路的对面有河川流过，打扮成护士或女高中生的脱衣舞店女郎会站在河畔的大马路上招揽客人，就是这样一个地区。

祐一这个客人并不会要求做什么特殊服务，但是美保最后等于是为了逃离祐一才辞掉店里的工作。总归一句话，美保觉得祐一很恐怖。至于哪里恐怖……两人明明是在那种店认识的，祐一却正常过了头，让美保渐渐地感到恐怖。

美保在五楼下了电梯,东张西望地回到病房。前来探病的人都已经回去了,左右各有三张病床,只有美保的病床没有拉上帘子。

美保走回自己的床位,随即拉上帘子。隔壁的床上,吉井老婆婆似乎已经睡着了,听得见她的鼾声。

美保在帘子包围的床铺上坐下,告诉自己:"没有什么好怕的。对,没有什么好怕的。"

她记得,清水祐一第一次来到店里,是某个星期天。

这家店在周末从早上九点开始营业。这个时段因为容易捏造出门的理由,有很多已婚的客人。

这天早上,在店里待班的除了美保以外,还有另一名女子,美保记得她是从大阪来的,年纪已经三十五以上了。

经理就像平常一样,让客人在等候区选好小姐后,来叫美保。美保当时刚出勤,她急忙换上橘色的性感长袍睡衣,前往包厢。

约有五间的包厢排成一列,美保打开最里面的一道门,约三平方米大的房间里,正杵着一名高个子的男人。

美保面带微笑,自我介绍,推着似乎很尴尬的年轻人,让他在小床坐下。

在这个时段来的客人多半会先辩解一番,最常见的是"昨晚彻夜加班,我连觉也没睡,就直接来这里了"。对美保来说,这些理由根本无所谓,但是男人可能觉得起个大早跑来这种地方的自己很窝囊吧。

祐一在床上坐下,对着狭窄的室内左顾右盼,简直是不打自招,说他是第一次来这种店。

美保依照店里的规定,邀他到淋浴间去,祐一一脸不安地说:"我已经洗过澡了……"

祐一看起来也不像那种想要让女人摸他肮脏身体的客人,事实上,祐一的头发散发出洗发精的香味。

"这是店里的规定,不好意思哟。"

美保拉着祐一的手,经过狭窄的走廊,前往淋浴间。

说是淋浴间,其实就是一间小小的浴室,两个人一起进去的话,身体免不了碰触在一起。

美保叫祐一脱衣服,用指尖试了试莲蓬头的水温。

回头一看,祐一下半身穿着一条内裤,视线在狭窄的室内到处游移,好像不晓得该往哪里看才好。

"你都穿着内裤洗澡吗?"

美保对祐一微笑,祐一犹豫了一下,一口气脱下内裤。

最近美保接的都是一些上了年纪的客人,就算美保以为已经看开了,还是忍不住对自己的人生感到厌倦。

美保拉着祐一的手,让他站在微温的莲蓬头底下。

"今天休息?"

美保在海绵上搓出泡沫,为祐一搓背,顺口问道。祐一全身紧绷,美保想尽可能舒缓他的紧张。

"难道你还是学生?"

美保冲洗他背上的泡沫说道,祐一总算回话了:"不是,我已经在工作了。"

"你在运动吗?肌肉好发达哟。"

美保也不是特别感兴趣，只是为了串场，称赞祐一的身材。

祐一几乎没有开口，只是目不转睛地盯着美保抚摸自己身体的手，眼神相当认真。

美保用干毛巾帮祐一擦干身体后，让他先回房间去。店里规定，用完浴室后一定要用毛巾擦干水滴。

打扫完后，美保回到包厢。祐一腰上缠着浴巾，抱着自己的衣服，正呆杵在原地。

"你住在这个镇上吗？"美保问。

她以前从来不过问客人的隐私，这次却自然而然地问出口来。

祐一犹豫了一下，说出一个美保从未听过的郊外小镇的名字。

"我半年前刚搬来这里，不太清楚呢。"

听到美保的话，祐一的表情有些沉了下来。

老实说，美保以为祐一只会来这儿一次。

然而两天以后，祐一又出现在店里，连小姐的名簿都不看，就指名要找美保。

美保被经理叫去包厢，祐一似乎较习惯了些，坐在床上等着。今天和第一次不同，是平日的晚上，店里相当忙碌。

"哎呀，真高兴你又来了。"

美保露出应酬的笑容，祐一微微点头，把手里的纸袋递给她。

"这是什么？"

美保疑心里面会不会放了什么奇怪的东西，警戒地收下纸袋。

拿到纸袋的瞬间，美保差点尖叫出来。因为出乎意料的是，纸袋竟是温的。

她差点就要把纸袋扔出去，祐一低声地说："是肉包。这家的肉包很好吃。"

"肉包？"

美保好不容易拿好差点扔出去的纸袋。

"要给我？"

美保问，祐一微微点头。

虽然以前也不是没有客人送礼物给她，但是送食物——而且还不是饼干或巧克力，而是热腾腾的食物，这还是头一遭。

美保一脸惊讶，祐一便问："你不喜欢肉包吗？"

"不，我喜欢。"美保急忙回答。

祐一从美保手中拿过纸袋，放在膝上打开。一瞬间，他好像在找酱油碟子，但是按摩店只有约三平方米大的包厢里不可能有那种东西。

纸袋一打开，连窗户都没有的包厢里立刻充满了肉包的香味。薄薄的墙壁另一头传来男人下流的笑声。

后来，祐一每隔不到三天就会到店里来。

经理说，碰到美保休假，祐一也不会指名要别的小姐，而是垂头丧气地回去。

老实说，美保不知道祐一到底觉得自己哪点好才一直来找她。祐一第一次来的时候，她也只是照惯例服务，并没有做什么让祐一特别高兴的事。

然而两天之后，祐一却若无其事地来到店里，甚至带了伴手礼"肉包"给美保。

两人在按摩店狭小的包厢床上，吃着还热乎乎的肉包。

对话也不投机。不管美保问什么，祐一都只是低声地问一句答一句，从来不会主动提出问题。

"刚下班吗？"

"嗯。"

"公司在附近吗？"

"工作的地方不一定，是工地。"

祐一总是先回家，洗过澡、换过衣服之后，再来店里。

"这里有浴室啊，直接过来就好了嘛。"

美保这么说，祐一却不吭一声。

这天吃过肉包之后，美保带他到淋浴间去。祐一已经不像第一次那样战战兢兢了。

祐一每次选的，都是最受欢迎的"四十分钟五千八百日元"。扣掉淋浴时间，两个人能够独处的时间还不到三十分钟，但是反过来说，只要有这点时间，就足够做完客人想做的事。

祐一是个很轻松的客人。次数一多，美保自己也习惯了，有时候枕在祐一的手臂上，还会忍不住打起瞌睡来。不知不觉间，她甚至把自己的身世告诉了沉默寡言的祐一。

继肉包之后，祐一接着买了蛋糕过来。祐一每次过来一定买些食物，在狭窄的包厢里一起吃。美保渐渐习惯后，只要祐一过来，她都不会先带他去淋浴，而是端出冰红茶或咖啡。

美保记得，大概是祐一第五次还是第六次过来的时候，一天假日的午后，他带了亲手做的便当来。

美保期待着祐一又像平常一样带了什么过来，接下他递过来的纸袋，结果里面装了一个双层便当盒，上面有史努比的图案。

"便当？"

美保忍不住惊讶地叫道，祐一难为情地掀开便当盖。

第一层装着煎蛋、香肠、炸鸡块和马铃薯沙拉。打开下面一层，里面装满了白饭，上面仔细撒满了颜色不同的香松。

拿到便当盒的时候，美保顿时以为祐一有女朋友，这是祐一的女朋友为他做的便当，而祐一把它拿来给自己。但是美保问："怎么会有这个便当？"祐一却难为情地垂下头去，小声地说："或许不是很好吃……"

"……这该不会是你做的吧？"

美保忍不住追问，祐一掰开免洗筷，塞进她的手里。

"炸鸡是昨天晚上外婆炸好，没吃完的……"

美保呆然注视着祐一。祐一就像个等待考试结果揭晓的孩子，等着美保动筷。

美保已经听说祐一和外公外婆三个人住。她尽量不想去知道客人的私事，所以当然也没再继续深究。

"这真的是你自己做的？"

美保用筷子夹起煎得软绵绵的煎蛋，放进嘴里，一阵微甜扩散开来。

"我喜欢加糖的煎蛋。"

祐一辩解似的说，美保回答："我也喜欢甜的煎蛋。"

"那个马铃薯沙拉也很好吃。"

这里并不是春天的公园。这里连扇窗户也没有，堆满了面纸盒，是按摩店的包厢。

这天开始，祐一每次来店里就亲手做便当带来。

美保也是，只要祐一询问，她就会坦率地把自己排班的日子告诉他，还说"九点左右肚子最容易饿了"。不知不觉间，她依赖起祐一的便当来了。

"也不是跟谁学……不知不觉就会了。我也喜欢看外婆切鱼，可是收拾起来很麻烦……"

祐一看着美保穿着花哨的性感睡衣吃便当，这么说道。

事实上，祐一做的便当非常好吃。"再做上次的羊栖菜来嘛。"美保要求的情况也多了起来。

吃完便当后，祐一喜欢让美保枕在他的手臂上，一起睡觉。

本来依规定，应该要让祐一去淋浴的，但美保渐渐地即使违反规定也不以为意了。

"你从来不会邀我在外头见面呢。"

闹铃响起，通知时间还剩下五分钟。

"平常的话，一旦变成熟客，都一定会要求下次在外头见面。"

祐一没有回话，于是美保再次追问。

"如果我说的话，你会在外面跟我见面吗？"

声音充满杀气。

美保翻动身体下床："才不会呢，怎么可能嘛。"祐一用力抓住她的手。

"我只要在这里见面就好了，"祐一说，"这里的话，不必被人打扰,永远两个人在一起,不是吗?"

"什么永远,才四十分钟而已。"美保笑道。祐一一脸严肃地说:"那我下次选一小时的。"

美保起初以为他在开玩笑。但是不管怎么看,祐一的眼神都是认真的。

◇

到了熄灯时间,护士前来关掉病房的照明。

美保躺在床上盯着天花板,回想着祐一的事。病房的灯一熄,她立刻溜下床。

只有最靠近入口的病床还点着灯,昏暗的病房里,仿佛只有那里的时间仍在流逝。布帘内侧透出光来,隐约映出读书的人影。在读书的是一个就读市内短大的女孩,似乎从小就肾脏不好,肤色看起来很暗沉,但笑起来非常可爱,看得出她是在全家的关爱下成长的。

美保小心不让拖鞋踩出声响,离开病房,前往电梯间。橘色的胶带在走廊上延伸出去,指示浴室和厕所的方向。

美保搭上担架也推得进去的大电梯,有种不是自己在下降,而是整栋病房大楼在上升的错觉。

一楼的候诊大厅里,老太婆依旧安抚着婴儿车里的小男孩,四周同样寂静无声,只有自动贩卖机在作响。

事到如今,美保也不是想和祐一说什么。她也明白自己最后等于是践踏了祐一的心意，根本没有脸去见他。或许是因为住院了将近两星期，却几乎没有半个人来探病，美保变得软弱了。

即使如此，美保还是想向刚才搀扶着老人来到这里的祐一说些话。她也觉得，如果被她残酷抛弃的祐一能够亲口告诉她"我现在和一般的女孩子在交往，过得很快乐"，她就能够原谅当时的自己。

自己只是祐一在按摩店认识的女人，祐一却甚至为她租了一间小公寓，想要和她同居。

美保漫不经心地望着老太婆哄着婴儿车里的男孩，她忽地望向美保说："这里很安静，让人感到心神安宁呢。"两人在这里已经见过好几次了，但这还是老太婆第一次对她说话。

美保因为接下来要去见祐一而紧张，身体有些紧绷，她像被拉住似的走近老太婆。

这是她第一次在近处看到婴儿车里的男孩。远远看也大致想象得出来，但是男孩的身体扭曲得比想象中的更严重，似乎有点斜视，眼神涣散游移。

"阿守。"

美保抚摸男孩子细瘦的手臂。

一旁的老太婆似乎惊讶于美保为何知道男孩的名字，露出吃惊的表情。

"刚才护士小姐这么叫他。"

美保连忙说明，老太婆一脸高兴地说："阿守真受欢迎呢，每个人都认识阿守哟。"她抚摸男孩汗湿的额头。

"听说像这样摸摸他，就不会那么疼了。"

109

老太婆说着，抚摸男孩子颓然无力的肩膀。自动贩卖机微弱地出声呻吟。

尽管有很多话可说，可不知为何，美保却说不出口。美保坐在老太婆身边，学着老太婆抚摸男孩子露在婴儿车外的手和脚。

就在这个时候，电梯门打开，祐一走了出来。老人不在，祐一双手插在牛仔裤口袋里，板着一张脸。

祐一瞄了这里一眼，但是好像没注意到美保，立刻移开视线，走了出去。

"清水！"

祐一的背影慢慢往上了锁的入口走去，美保鼓起勇气叫道。

祐一顿时停下脚步，警戒似的回头。

美保从长椅上站起来，笔直地注视着祐一。

刚才还在抚摸的男孩子的脚微微碰上美保的大腿。男孩摆动双脚，像在要求她多摸一会儿。

视线对上的瞬间，祐一全身显得虚脱无力。美保忍不住伸出手去。但是，两人之间的距离就算伸出手去，也触摸不到彼此。

美保急忙走近祐一。她看到祐一的脸色转眼间越来越苍白。

"你……你还好吗？"

美保抓住祐一的手。她刚才还在抚摸男孩子纤细的手臂，两者不同的触感瞬间让她起了鸡皮疙瘩。

"我刚才看到你带外公进来，所以在这里等。"美保说。

一瞬间，她甚至感觉祐一或许不是送那个老人过来，而是他自己生病了。

"我们到那里坐一下吧?"

美保拉扯祐一的手,他却像要逃躲似的闪开身体。

"事到如今,我也不是想要向你道歉还是怎样。都已经是两年前的事了……只是,那么久没见到你,总觉得好怀念……"

美保仿佛要拉开意外缩短的距离,如此说道。祐一变得苍白的脸上逐渐恢复血色。

"对不起,突然叫住你。"

美保向他道歉。

"我现在在和普通的女孩子交往,过得很好。"——美保只是想听祐一这么说,才出声叫他的。可是祐一一看到自己,却霎时脸色苍白。

看来,祐一还没有原谅自己。美保以为已经过了那么久的时间,应该不要紧了,所以才轻易地出声叫他,但是美保这才深切感受到这只是背叛的一方一厢情愿的想法。

"我还有事……"

祐一难以启齿似的说,望向入口。美保顺从地放手,道歉说:"嗯,对不起,耽搁你了。"

美保并不是期待祐一还留恋自己,可祐一的态度也太冷漠了。

祐一走出医院,月光照亮了祐一前往停车场的身影。他应该只是走去附近的停车场,美保却觉得他仿佛走向更遥远的地方。如果夜晚的另一头还有另一个夜晚,他正前往那里。

祐一的背影消失在停车场。宛如从未有过这场暌违两年的再会,他一次也没有回头。

◇

　　三濑岭发生命案已过了三天。

　　这一天，电视的八卦节目也争先恐后地报道三濑岭的命案。

　　无论转到哪一台，熟悉的主播和记者都站在隆冬岭上的影像背景前，纠结着表情述说对犯人的憎恶。

　　八卦节目的报道大致如下：

　　一名在福冈市人寿保险公司上班的二十一岁女性遭人杀害，弃尸在三濑岭。

　　死者当晚十点半左右，在公司承租的公寓附近与两名同事分手后，前往步行约三分钟的地点会见男友，就此失去联络。

　　目前警方将死者的男友——二十二岁的大学生，列为重要关系人，四方搜索，但根据其朋友供称，该大学生这三四天来下落不明。

　　电视画面上，除了报道命案经过的字幕以外，还附上岭上萧瑟的影像，来营造出惨遭杀害的被害人之不幸。相反，以"校内最受欢迎的风云人物""驾驶高级进口车""独居在福冈黄金地段的高级公寓"等字眼报道失踪大学生的数据时，则使用天神及中洲一带的热闹画面。

　　来宾似乎都认为犯人九成九就是这名失踪的大学生，观众也都清楚地感觉到他们的立场。

　　在福冈市内升学补习班担任讲师的林完治，也不顾手里抹了橘子果酱的吐司会冷掉,就这么直盯着电视荧幕看。

下午三点,再不出门上课就要迟到了,但是林完治却迟迟无法从椅子上起身。

两天前,林完治和今天一样,睡到中午过后起床,接着打开电视。他就是那个时候得知这起命案的。

起初他只是看着电视,悠哉地喃喃自语说:"哦?三濑啊?"画面上映出被害人照片的那一刻,正在喝橘子汁的他呛到了。

画面上的被害人的确是林完治三个月前在手机网站上认识的女孩。不过她不叫"石桥佳乃",而自称"米亚"。

林急忙确认手机上的记录。以时间来看,邮件还留着的可能性不大,但她传来的邮件勉强还有一封留着。

"上次谢谢你请客!我玩得好开心。可是我上次也跟你提过了,我下个月就要调到东京去了,可能没办法再见面了。真是太没缘了,对不起哟。谢谢你,拜拜。米亚。"

林完治的手机里留着的,是她传来的最后一封邮件,简而言之就是"不要再联络了"的分手信。以前交换的大量邮件早已删除,但是林很清楚地记得他和石桥佳乃(米亚)见面的那一天。

两人约在福冈巨蛋饭店的大厅,那里有成排长椅围绕着大厅,几乎全被携家带眷的客人给占据,挤得水泄不通。

米亚比约定的时间晚了十分钟左右出现,本人比之前传来的照片看起来要逊色一些,不过在四十二岁且单身的林眼中,还是可爱得像只瓢虫。

米亚肆无忌惮,当场拿出收据,要求林支付她前来饭店的计程车钱。米亚嫌路远，是林叫她搭计程车来的，但是米亚连声招呼也没有，劈头就要钱，让林深刻感受到两人是有条件见面的。

"我没什么时间。"米亚这么说，所以林省略原本预定要去的咖啡厅，直接开车载她到附近的宾馆去。

对林来说，这也不是第一次的经验，所以他拿出事先说好的三万日元，立刻就在狭窄的床上办起事来。

米亚应该也不是第一次做这种事。她一拿到钱，立刻脱掉衣服，只剩下内衣之后说："点个饮料好不好？"然后打电话到柜台。

八卦节目对三濑岭命案的专题报道已经结束，林完治总算把手里的吐司放回盘子。他只咬了一口，上面留下清晰的齿痕。

曾经发生过一次关系的女人，被人给杀害了。这三天以来，林的脑袋虽然能够理解这件事，心情上却无法释怀。

如果要比喻的话，就像第一次看到初中同学在地方电视台担任主播时，"那种女人也可以上电视啊？"的那种半嘲笑、半钦羡的心情。但是米亚并不是当上了主播。米亚被人掐死，丢弃在严寒的山上。

犯人一定是跟自己一样的男人。米亚在手机交友网站上认识了和自己一样的男人，而那个人碰巧是个杀人魔。

林不晓得他是在自我正当化还是在自我矮化。当然，我没有杀人，但是被杀的是我见过的女人，而那个女人八成是被我这种男人给杀掉的。

或许犯人是把她当成装妓女的女人了。如果犯人把她当成装清纯的妓女，或许就不会萌生杀意。

上课快迟到了，林关掉电视，一边系领带，一边走向玄关。

就在这个时候，玄关传来敲门声。林以为是快递不巧送来了，冷冷地应声，结果打开门一看，两名身穿西装的男子像要挡住去路般堵在门口。

"请问是林完治先生吗？"

一瞬间，林不晓得是哪一个在说话。两个人都三十岁左右，都理一样的平头。

"呃，啊，是的……"

林口中回答，心里马上明白对方是为了那宗命案而来。在电视上得知那宗命案后，他就觉悟到这天迟早会来临。只要调查米亚的手机，应该两三下就能查到自己的名字。

"我们有点事想要请教……"

简直就像两人同时在说话。"是的，我明白。"林静静地点头，"啊，我不是那个意思。"他急忙接着说，然后问道，"是三濑岭的命案对吧？"

两人对望一眼，以锐利的眼神望过来。

"我认识那个女孩。可是，我和这次的命案完全无关。"

林请两名刑警入内，关上门。狭窄的玄关口鞋子杂乱堆放，三个体格壮硕的男子为了不踏到鞋子，以奇妙的姿势站着。

"我一直在想警察应该会来。只要查查手机什么的，马上就知道了吧？呃，怎么说，就是那个女孩有哪些朋友之类的……"

林流畅地回答。得知命案以后，他为了预防万一，一直在盘算到时候该怎么说。理平头的两名刑警默默地聆听他的话，偶尔对看几眼。他们的脸上面无表情，也不晓得究竟是不是相信林的陈述。

"大概三个月前，我们通过电子邮件认识，只约会过一次。仅此而已。"林说。

打着日元点图案领带的刑警苦笑说："约会？"

"这……这应该不犯法吧。她已经是成年人了，我们是在彼此同意下见面的……而……而且钱也是，那只是正好股票赚钱，给了她一点零用钱而已……"

林说得口沫横飞。一名刑警抽身避开，脚底踏到肮脏的运动鞋。

"哎，不用那么慌。"

刑警寻找新的立足点，制止林说。

林仰望两名高个子刑警，猜想他们是不是已经问过好几个像自己一样见过她的男人了。

"关于零用钱的事，以后再说吧。还有，我们得事先声明，光从手机号码，是无法得知邮件的对话内容的。"

刑警说到这里，总算拿出警察手册，在林的眼前晃了一下。

"上个星期天，你人在哪里呢？晚上十点左右的时候。"

打着日元点花纹领带的刑警不知为何，边拧着眉毛边问。

林在内心呢喃"好，终于来了"，深深地吁了一口气。

"那天我在工作。我在补习班担任讲师，上完课是十点半，后来我和同事在做寒假补习的课程表，一直到快一点钟，然后一起去了附近的居酒屋，三点半才离开店里。回家之前，我绕去附近的录影带出租店，借来的录影带还在这里。"

不到十分钟就全部讲完了。刑警面带笑容，和他道别之后离开，林不由得腿软瘫坐在原地。

直到说出星期天的不在场证明前，林都还能够无所畏惧，但是当刑警说"因为事关杀人命案，我想我们会去向你的同事求证"时，林几乎是哭求似的说："这份工作我做了二十年了，那样会对我造成相当大的困扰。能不能请你们私底下调查呢？例如说去问居酒屋的老板，或是用不同的借口去问我的同事……"

刑警也没答应，只是暧昧地应答，然后回去了。他们看来没有怀疑自己，但是也不像会为自己的未来着想。

林告诉刑警的，全都是千真万确。但是他没想到实话实说竟是如此困难。早知如此，干脆说谎还比较简单。

总之先去补习班吧。总之先认真工作吧。万一事到临头，再拼命道歉，说不会重蹈覆辙就是了。而且有件事他绝对能对天发誓：他从来不曾对来补习班上课的小学女生有兴趣。

林虽然说得出话，却无法从瘫坐的位置站起来。

虽然刑警没有告诉他正确的人数，却说他们已经见过几名与被害人有关系的男子。

为了打发时间登录交友网站，在上面认识的女子突然死了，和她认识的男人全都陷入走投无路的境地。自己也是，但是应该没有人是为了想杀她才跟她见面的。然而她却被杀了。

如果是有个妓女碰到坏客人，惨遭杀害，或许还有那么一点老套的故事性在里面。但是被杀害的不是妓女。虽然隐瞒不说，但死者是个脚踏实地拉保险的年轻女子。一个假装成妓女，却不是妓女的女子。

在宾馆的狭窄客房里，林称赞佳乃说"你的身体好软"，于是佳乃穿着内衣裤，自豪地弯腰前屈给他看。

"我以前是新体操社的，以前身体更软呢。"

脊椎浮现在白肌底下。她望着林的笑容，完全没有料想到自己三个月后即将被杀。

◇

同一天上午，距离福冈约一百公里的长崎市郊外，清水祐一的外婆房枝正按着疼痛的膝盖，把从每周来一次渔港的摊贩卡车买来的蔬菜放进冰箱里。

茄子很便宜，房枝一口气买了十条，想要腌渍保存，事后才想起祐一不太喜欢腌茄子而后悔不已。

她以为一千日元应该足够，没想到总共竟要一千六百三十日元。老板给她便宜三十日元，可是钱包里的钱一下子就变得少得可怜了。房枝原本估计这个星期都不必去邮局领钱的。

这天房枝打算要搭巴士去市内的医院探望住院的丈夫胜治。虽然去探病他就不高兴，但不去他又要抱怨，所以房枝非去不可。虽说住院有保险支付，不必花钱，但每天的巴士钱却怎么样也省不了。

从附近的巴士站坐到长崎车站前，单程要三百一十日元。在车站前换车，坐到医院前要一百八十日元。每天往返的话，来回就要花上九百八十日元。

房枝总是尽量把一星期的菜钱压在一千日元以下，每天九百八十日元的巴士钱对她来说，就像住进温泉旅馆受人服侍般，奢侈得教人心虚。

房枝把蔬菜放进冰箱，从塑胶罐里拿起一颗梅干塞进嘴里。

"大婶！在吗？"

这个时候，熟悉的男声从玄关口传来。

房枝吮着梅干，来到走廊一看，派出所的巡警正和一名陌生男子站在门口。

"哎呀，现在才吃早饭吗？"

微胖而和蔼可亲的巡警进到屋子里。

房枝从嘴里拿出梅干核，巡警问道："我刚才听说了，大叔又住院了是吗？"

房枝把梅干核藏在手心里，望向巡警身旁的西装男子。男子被太阳晒黑的皮肤看起来很坚硬，垂下的手指感觉特别短。

"这位是县警早田先生，说有事要找祐一。"

"找祐一？"

房枝反问，梅子的香味在嘴巴里扩散开来。

平日在派出所喝茶聊天的时候从来没有放在心上，此时巡警腰上的手枪却蹦进房枝的眼帘。

"上个星期天晚上，祐一有没有出门去哪里？"

巡警坐在玄关平台上，勉强扭转身子询问背后的房枝。站在一旁的刑警急忙按住他的肩膀，一脸严肃地制止说："我来发问。"

房枝仿佛依偎坐在平台上的巡警似的跪坐在他旁边。

"哦，没什么啦，听说在福冈的三濑岭被杀的女孩子，好像是祐一的朋友。"

尽管刑警制止，巡警却兀自向房枝说个不停。

"什么？祐一的朋友被杀了？"

房枝跪坐着，身体往后一仰，膝盖猛然作痛，她呻吟起来："痛痛痛……"

巡警急忙抓住房枝的手，把她拉起来："看，等会儿又站不起来了。"

"祐一的朋友，是中学的同学吗？"房枝问。

祐一高中念的是工业高中，所以房枝以为是祐一中学时的同学，那么，就是这附近的女孩被杀了。

"不是中学的同学，是最近交的朋友。"

"最近？"

房枝听到巡警的话，吃惊叫道。祐一虽然是自己的孙子，但他身边丝毫没有女人的影子，教人担心。别说是女人了，祐一连要好的男性朋友也只有寥寥可数的几个而已。

"不是说由我来发问吗？"穿西装的刑警好像受不了嘴巴轻浮的巡警，板起脸孔说。

"请教一下，上个星期天……"

刑警以高压的口气问道，房枝不等他说完，回答说："星期天，我想祐一在家。"

"哦，果然在嘛。"巡警好像松了一口气，又插嘴说道。

"其实在过来这里之前，我们在外面碰到了冈崎婆婆。祐一出门的时候不是都开车吗？冈崎婆婆家就在停车场旁边，她以前就常常说不管是车子开出去还是开回来，声音都听得一清二楚。所以我们就问冈崎婆婆，结果她说星期天的时候，祐一的车子一直都在。"

巡警滔滔不绝，房枝和刑警都没法子插嘴。房枝看见刑警严厉的眼神略微渗出一丝柔和的色彩。

"叫你闭嘴是听不懂吗？"

刑警警告大嘴巴巡警。但是和刚才不同，他的语气带着一点亲昵。

"我和老头子都睡得很早，不太清楚，可是我觉得星期天祐一应该都在房间里。"房枝说。

"冈崎婆婆这么说，住在一起的外婆也这么说，一定不会错的啦。"

巡警不是对着房枝说，而是告诉刑警似的重复道。

"呃，其实……"

刑警接着巡警的话，终于开始说明。房枝非常介意握在手里的梅干核。

"在福冈的三濑岭发现的女子，她的手机通话记录里有你孙子的手机号码。"

"祐一的？"

"不只是你孙子的，那个女子交友相当广泛。"

"那女孩子是这附近的人吗？"

"不是,她不是长崎人,是福冈博多人。"

"博多?祐一有博多的朋友啊,我完全不晓得。"

刑警可能觉得仔细说明会被房枝频频打断,于是一鼓作气地说明了案件。祐一已经被视为当天晚上在家,刑警的口气感觉上像是在为突然的造访而道歉。

过世的女子名叫石桥佳乃,二十一岁,在博多担任保险业务员。她在当地的朋友、同事、玩伴中人脉很广,光是案发前一周,她就和将近五十个对象通过电话和电子邮件。其中似乎也包括祐一。

"你孙子最后传邮件给那个女孩,是命案的四天前,而那个女孩是在隔天传邮件给你孙子。不过后来她也和将近十个人联络过。"

房枝听着刑警的话,想象着遭到杀害的年轻女孩的长相。她光是听到那个女孩交友广泛,就深深觉得这事与祐一沾不上边。发生恐怖的命案应该是事实,但是她怎么也无法把祐一与这件事连系在一起。

刑警的大致说明结束后,房枝隐约想起宪夫的话。

宪夫说命案发生的隔天,祐一宿醉,在前往工地的途中突然吐了。房枝心里顿时恍然大悟。那天早上祐一已经通过电视还是其他渠道得知这个女孩被杀的消息。他会突然呕吐,就是失去朋友的悲伤所致。

房枝养育了祐一将近二十年,这是她的直觉。

刑警好像在赶时间,说明原委之后柔声说:"总而言之,大婶不必担心啦。"

房枝一点都不担心,但她温顺地点头说:"这样啊。"

"祐一几点下班回来?"

刑警问道,房枝回答:"平常都是六点半左右。"

"那如果还有什么事,我们会再联络。今天就先告辞了。"

刑警说道,房枝姑且站起身来,鞠躬说"辛苦了"。嘴上虽然说会再联络,但刑警似乎没那个意思。

目送刑警离开后,附近的巡警又在平台上坐了下来。"哎呀,吓到了对吧?"他装出滑稽的表情说。

"我当初听到祐一变成关系人的时候也吓死了。可是接到电话当时,冈崎婆婆正好在派出所,所以我就问她车子的事,结果冈崎婆婆说祐一星期天没有开车出门,我马上就放心了。哎呀,其实啊,这话只对大婶你一个人说哟,好像已经知道凶手是谁了。只是,哎呀,总是得确认一下嘛。"

"哎呀,已经知道凶手是谁了?"

房枝夸张地露出松一口气的模样,添了一句说:"说祐一跟住在博多的女孩子是朋友,我也完全无法想象呢。"

"哎唷,祐一也是年轻男孩啊,没办法嘛。那个女孩子好像在交友网站上面认识了很多人。"

"什么叫交友网站?"

"啊,简单地说,就像笔友那样啦。"

"咦,我完全不知道祐一在跟博多的女孩子通信呢。"

房枝想起手掌里还有梅干核,总算把它扔到外头去了。

◇

"仙境"弹珠房唐突地出现在街道旁。沿海的县道大大地向左弯去，接着便突然冒出一个庸俗且巨大的招牌，前方立着一栋模仿白金汉宫而建的寒酸店铺。广大的停车场围绕着店铺，门口造型模仿巴黎凯旋门，入口处站着一尊自由女神像。

任谁来看，这都是一栋丑恶的建筑物，但是与市内的弹珠房相比，掉出钢珠的概率高出许多，所以周末自不用说，就连平日，偌大的停车场也停满了车子，宛如群聚在砂糖旁边的蚂蚁。

二楼的吃角子老虎机前，柴田一二三把剩下的几十枚硬币塞进投币孔里。他看中的机台已经被先来的客人占去，不得已选了眼前这台，决定手里的硬币用光后就不玩了。

约三十分钟前，一二三传邮件给祐一。

"我在仙境，下工以后要不要过来？"他的邮件才传出去没多久，立刻就收到简短的回信："好。"

一二三和祐一是童年玩伴，以前一二三与祐一家住在同一区，但是初中即将毕业的半年前，父母将小小的家和土地卖掉，现在一家人住在市内的出租公寓。

原本的土地邻近海埔新生地，位于海岸线消失的渔港附近，当然不可能卖到多好的价钱，但是当时一二三的父亲赌博欠债，房子土地遭到抵押，一家人形同连夜潜逃，搬到了现在十平方米两房的公寓。

搬家以后，一二三还有联络的朋友只剩下祐一，他们现在依然有来往。

就算在一起，祐一也完全不会说笑，绝对不是个有趣的人。

一二三也明白这点，却不知道为什么，一直和他交往至今。

大概是三年前的事吧，一二三载着当时的女朋友到平户兜风回来，车子突然抛锚了。一二三没钱叫JAF（日本汽车联盟），联络了几个朋友，但他们不是推说很忙，就是说不关他们的事，每个人都冷漠极了。在这当中，唯一一个带着拉车绳索过来帮忙的就是祐一。

"不好意思啊。"一二三道歉说。

祐一面无表情地绑着绳子说："反正我也只是在家睡觉。"

因为总不好让女人坐在被拖行的车子上，一二三叫她坐上祐一车子的副驾驶座。

祐一把车子拖到认识的维修厂后，在那里迅速与两人道别。女人目送祐一的车子离去，一二三试探地问："他人蛮不错的吧？"结果女朋友笑道："他在车子里一句话也不说，跟他道谢，也只是冷冷地点头……我都快闷死了。"事实上，祐一就是这样的人。

剩下最后十几枚硬币的时候，吃角子老虎机开始中奖了。

一二三环顾热闹的店里，寻找送咖啡的迷你裙店员。

他转身望向入口，正好看见祐一从螺旋阶梯走上来。一二三举手示意，祐一马上注意到他，穿过狭窄的通道走来。

祐一刚从工地回来，穿着肮脏的深蓝色缩口裤，外头同样披着一件深蓝色的工程外套，但外套的衣领里头露出一截亮粉红色的运动服。

祐一在旁边坐下，打开似乎是在一楼买来的罐装咖啡。

他从口袋里抽出一张一千日元钞票,默默地玩起隔壁的机台。

祐一一靠近,一二三就闻到他的味道。和夏天不同,不是汗臭味,而是灰尘味,或者说水泥味,总之是废墟里会有的那种气味。

"你知道三濑岭发生的命案吗?"

祐一转眼间就输掉了一千日元,他突然开口说。

"好像有个女生被杀呢。"

一二三头也不回地答道。祐一来到旁边以后,他的手气突然好了起来。

发问的明明是祐一,他却一如往常,沉默着。

"听说那个女的好像在交友网站钓了不少男人,今天电视有报。"

一二三摁着按钮,接着说道。于是祐一问道:"很快就会查到吗?"

"查到什么?"

"……"

"犯人吗?"

"……"

"很快就会抓到了啦。只要调查电信公司,马上就知道那个女生跟谁通过电话了。"

直到此时,一二三都尚未正眼瞧上祐一一眼,径自说个不停。

打了三十分钟的吃角子老虎机后,一二三和祐一离开店里。最后一二三输了一万五千日元,祐一输了两千日元。

太阳已经西下,强烈的灯光打在停车场上。浓浓的影子从两人脚边延伸而出，偶尔和停车格的白线交叉在一起。

一二三和祐一不同，对车子完全不感兴趣，开的是一辆便宜的小轿车。车锁一打开，祐一立刻坐进副驾驶座。

一二三忽地仰望天空。海潮声仿佛自天而降。平常这时候，应该看得到满天星斗，今晚却只见金星闪烁。一二三心想可能会下雨。

一二三开车驶过沿海的县道，前往祐一家，嘴里抱怨着迟迟找不到工作。

事实上，今天上午一二三也在职业介绍所度过。他一面确认有什么征人启事，一面邀约已经认识的年轻女职员说："下次一起去喝一杯吧？"结果没有找到工作，邀约也遭拒绝。不过由于整个上午都泡在职业介绍所，一二三有了一种乐观的心情："只要想找，工作到处都有。"

收音机的曲子结束，新闻快报开始了。首先报道的就是三濑岭的命案。

祐一坐上副驾驶座后就一语不发，一二三开口说："说到三濑啊……"

原本正望着外头的祐一，在狭窄的车子里略缩起身体似的回过头来。

"……你还记得吗？喏，之前我跟你说过，我在那里看到过幽灵。"

一二三旋转方向盘，驶过一个急转弯。由于反作用力，祐一的身子紧紧地挨在车门边。

"喏，之前我去博多的公司面试回来，一个人经过三濑岭时，车灯突然熄掉了。我吓了一跳，马上停车，重新发动引擎，结果副驾驶座冒出一个浑身是血的男人。你还记得吗？"

一二三催赶着慢吞吞骑在路中间的 CUB 机车，瞄了祐一一眼。

"当时真是把我吓死了。引擎无法发动，副驾驶座又坐了一个浑身是血的人，我想我当时一定是边尖叫边转钥匙的。"

一二三说着，被自己的话逗笑了。祐一努着下巴比比前面的 CUB 机车说："快点超车。"

那天晚上，一二三是在晚上八点过后开过山岭的。他在博多接受一家忘了是什么公司的面试，失望地心想八成不会被录用，于是直接前往天神的按摩店。若要比较，比起准备面试，他倾注在挑选按摩店的心力要大多了。

总之，一二三在按摩店爽快了一次，吃过拉面以后，开车前往三濑岭。

当时才刚过八点，山路前方却没有半辆车子，也没有对向车辆交会而过。老实说，被车灯照得白苍苍的草丛和树林看起来诡魅极了，一二三后悔不已，心想早知如此，就不要小气，开高速公路回家了。

他试着在孤单一人的车子里高声歌唱，转移注意力，没想到声音反而一下子就被周围的森林吸收殆尽。

在漆黑的山中，车灯可以说是生命线，然而就在快要来到山岭顶端的时候，车灯开始变得不对劲。一二三起初以为是自己眼花了。

下一瞬间，一条黑影倏地窜过闪烁的车灯。一二三急忙踩刹车，拼命抓住震动的方向盘。

就在这个时候，车灯完全熄灭。挡风玻璃前方是一片宛若失明的黑暗，引擎虽然还启动着，围绕车子的森林里却传来刺耳的虫鸣，越来越响。

车子里冷气明明开得很强，汗水却猛然喷出。与其说是流汗，更像是全身浸在温水当中。

就在刹那间，车体陡地猛然一震，引擎熄火了。此时，一二三感觉到副驾驶座有东西。恐惧会让人的视野变得狭窄，无法转头，无法看旁边。他只能盯着正前方看。

一二三想要重新发动车子，引擎却不听使唤。一二三尖叫出声。他知道旁边有什么，可是他不知道那是什么。

"……好难过。"

副驾驶座突然传来男人的声音。一二三尖叫着掩住耳朵。引擎点不着。

"……已经不行了。"

一旁传来男人的声音。一二三抓住车门，想要逃去外面。

瞬间，窗玻璃倒映出一个浑身是血的男人，男人正目不转睛地盯着这里。

◇

玄关传来声响，房枝瞥了时钟一眼，急忙把之前茫然注视的褐

129

色信封塞进围裙口袋里。信封上写着"内附收据"。

房枝坐在椅子上，伸手转开瓦斯炉，重新加热炖石九公鱼。

"打扰了！"

就在这个时候，一二三开朗的声音传了过来，房枝站起来。"哎呀，一二三也来了吗？"她边说边走到走廊去。

一二三很快脱了鞋，推开祐一走进来，跑到厨房说："外婆，什么味道好香哟！"

"你还没吃饭吧？马上就准备好了，跟祐一一起吃吧。"

听到房枝的话，一二三高兴地频频点头："好哇好哇。"

"你们去打弹珠了吗？"

房枝盖上锅盖。

"没有，是玩吃角子老虎机。可是手气烂毙了，又输钱了。"

"输了多少？"

房枝问道，一二三用手指比出"一万五千日元"。

祐一和一二三一起回来，这让房枝的心情稍微轻松了些。她知道三濑岭的命案与祐一毫无关系，但是黄昏的时候，她下意识地对刑警撒谎说"祐一星期天没有出去"，而尽管实际上祐一与命案真的无关，她却有点耿耿于怀。

那天晚上，祐一确实开车出门了。只是既然冈崎婆婆作证说祐一没有出门，那么祐一就算出门了，时间应该也不长。以前祐一送胜治去医院的时候也是，就算祐一的车子一两个钟头不在，那个老婆婆也会说祐一没出门。

"一二三，你星期天的时候也跟祐一在一起吗？"

房枝确定祐一上了二楼后问道。

一二三看着锅里的炖石九公鱼,纳闷地问:"星期天?我没有跟祐一一起啊……哦,他会不会是去维修厂了?他好像说过车子的零件又要换了。"一二三边回答边把手伸进锅子里。

"不可以偷吃,马上就准备好了。"房枝拍打他的手。一二三老实地缩手,这次又打开冰箱问:"有没有生鱼片?"

房枝先帮一二三准备了饭菜,把黄昏时折叠好的衣物拿到二楼的祐一房间去。

她一开门,躺在床上的祐一便冷淡地低声说:"我马上下去了。"

房枝把拿来的衣物收进老衣柜的抽屉里。

这个衣柜从祐一跟母亲搬来这里的时候就在使用了,抽屉的把手是熊脸的形状。

"今天有警察来家里。"

房枝故意不看祐一,一边放进衣物一边说。

"听说你在福冈有个女生的笔友?你应该已经知道了,喏,那个女生星期天过世了不是吗?"

说到这里,房枝才转头看祐一。祐一只是抬起头来望着这里。他面无表情,看起来像是在想什么其他的事。

"你知道吧?那个女生,喏……"

房枝再次追问,祐一慢慢地掀动嘴巴说:"我知道。"

"你见过那个女生吗?还是只有通信?"

"问这干吗?"

"就是说，如果你们见过的话，至少也该去参加一下人家的葬礼啊。"

"葬礼？"

"是啊。如果只有通信，就不必做到这种礼数，可是如果见过的话……"

"我们没见过。"

祐一的袜子底部对着房枝，上面有个手指形状的污痕。祐一目不转睛，视线就仿佛房枝背后站了什么人似的。

"虽然不晓得是谁干的，但这世上真有人这么残忍呢……警察说已经知道凶手是谁了，那个人现在到处跑路，警察拼命在找他。"

听到房枝的话，祐一倏地起身。他的体重压得床架的铁管吱咯作响。

"警察说已经知道凶手是谁了？"

"好像。派出所的警察说的。可是凶手不知道逃到哪里去了，到现在都还没抓到。"

"是那个大学生吗？"

"大学生？"

"喏，电视不是报道了吗？"

听到祐一穷追不舍的口气，房枝获得了确信：啊啊，这孩子果然知道命案的事。

"警察真的这么说吗？那个大学生是凶手？"

祐一问道，房枝点点头。她不知道祐一和被杀的女孩有多亲，但她了解祐一对凶手的憎恨。

"很快就会抓到了，逃不了多久的。"

房枝安慰他说。

祐一从床上站起来，一张脸涨得通红。房枝心想祐一可能相当憎恨凶手，但看起来更像是在为知道凶手是谁而松了一口气。

"对了，你上个星期天去哪里了？你晚上出去了吧？"

"星期天？"

"你又去汽车维修厂了吧？"

房枝以断定的口气说，祐一点点头。

"警察来问了。说他们问过那个女生全部的朋友。冈崎婆婆说你没出去，我也不是要撒谎，不过我也跟警察说你没出去。开车出去一两个钟头，对冈崎婆婆来说不算出门哪。啊，你要洗过澡再吃饭吧？"

房枝自顾自地这么说道，也不等祐一回答，就离开了房间。她走下楼梯，回头仰望二楼。忽地，她想到丈夫胜治搞坏了身体，不断地住院出院，现在自己能够依靠的只剩下祐一了。长女虽然是亲生女儿，却从来不回家给父亲探病，至于祐一的母亲次女，更别奢想能够依靠了。

房枝走下楼梯，从围裙口袋里掏出一只信封。里面装着一张收据。

商品款项　中药一组　合计 63500 日元

在公民会馆担任健康讲座讲师的堤下说："如果到我市内的事务所，中药我可以给你们便宜一点。"于是房枝昨天到医院给胜治探病后，半带好奇地绕过去看看。

她没打算要买的。每天往返医院和家里，房枝疲惫不堪，她只是想去听听堤下的笑话而已，没想到却被好几个粗鲁凶暴的年轻男子团团包围，被硬逼着签下合同。

　　她哭着说现在手上没钱，男人便把她强押到邮局。房枝实在太害怕，连呼救都不敢。在男人们的监视下，她只能将唯一仅有的一点存款提了出来。

第三章　她邂逅了谁？

佐贺市郊外，位于国道三十四号沿线的"若叶西服量贩店"里，马迁光代正透过橱窗玻璃眺望穿梭在雨中的车辆。

这条街道人称"佐贺快速道路"，交通量绝不算少，但或许因为周围景色单调，让人错以为仿佛不断重复看到几分钟前看到的情景。

光代是这家"若叶"的店员，负责二楼的西装部门。

直到约一年前，她负责的还是一楼的休闲服饰部门，但是店长笑吟吟地对她说："休闲服饰年轻客人比较多，还是要让年纪相近的店员来服务，品位也比较相近嘛。"隔周开始，光代就被调到二楼的西装部门了。

如果理由只是年龄，光代也会反驳个几句，但如果是"品位"问题，那就没办法了。在佐贺市郊外的西服量贩店工作，被说跟里面的休闲服饰部门品位不合，老实说还真是恭维。

店里也有贩卖年轻人取向的"流行风"牛仔裤及衬衫。但是"流行"和"流行风"总是不太一样。例如说，光代以前曾经在博多的名牌精品店看到跟店里的衬衫很像的花样。虽然同样是马的图案，但是自家店里的马莫名大了一号。

自家店里的马可能是因为大上了那么几厘米，整件衬衫看起来品位就变得相当糟糕。

住在附近的中学生都很喜欢来买这些马衬衫。他们总是规矩地戴着黄色安全帽，踩着坐垫很低的脚踏车，高高兴兴地抱着衣服回家。

虽然这和店长要她调换部门时的心情完全矛盾，但是光代目送中学生骑过国道回家的背影，总是忍不住想出声对他们说："没错没错，只不过是马大了一点，那又怎么样嘛！抬头挺胸地穿上那件衬衫吧！"

这种时候，光代会忽地心想：其实我并没有那么讨厌这个城镇嘛。

"马迁！要不要休息了？"

突然有人出声，光代回头一看，卖场主任水谷和子日元滚滚的脸从衣架上探了出来。

如果从窗边望进来，无数的西装仿佛如浪涛般席卷上来。

平日——而且是雨天的上午，是不会有客人上门的。虽然偶尔有客人急忙冲进来买丧服，但今天这一带似乎没有丧事。

"今天也带便当吗？"

水谷从西装衣架迷宫里走出来问道，光代笑道："最近我的娱乐就只有做便当而已。"

因为店里太过清闲，平日从上午开始，店员就轮流休息用午餐。偌大的店里共有三名店员。在平日，客人多过店员的情况实在不多。

"冬天的雨真讨厌呢，到底要下到什么时候？"

水谷走过来，站在光代旁边把脸凑近玻璃窗。鼻子的呼气喷了上去，一小块玻璃变得有些雾白。店里虽然开了暖气，但没有客人，总让人觉得寒冷彻骨。

"你今天也是骑脚踏车来的吧？"

水谷问道，光代望向底下被雨淋湿了的广大停车场。那是店里与隔壁速食店共享的停车场，目前停了好几辆车，不过全都在靠速食店那一侧，放在这一侧栅栏的只有自己的脚踏车，仿佛孤零零地忍耐着冬季的寒雨。

"要是回去的时候雨还没停，坐我们的车子回去吧。"

水谷说道，拍拍光代的肩膀后，走向收银台。

水谷今年要满四十二岁了。她的丈夫比她年长一岁，是市内一家家电商场的店长，下班后，总是开车来迎接妻子。水谷的丈夫看起来温厚老实，总是称呼结婚二十年的妻子为"小和"，感觉很可爱。两人育有一子，就读大学三年级。水谷说儿子是"茧居族"，总是担心不已，但是仔细听她叙述情况后，才知道根本没那么严重，只是她的儿子不爱出去玩，喜欢待在房间玩电脑罢了。儿子已经快二十岁了还没有女朋友，所以水谷才使用"茧居族"这种"流行"词汇来说服自己和世人接受。

光代也不是在为水谷的儿子说话，不过就算外出，这座城镇也没有什么好玩的。如果连续三天外出，一定会碰到昨天遇见的人。事实上，这个城镇就像不断重复播放的录影画面。比起这种小镇，通过电脑所连结的宽广世界一定要刺激多了。

这一天，用完稍早的午餐后，直到黄昏的休息时间前，总共有三组客人。其中两组是上了年纪的夫妇，丈夫看起来对新衬衫毫无兴趣，妻子则不甚在意颜色和花样，只专注于比较价格，并把衬衫放在丈夫的胸口比对。

就快休息的时候，来了一个年约三十出头的男客。店里的方针是客人询问之前，店员尽量不要打扰，所以光代站在稍远处，看着男子打量衣架上的西装。

即便站在远处，光代仍然注意到男子无名指上戴着结婚戒指。

"这地方根本就没有适婚期的好男人嘛，"双胞胎妹妹珠代说，"就算有好男人，也全都结婚了。"

事实上，在市内工作的朋友也都异口同声这么说。不过几乎所有朋友都已经结婚，所以他们的口吻和单身的妹妹有点不同的是："虽然想介绍给你，可是某某先生已经结婚了……真可惜。"

光代不记得何时拜托过朋友介绍对象给她，可是明年即将满三十岁的单身女郎要在佐贺活下去，需要相当的毅力。

高中时要好的三个朋友都已经结了婚，有了孩子，甚至有的孩子今年就要上小学了。

"呃，不好意思。"

正在挑选西装的男客突然出声，手里拿着深米色的西装。

光代靠过去，笑着问道："请问要试穿吗？"男子指着挂在天花板上的海报问道："这边的西装也是上面贴的两套三万八千九百日元吗？"

"是的，这区的西装全部都是。"

光代笑着带领他到试衣间去。

男子个子相当高。穿好后，男子拉开布帘走出来。或许他平常在做什么运动，穿着这条最近流行的窄版长裤，大腿的肌肉显得相当醒目。

"会不会有点紧？"

男子望着镜子问道。

"最近的设计大部分都是这样的。"

量裤管长度的时候，光代在男客面前蹲下，忽然闻到一股奶味。或许男子家中有婴儿。

眼前是男子的一双大脚。虽然穿着袜子，但趾甲的形状还是浮现出来，又大又坚硬。

光代心想，已经在多少男人面前这么蹲过了？老实说，起初从事这一行的时候，觉得量裤管的姿势有如屈服在男人脚下，令她非常厌恶。

一蹲下去，眼前就只剩下男人的脚。肮脏的袜子、新颖的袜子。粗壮的脚踝、细瘦的脚踝。长袜子、短袜子。

男人的脚看起来非常凶暴，也非常坚固、牢靠。

光代二十二三岁的时候，曾经有一段时期心怀奇妙的幻想，觉得她折裤管的男人当中，或许有她未来的丈夫。现在想想实在好笑，但那时候她是真心这么期待的，总是一边调整裤管长度，一边仰头，不管面对什么样的客人，总幻想上面那张脸就是她未来的丈夫，正温柔地俯视着蹲在脚边的自己。

如今再回想，她觉得那时期是第一次有想结婚的念头。只是，不管再怎么折裤管、朝上仰望，也不会有未来的丈夫的脸。

入夜后，冬雨依然下个不停。

光代锁上收款机，关掉广阔的卖场电灯，进入更衣室。水谷已经换好便服，对她说："雨下得这么大，没办法骑脚踏车吧？坐我们的车回去吧。"

光代望着倒映在更衣室镜子里的倦容，答道："那就麻烦你了。"但她心里烦恼着，如果坐水谷的车回去，明天早上就得搭巴士来上班。

走出员工出入口一看，大雨正敲打着广大的停车场。店铺后面，栏栅另一头休耕的田地里，传来潮湿的泥土味道。

几辆车子激起水花，穿过快速道路。"若叶"巨大的招牌被强烈的车灯一照，反射在潮湿的地面上，梦幻地荡漾。

一阵喇叭声响起，光代寻声望去。水谷已经坐上丈夫的车子，车子正慢慢朝这里驶来。

光代也不撑伞，从屋檐下冲了出去，嘴里说着"不好意思"，坐进后车座里。虽然只有短短几秒钟，却还是被雨滴打湿了后颈，冰得痛人。

"辛苦了。"

水谷的丈夫戴着深度近视眼镜这么说道，光代则回礼说："每次都麻烦你，真不好意思。"

光代居住的公寓盖在水路遍布的田地一角。虽然才刚落成没多久，但外观就是一副"反正迟早要拆掉，随便盖盖就好"的模样，冬雨打湿的外观看起来比平常更加寒碜。

水谷夫妇就像往常一样，送她到公寓前。光代一走出后车座，运动鞋就陷进泥泞里。

光代在雨中目送水谷夫妇的车子离去后，踩起泥水，冲进公寓楼梯。公寓虽然只有两层楼高，但可能是四周只有田地，一走上楼梯，便好似来到观景台一般，周围的景致一览无余。潮湿的泥土气味又乘着冷风撩动鼻腔。

光代打开二〇一号室的门，灯光从里面透了出来。

"咦？你不是说今天工商会有饭局吗？"

光代脱下被泥土和雨水弄湿的运动鞋，朝里面说道。妹妹珠代的声音伴随着暖炉的汽油味传了过来："那是自由参加，我没去。"

珠代在充当客厅的十平方米大的房间里，正用毛巾擦着头发。她似乎也被雨淋湿了。暖炉应该是才打开，房间里非常寒冷，只闻得到浓浓的汽油味。

"以前我超讨厌给男人倒酒的，现在却变成我要让年轻女孩子给我倒酒了，总觉得很不自在……"

不知道这是不是没有参加饭局的理由，珠代在暖炉前抱怨说。

"你买了什么回来吗？"光代朝她的背影问。

"没有，下雨嘛。"

珠代把湿掉的毛巾丢过来。

"冰箱里还有什么？"

光代用湿毛巾擦着脖子，打开狭小厨房里的冰箱。

"你又坐水谷的车回来的吗？"

"嗯，脚踏车放在店里，明天得坐巴士去上班。"

冰箱里有半棵高丽菜,还有一点梅花猪肉。光代决定把这些拿来炒一炒,再煮点乌冬面,关上冰箱门。

"喂,裙子会皱掉哟。"

光代提醒珠代,她穿着湿衣服直接就坐在榻榻米上。

"可是啊,明年就要满三十岁的双胞胎姐妹,像这样一起津津有味地吃着乌冬面,好吗?"

珠代把昆布丝片①搅在面里面呢喃道,光代撒着七味粉,叮咛她:"可能有点煮过头喽。"

"这要是在以前,例如昭和时代,肯定会被邻居投以异样的眼光。"

"为什么?"

"这种年纪的女人,而且是双胞胎姐妹,住在这种公寓里,世人才不会放过我们呢。"

珠代用橡皮筋扎起长发,出声吃着乌冬面。

"而且还取这种像漫才师②的名字。附近的小学生一定会把我们说成'双胞胎魔女',议论纷纷的。"

不晓得到底是不是说认真的,珠代一边抱怨,一边不停地吃着乌冬面。

"双胞胎魔女啊……"

---

① 将昆布浸在醋里,加压之后在表面刻丝的加工食品,具有黏性。
② 类似中国的双口相声艺人。

光代半觉得好笑,却也莫名忧心起来,但即使如此,还是吃着乌冬面。

房租四万两千日元,两房附厨房餐厅。说两房附厨房餐厅是好听,其实就是两间十平方米大的房间用纸门隔开而已。除了光代姐妹以外,其他住的全都是有稚龄小孩的年轻夫妇。

两个人从当地的高中毕业后,在鸟栖市的食品工厂就业。虽说是双胞胎姐妹,也没有必要在同一家工厂工作,只是面试过几家公司以后,两人都只被那家工厂录取。

两人都在生产线工作。工作了约三年左右,换了不少位置,不过眼前总是有几十万个杯面在跑。

妹妹珠代最后受不了而先辞职了。她到附近的高尔夫球场当球童,但是没多久就伤到了腰而辞职,后来进入工商总会当职员。珠代辞掉球童工作的时候,光代也被食品工厂解雇了。因为人员缩编,工厂缩小规模,最先被裁掉的就是光代这些高中毕业的女工。

通过工厂的斡旋,她被介绍到西服店当店员。光代不擅长服务客户,但她的立场没办法主张什么擅长不擅长的。

光代转业到三十四号沿线的西服店时,姐妹俩租了现在住的公寓。珠代说"待在老家,依赖父母,会结不了婚",光代形同是被她强拉出去的。

姐妹俩原本就很要好,所以公寓生活过得相当融洽。啰嗦的双胞胎姐妹离开家里,父母也很高兴,心想这下子总算能够为两人的弟弟,也就是家中的长男准备娶妻了。事实上,两人搬出去后的第三年,弟弟就和高中同学结婚了。弟媳比光代、珠代年轻三岁,才二十二岁。结婚典礼时,弟弟的朋友前来参加,有好几个都已经抱着婴儿出席了。典礼在平凡无奇的郊外纪念会馆举行。

"你知道今天工商会的女孩问我什么吗?"

光代吃完乌冬面,在厨房洗碗的时候,珠代躺在电视机前说。

"'马迁姐,你今年圣诞节有什么计划?'被十九岁的小朋友这么问,叫我这个二十九岁的老小姐怎么回答嘛。"

电视上正在介绍减肥方法,珠代跟着抬起腿来。

"可是你上次不是说圣诞节那星期要请年假去旅行吗?"

"可是圣诞节几个女生一起去什么'本州四国联络桥巴士旅行',不是太凄凉了吗?啊,对了,姐要不要一起去?"

"才不要哩。每天腻在一起,连放假也要跟你去旅行,光想就觉得累。"

光代在海绵上加倒了一些洗洁精。

厨房里贴了一张年历,是附近的超市送的。除了回收大型垃圾的日子以及自己的休假日外,没有任何预定。

圣诞节啊……

光代揉出泡沫,低声呢喃。这几年圣诞节,光代都回老家过。弟弟结婚后没多久就生了儿子,生日恰好就在圣诞夜,光代总是拿这个名目,带礼物回家。

不知不觉间,海绵握得太用力,泡沫沿着橡胶手套流了下来。光代就这么呆呆望着,于是泡沫从橡胶手套流到手肘上,慢慢凝聚,最后滴到堆满脏碗盘的洗碗槽里。被泡沫沾湿的手肘好痒,她觉得手肘的痒仿佛逐渐扩散到了全身。

◇

　　祐一像要确认床架如何倾轧一般，一次又一次翻身。

　　晚上八点五十分。要入睡还嫌太早，但是这几天祐一都想尽可能早点进入梦乡，所以一洗完澡，吃完晚餐，眼睛还炯炯有神，人就钻进被窝里了。

　　就算上床，也不可能睡得着。在这样一次又一次的翻身当中，祐一逐渐在意起枕头的味道，被摩擦着脖子的棉絮弄得心浮气躁。

　　命案已经过了九天。

　　电视的八卦节目一路报道到列为重要关系人的福冈大学生依然下落不明后，这几天完全没再提到三濑的命案。

　　就像派出所巡警悄悄告诉房枝的，警察应该还在搜索那个下落不明的大学生。

　　后来警方再也没有联络祐一或找他问话。祐一仿佛完全从搜查线上消失一般，什么事都没有。

　　一闭上眼睛，那天晚上穿过三濑岭时的触感又在手中复苏。方向盘握得太用力，好几次差点在弯道上打滑。车灯照亮树丛，煞白的护栏逼近眼前。

　　祐一又翻了个身，仿佛告诉自己"快点睡吧"，脸埋进发臭的枕头里。枕头有一股汗水、体味和洗发精混合在一起的味道，令人心情烦躁。

就在这个时候，扔在地上的长裤里传来收到电子邮件的响音。祐一觉得总算能从入睡的强迫症中解脱，立刻伸手取出手机。

他以为八成是一二三发来的，但发信者栏上却出现了一个陌生的电邮地址。

祐一爬出床铺，盘坐在地板上。就算在隆冬时节，他也习惯只穿一条内裤睡觉，背对红外线电暖炉的背部被照得发烫。

"你好。还记得我吗？两个月前，我们曾经互发过电子邮件一阵子。我住在佐贺，是双胞胎姐妹的姐姐，那个时候跟你一起聊了很多灯塔的事，不晓得你还记得吗？突然写邮件给你，不好意思。"

祐一读完邮件后，搔了搔红外线直射的背。虽然只有短短几十秒，但皮肤已经烫得仿佛快灼伤了。

祐一盘着腿移动到榻榻米上。一旁的长裤和运动服缠在腿上一起移动。

祐一记得发邮件的女人。大约两个月前，祐一在交友网站上登录电邮信箱后，收到了五六封邮件，这个女人就是其中之一。两人交换了一阵子邮件，但是祐一一开口邀她去兜风，她就突然再也不回复了。

"好久不见。怎么会突然想到要写邮件给我呢？"

手指自然而然动了起来。平常说话的时候，脑中想到的词句在说出口前一定会在某个地方卡住，只有像这样发邮件的时候，脑中想到的话才能顺畅地传递到指尖。

"你还记得我吗？太好了。其实也没什么事，只是突然想写邮件给你。"

女人很快回复了。祐一想不起她的名字，不过就算想起，那一定也是假名。

"最近还好吗？之前你说要买车，已经买了吗？"祐一回应。

"没有，还是老样子，骑脚踏车上下班。你呢？有没有碰到什么好事？"

"好事？"

"交了女朋友之类的。"

"才没有呢。你呢？"

"我也是。对了，后来你还去了其他新的灯塔了吗？"

"最近完全没去。周末也只是在家睡觉。"

"这样啊。你上次不是推荐我一个很漂亮的灯塔吗？在哪里？"

"你说哪里的灯塔？长崎的还是佐贺的？"

"长崎的。你说灯塔前面有座小岛，上面有观景台，步行就能到达。还说那里的夕阳美得教人想哭。"

"哦，那个的话，是桦岛的灯塔，离我家很近。"

"有多近？"

"开车十五到二十分钟吧。"

"这样啊。你住的地方很不错呢。"

"这里才不是什么好地方呢。"

"可是离海边很近吧？"

"海边就在附近。"

祐一打好"海边就在附近"送出邮件的瞬间，窗外传来浪涛在防波堤上碎裂的声响。入夜以后，浪涛声变大了。浪涛声彻夜响个不停，慢慢地渗入睡在小床上的祐一全身。

这种时候，祐一总觉得自己仿佛变成了岸边的流木，仿佛快要被波浪攫住，又没被攫住；好像快要被打上沙滩，又上不了沙滩。永远永远，流木都只能够在沙滩上不停翻滚。

"佐贺也有漂亮的灯塔吗？"

回信很快就来了，祐一回道："佐贺也有啊。"

"可是，是在唐津那边吧？我住在市内。"

送过来的邮件，每一个字都带着声响，未曾听闻的女子声音清晰地传进耳中。

祐一回想起开车经过好几次的佐贺风景。佐贺与长崎不同，是一块平坦之地，让人容易松懈下来，单调的街道无止境延伸。前后都没有山。既没有陡急的坡道，也没有铺石板的小巷，只有新铺的柏油路笔直伸展。

道路两侧林立着书店、弹珠房和大型速食店。每一家店都备有宽广的停车场，许多车子停驻其中，然而风景当中却唯独不见人影。

忽地，祐一心想，现在与自己通信的这名女子，每天都走在那座城镇里。这是非常理所当然的事，但是祐一只知道透过车窗看到的景色，却不知道走过那座单调城镇时，沿路风景会是如何。不管再怎么走，风景都不会改变。宛如慢动作般的景色，仿佛永远都不会被打上岸的流木所看到的景色。

"我最近都没有和别人说过话。"

祐一望向手边，手机荧幕上正这么写着。不是对方传来的，而是自己的手指无意识中打出来的句子。

祐一当下想要删除,却在后面加上一句"只是工作和回家而已",犹疑了一会儿,仍然发送出去了。

至今为止,祐一从未感觉寂寞。他不晓得什么叫寂寞。但是这天晚上起,他觉得自己寂寞得不得了。祐一心想,所谓寂寞,或许就是冀望有谁来聆听自己说话的心情吧。过去,他从未想过要向他人倾诉。可是现在的他有,他想要邂逅能够聆听他的人。

◇

"珠代!我今天可能会晚点回来。"

光代在被窝里听着妹妹珠代在纸门另一头准备上班的动静,犹豫着要不要说,终于在珠代到玄关穿鞋的时候说了出来。

"盘点吗?"

珠代的回应从玄关传了过来。

"……嗯,啊,不是,不是盘点,今天我休假……反正我有点事,会晚点回来。"

光代从被窝里爬出来,打开纸门,探头往玄关说。珠代已经穿好鞋子,手正抓着门把。

"有事?什么事?大概几点回来?不用准备你的晚餐吗?"

珠代连珠炮似的问,却似乎没什么兴趣,她打开门,一只脚已经踏了出去。

"你要起来的话,我门就不锁喽?讨厌死了,干吗星期六还要上班嘛!"

珠代不等光代回答,关上了门。光代朝关上的门叫道:"路上小心!"

多亏了珠代打开电热毯,即使爬出被窝,手掌和膝盖也还暖烘烘的。光代拿起月历,触摸着蓝色的二十二这个数字。

仔细想想,从那天起,自己就未曾在店里生意最忙的周末请连假了。

距今约一年半前的黄金周①,光代准备到博多的高中朋友家住,请了没用掉的特休。朋友的丈夫那个周末要回老家参加法事,所以两个人计划尽情聊通宵。光代也一直想抱抱朋友已经两岁大的儿子。

前往天神的巴士站位于佐贺车站前。

那天光代骑着脚踏车,在十二点半过后抵达车站,再过十几分钟,前往博多的高速巴士就要发车了。正当光代排队买票的时候,朋友突然打电话来:"对不起,小孩好像发烧了。"这时候才接到联络,实在教人生气,但是既然孩子生病,也不能勉强。光代索性放弃买票,离开队伍,有些怄气地回到公寓。

就在她回到公寓、烦恼着该怎么度过这白白浪费的特休时,看到了新闻,得知原本要搭乘的那辆高速巴士被一名年轻男子劫持了。

一直开着没看的电视画面上出现新闻快报的时候,光代以为又

---

① 日本四月底到五月初有一连串国定假日,称为黄金周。

是哪个遭监禁了好几年的少女被发现而吓了一跳。那个事件就是如此骇人，令她难以忘怀。

但是电视上播出的却是巴士遭人劫持的新闻。光代顿时放下心来，下一秒钟却"咦？"地大叫。

画面上出现了刚才差点搭上的高速巴士的名称。

"咦？咦咦？"

光代在无人的房间里惊叫连连。她急忙转台，有一台恰好播放特别节目，实况转播遭到劫持的巴士画面。

"不会吧……"

她没打算叫出声，却不自觉叫了出来。

直升机的摄影机捕捉到高速驶过自动车道的巴士。画面上，螺旋桨的隆隆声与记者激动的尖叫声重叠："啊啊，危险！又超过一辆卡车了！"

就在这个时候，扔在桌上的手机响了起来。博多的朋友打来了。

"你现在在哪里？"

朋友劈头就问，光代回答："我……我没事。我在家，在家。"

朋友似乎也从电视上得知了消息。她心想光代应该掉头回家了，但是一想到万一光代搭上了那辆巴士，便担心不已，于是急忙打电话过来。光代紧紧握住手机，眼睛直盯着电视画面。巴士加快速度，惊险地穿过好几辆不知情的车子。

"啊啊，我本来要搭这辆巴士的。我本来应该在这辆巴士里面的……"

光代盯着电视口中念念有词。

朋友放心地挂断电话后,光代仍旧无法从电视上移开视线。

记者说明高速巴士正确的出发时刻与路线。毫无疑问,就是那辆本来应该搭上的巴士。就是光代在售票口排队时,停在外头的巴士。是那辆排在前面的大婶、排在后面的活泼女高中生们搭上去的巴士。

光代聚精会神地看着实况转播巴士劫持案的画面。

记者频频叹道完全无法得知车内的情况,光代想要对他大叫:"可是排在我前面的大婶和后面的女孩子坐在里面啊!"

荧幕上播出的画面,是一个劲儿奔驰在高速公路上的巴士车顶。尽管如此,光代却觉得自己仿佛就坐在车上。她看得见流过车窗外的景色。巴士中央走道另一侧的座位上,排在售票处队伍前的大婶正一脸苍白地坐着。稍远的前方座位上,排在自己后面的女孩子们正肩靠着肩,悄声啜泣。

巴士维持着极快的车速,一辆接一辆超过黄金周全家出游兜风的车子。

光代非常想从靠走道的座位移到靠窗位。就算歹徒吩咐不许看,她的视线还是忍不住飘向前方。驾驶座旁边站着一个年轻男子,手上拿着刀子。他偶尔会拿刀子划开坐垫的海绵,莫名其妙地大吼大叫。

"巴士!巴士似乎要进入休息站了!"

听到记者的嘶吼,光代赫然回神。

巴士早已远远驶过目的地天神,从九州道进入中国道了。

巴士在警车的引导下，在休息站的停车场停了下来。光代分明透过电视看到这个画面，视点却不知为何是在巴士里，看着包围在车窗外的大批警察。

"里……里面好像有人受伤了！有人被刀子刺伤，受了重伤！"

记者的声音与空旷的停车场画面重叠。

如果往旁边望去，仿佛就能看到胸口被刺伤的那个大婶。光代知道她是在客厅里看着电视画面，却还是怕得无法转动脖子。

从小，光代就不觉得自己"幸运"。世上有各式各样的人，如果这些人能够分类为"幸运"和"不幸"，那么她毫无疑问属于后者，就算在后者的群体中再分类，还是会被归为"不幸"的那一类。她活到这个年纪，一直如此深信不疑。

因为正好请了特休，又因为和那天一样是个假日，忌讳的记忆又再度复苏了。

光代想要转换心情，打开窗户。房间里温暖的空气倏地流到外面，沐浴在冬阳中的寒风抚过身体，吹进房间。

光代打了个哆嗦，大大地伸了个懒腰，做了个深呼吸。

如果分类，她一定会被归在不好的那一类。这就是自己。光代一直如此深信不疑。可是那时候我并没有搭上那辆高速巴士。在最后一刻没有搭上那辆巴士的我，一定是生平第一次被分到好的一边了。

回过神时，光代正思考着这件事，眼前是一片寂静的田园风景。

光代开着窗，在阳光下看着手机。她打开邮件信箱，上面留着截至昨晚已经交换过几十封的邮件记录。

三天前，光代鼓起勇气发出邮件，而自称清水祐一的男子亲切应对。三个月前的一个晚上，光代难得参加公司的饭局，喝得醉醺醺以后，半带好玩地第一次上了交友网站。她不太懂怎么使用，从新登录的名单里挑选了住在长崎的清水祐一。

之所以挑选长崎，是因为如果选住在佐贺，有可能碰上认识的人，福冈的话又太都市，而鹿儿岛和大分太远。理由就这么简单。

三个月前，对方说"我们见个面吧"，之后，光代不敢再回信了。

三天前，光代其实也完全没意思要和对方见面。只是那天晚上，就算是通过邮件也好，她想在睡前找个人说说话，如此而已。然而两人却持续通信了三天之久。起初光代一点见他的意思也没有，不知不觉中，却想见得要命。

光代不知道他的哪个部分让她如此想念，但是和他通信，光代就能够是"那天没有搭上那辆巴士的自己"。她没有任何信心，但是她觉得如果这次鼓起勇气，就可以永远不必搭上那辆巴士。

光代在射入房间的冬日阳光中，重新阅读男子昨晚最后发来的邮件。

"那明天十一点，佐贺车站前见。晚安。"

字句很简单，看起来却闪耀无比。

今天，我就要搭上他的车子去兜风了。要去看灯塔。要两个人一起去看面海而立的美丽灯塔。

◇

日暮天黑，就打开日光灯。这理所当然的行为，石桥佳男现在却感到极为特别。

暗下来的话就开灯，很简单。但是要做这么简单的小事，人却要先感受到非常多的事。

首先眼睛要感觉光线变暗了。暗下来的话，就会不方便。如果有亮光，就不会不方便。想要亮光，打开日光灯就行了。要打开日光灯，只要从榻榻米上站起来，拉一下绳子就行了。只要拉那条绳子，这里就再也不黑暗，也不会不方便了。

佳男在昏暗的房间里，目不转睛地盯着头上的绳子。只要站起来就行了，他却觉得日光灯的绳子遥不可及。

事实上，房间里很暗。可是佳男也没有在做什么，就算阴暗，他也不觉得不方便。既然不会不方便，就没有必要开灯。既然没有必要开灯，就没必要站起来。

结果，佳男又在榻榻米上横躺下去。房间里满是香的味道。刚才佳男对妻子里子说："开个窗怎么样？"

"……好。"

一早就瘫坐在佛坛前的里子虽然回了话，但已经过了十几分钟，却一点也没有要从坐垫上站起来的迹象。

昏暗的房间另一头，同样是没开灯的理发店店面。卡车穿过大马路，风压偶尔把单薄的店门震得喀哒作响。竖起耳朵倾听，甚至听得见香和蜡烛燃烧的滋滋声。

独生女佳乃的守灵夜和葬礼结束后,已经过了几天了?佳男觉得仿佛才带着哭叫不休的里子从殡仪馆回来,也觉得好像半年前就已经和佳乃道完别了。

葬礼在筑后川旁的纪念会馆举行,有许多人参加。亲戚、左邻右舍、佳男和里子的朋友也都争相帮忙。当然,佳乃的同学和同事也来了。直到最后一晚都与佳乃在一起的两名同事献花的时候,抚摸着佳乃冰冷的脸颊,也不顾周围的目光,大声号泣:"对不起,对不起,我们不该让你一个人去的,对不起。"大家应该是为了佳乃而来的,却没有半个人谈论佳乃的事。没有一个人提到佳乃为什么变成这样。

纪念会馆外来了好几架电视摄影机。当然也有警察,记者彼此打听搜查状况,对话从吊唁客口中一个传过一个。

当天晚上与佳乃约好见面的大学生至今下落不明。有警察说虽然无法断定,但如果那个大学生正在逃亡,那么他一定是犯人不会错。

"连个大学生都抓不到,算什么警察!"

佳男哭声中带着怒吼。有空来这里上香,倒不如更努力去找!无处发泄的愤怒,让佳男浑身止不住地颤抖。

守灵那晚,大姑等人从冈山赶来,劝佳男说"我知道你很难过,但还是得睡一下",帮他在会场休息室铺了床。

佳男根本睡不着,但他心想如果在这里睡着,或许这一切都能变成一场梦,于是拼命闭上眼睛。

纸门另一头，亲戚朋友低声交谈着，偶尔有啤酒开罐声以及咀嚼米果的声音混杂其中。

从纸门另一头传来的对话里，得知妻子里子仍然守在祭坛的佳乃身边，不肯离去，一有人对她说话，她就放声大哭。

老实说，佳男很想一睡了之。女儿都被杀了，却只能够在这种河边落魄的纪念会馆里，默默等待那个听说兴趣是搜集卡通公仔的年轻和尚抵达，他觉得自己实在既窝囊又没用，不甘心极了。

不管怎样拼命闭上眼睛，就是无法隔绝纸门另一头传来的悄声议论。

"这话只能在这里说，要是那个大学生是凶手，那佳男兄他们可能还会安慰点吧。你想想看，如果凶手是警察说的什么'交友网站'认识的男人，那可怎么办？电视里说，佳乃就是在那里认识男人，还跟人家拿钱花呢。"

"佳男睡在那里呀！"

有人压低音量制止大姑等人的对话。虽然暂时中止了，但是没多久又有人战战兢兢地旧话重提。

"如果那个大学生不是凶手，他又何必躲呢？"

"说的也是。会不会是佳乃跟别的男人拿钱被发现，所以跟大学生吵架了？然后吵得不可开交……"

与理发店相通的厨房吹来了冰冷的风。佳男躺在榻榻米上，伸直脚去关上纸门。依旧昏暗的房间，门一关上，变得更加漆黑阴暗了。

"里子……"

佳男无力地呼唤佛坛前的妻子。"……嗯。"里子应道。

"晚饭要不要叫外卖?"

"……好啊。"

"打电话给来来轩吧。"

"……嗯。"

尽管应声,里子却没有要行动的迹象。里子一早就坐在佛坛前不肯离去,佳男觉得这好像是他今天第一次和妻子好好地讲上话。

佳男没办法,从榻榻米上站起来,拉扯日光灯的绳索。灯管闪烁了几次后点亮,照亮老旧的榻榻米,还有他刚才拿来充当枕头的坐垫。矮桌上堆着丧事回礼的小盒子,上面摆着殡仪馆的账单。

"今后可能还会有人到府上上香,到时候可以拿来回礼。"殡仪馆的人员如是说。

佳男从矮桌转开视线,打电话到来来轩,叫了两碗蔬菜拉面。接电话的是熟识的老板,应对却非常生硬不自然:"啊!石桥先生?啊,好好,我马上送去。"

佳男挂断电话,又听见佛坛那里传来里子吸鼻涕的声音。不管怎么哭,眼泪似乎就是流不干。不管怎么吸,不甘心的心情就是吸不尽。

"里子。"

佳男又蹲到榻榻米上,朝着趴在佛坛的里子背后说。

"你知道佳乃跟哪个大学生交往吗?"

命案发生以后,佳男感觉这是他第一次提到女儿的名字。听到佳男的问话，里子趴在原处，一声不吭。她可能又哭了，哭泣的震动使得架上的蜡烛晃个不停。

"佳乃不是别人说的那种女孩。她才不会那么随便就跟男人……"

佳男说着，声音抖了起来。当他察觉时，泪水已经滑下脸颊。里子趴在佛坛上放声哭泣，就像佳乃小时候一样，咬紧牙关哭泣。

"我不会放过那个男的，我绝对不会放过那个男的。不管谁说什么，我都不会放过他。"

发不出声。佳男用力咽下卡在喉咙里的这段话。

记不起什么时候的事了。佳乃就像平常一样，星期天晚上打电话回家，和里子聊个不停。电话在佳男洗澡前打来，洗完澡后电话还在讲，至少聊了一个钟头以上。

佳男洗完澡出来，把乌龙茶加在烧酒里，打开电视，漫不经心地听着两人对话。"爸跟妈认识的时候，是谁先跟谁告白的？""爸玩乐团，很受女生欢迎，妈是怎么追到爸的？"女儿佳乃净问些教人听了难为情的问题，里子却也正经八百地一一回答。

平常的话，佳男一定会吼道"电话不要讲那么久！"，但是碰上母女俩在聊这种话题，佳男也不晓得该如何开口，结果酒却越喝越快。

里子终于挂断电话，佳男佯装不知情地问："在讲什么？"里子一脸高兴地答道："佳乃说她有喜欢的人了。"

佳男一时焦急心想，佳乃交男朋友了？但是女儿会为这种事打电话找母亲商量，还询问父母亲认识的情况，让他觉得怜爱。

"在交往了吗？"佳男冷冷地问。

"哎哟，还没到那种地步啦。喏，那孩子以前不就是那样吗？会在喜欢的男生面前逞强。该说是固执还是不坦率呢？可是，这次听起来，好像是真的喜欢。她说着说着还差点哭出来呢。还真是可爱呢，有了喜欢的人，不敢找朋友商量，竟打电话回来找妈妈……"

佳男没有回话，喝干杯里的烧酒，里子补充说："……我是没有问得很清楚，不过听说对方家里在汤布院还是别府开高级旅馆，是独生子呢。"

佳男想起约半年前，他参加理发工会的员工旅行，去了汤布院时看到的城镇。他们住的是廉价旅馆，但是外出散步时，看到一家非常高级的老字号日式旅馆，正巧年轻貌美的老板娘就站在门前。虽然佳男等人穿着别家旅馆的浴衣，老板娘却亲切地招呼他们。佳男等人说："汤布院的空气好清新。"老板娘便笑着说："欢迎下次再来。"

那天晚上，里子在厨房洗碗，佳男看着她的臀部，不知不觉间想象起佳乃穿着和服，站在那家老字号旅馆前对着他微笑的模样。佳男苦笑，觉得这幻想也太心急了，但是想象自己的女儿成为旅馆老板娘，感觉也挺不赖的。

佳男望着里子哭倒在佛坛前，再一次口中念念有词："我绝不原谅……"如果时光能够倒流，他真想回到那天晚上，从讲电话的里子手中抢过话筒，对着佳乃大叫："不要跟那种男人扯上关系！"

做不到的自己教人气急；悠哉地想象女儿和服打扮的自己教人

气愤、窝囊、无可奈何。

◇

这几天以来,鹤田公纪每一回神,总是想着增尾圭吾的事。

警察在命案翌日来访之后,再也没有联络,鹤田只能通过电视和报纸得知后来的发展。

要好的同学杀了女人逃亡了。化成文字一看,感觉好像卷入了什么波澜壮阔的故事里,但是鹤田的日常生活却过得极为平凡,他就像这样关在能够俯瞰大濠公园的房间里,看着《通往死刑台的电梯》(Elevator to the Gallows)或《公民凯恩》(Citizen Kane)等自己喜欢的电影。

同学杀了人逃亡的现实,简直就像自己写的三流剧本,他觉得这种平凡无奇的剧情就算拍成电影,应该也一点都不有趣。可是增尾杀了女人逃亡这件事,并不是自己写的蹩脚剧本。

案发以后——不,案发前也是一样,鹤田完全没去学校。学校现在恐怕正为了增尾的事闹得沸沸扬扬,热闹得宛如校庆前夕吧。

增尾本来就是众人瞩目的焦点,有人喜欢他,也有人讨厌他,不过观众总是自私的,不耐烦地只想快点看到结局。

后来鹤田每天打电话到增尾的手机,可是电话从来没有接通过。

鹤田再次深切感受到,对自己而言,增尾圭吾是连接自己与世界的唯一桥梁。

仔细想想,不管是学校、朋友还是女人,这些事全都是增尾告诉他的。也因此鹤田得以沉浸于享受大学生活的错觉里。

增尾现在在哪里?

他一个人怕得要命吗?

他以为逃得掉吗?

鹤田心想既然迟早要被捕,希望增尾能够以自己的风格被逮捕。他不希望增尾事到如今还跑出来自首。他希望增尾能逃到最后一刻,被众多的警察包围,在强烈的探照灯照射下,吼叫着自己写不出来的台词,轰轰烈烈地自我了断。

黑夜不知不觉已经过去,朝阳照进凌乱的房间里。邻近的大濠公园传来鸟叫声。

可是,增尾干吗杀人?

不管怎么想,鹤田都想不出增尾杀掉那个女人的理由。相反,要是那个女的杀了薄情的增尾,那还能理解。以某种意义来说,这的确是很符合增尾风格的人生。

朝阳照得他眯起眼睛,他把窗帘全拉上。他拜托父母帮他装了遮光窗帘,即使在白天也能将房间变成黑夜。一想到这是父母的钱,他就忍不住生气,但是只要能够压抑住这股怒意,就能换高质量的遮光窗帘。

鹤田躺在床上,想起父母亲老是在算钱的嘴脸。夫妻俩一起按着计算机,似乎以为存款簿看的次数越多,钱就会变得越多。

鹤田也没有天真到觉得钱是身外之物。但他觉得这世上有比钱更重要的事物,如果找不到它,就没有活下去的动力。

不知不觉鹤田打起瞌睡来。回过神时，手机正在玻璃茶几上响着。一瞬间，他想置之不理，手却下意识地伸了出去。

"喂？"

手机另一头传来熟悉的男声。

"呃，喂！"

鹤田不由得坐起身来。

"不好意思，你在睡觉？"

手机里传来的，毫无疑问是增尾的声音。

"增尾？你是增尾吧？"

虽然刚醒来，鹤田却忍不住大叫，痰卡住喉咙，以致呛咳起来。

"不，不要挂啊！"

鹤田只说了这句，用力咳了几下，吐掉卡在喉咙里的痰。因为过于激动而不小心踏到电影的盒子，一脚踩扁了。

"喂？增尾？你……你……还好吗？"

鹤田问道。他想问的事多得数不清，情急之下却只说得出这句话。

"……嗯，我还好。"

手机另一头传来增尾筋疲力尽的声音。

◇

时间刚过早上六点，增尾圭吾以为鹤田肯定还在睡觉，没想到他竟然接了电话。

他也不是不希望鹤田接电话，但事实上一听到鹤田的声音，增尾才发现自己正祈祷着"不要接"。

这里是名古屋市内的一家三温暖。铺满红色地毯的走廊尽头有一间漆黑的小憩室。公共电话就摆在走廊角落。一旁放着贩卖滋养强壮剂等营养品的自动贩卖机，五个按键里，有三个显示已经售完。

"你真的不要紧吗？"

鹤田的声音又从听筒传来。明明刚醒来，他的声音却紧张无比，让增尾深刻感觉到现在的处境。

"你现在在哪里？"

鹤田的声音突然变得柔和。增尾不由得用力握紧话筒。

如果打回老家或公寓或许可能遭警方追踪，但鹤田的手机不可能也被监听，只是，鹤田那听来异常温柔的声音，让增尾觉得他好像正在什么人面前演戏。

增尾用力按下电话挂钩。

通话中断，几枚十日元硬币掉落退币口。声音在寂静的走廊回响。增尾回头，走廊上没有人，柱子的镜子上倒映出穿着淡蓝色浴袍的自己。

增尾把话筒放回挂钩，突然介意起公共电话的话筒怎么这么重？

他打电话给鹤田，并不是特别想说什么，也不是想要打听警方搜查的情况。这几天以来，他没有和任何人说过一句话。即使在三温暖和商务旅馆的柜台，对于对方的问题，他也只是以点头、摇头来应对。他刚才向鹤田回答"嗯，我还好"的时候，觉得好久没有听到自己的声音了。

增尾走过铺着红色地毯的走廊，回到小憩室。遮光窗帘的另一头又传来一整晚折磨着增尾的鼾声。打鼾的人睡在增尾的躺椅旁边。增尾好几次都想把他踢起来，可是每次他都硬忍下来，心想要是在这种地方引发纠纷，一旦店家报警就完了。宽广的大厅里并排着将近五十张躺椅。其中一张合成皮破裂，海绵迸了出来，这张椅子就是增尾现在的自由空间。

进入昏暗的三温暖小憩室，不知是否多心，有股动物的骚味窜过鼻头。

就算在三温暖里逼出汗水，再进入浴室把身体洗得一干二净，有这么多男人齐聚一堂，还是会散发出这种臭味吧。

增尾挨着紧急逃生口的灯光走向刚才还躺在上面的躺椅。每张躺椅上都有个疲倦的男人，以不同的姿势沉睡着。

有人把眼镜搁在额头上睡觉，有人灵巧地用一条小毯子盖住全身。还有张大嘴巴仍然不停打鼾的隔壁男人。

增尾大大地咳了一声，再度裹上还留有体温的毯子，躺了下去。然而，不管是咳嗽还是用力翻身，就是止不住隔壁男人丑恶的鼾声。

即使如此，一闭上眼睛，脑里就浮现鹤田在电话另一头狼狈万分的表情。

为什么想打电话？为什么打给鹤田？

他以为鹤田会把他救出现在的困境吗？

增尾越想越觉得可笑。不管是在校内还是校外，他都算是交友广泛。可是这种时候，他却想不出可以打电话的对象。

大家经常聚集在自己身边，增尾也自觉到这一点。可是聚集而来的全都是些疲弱没劲的家伙，他虽然与他们来往，却打从心底瞧不起他们。

增尾听着隔壁男子打个不停的鼾声，用力闭上眼睛，要自己就算勉强也得睡一会儿。一用力闭上眼睛，记忆有如挤水果般地受到挤压，就算百般不愿意，他还是忆起了那天夜里偶然在东公园前碰到石桥佳乃的情景。

我为什么要为了那种女人到处逃亡，在这种鬼三温暖听着陌生男人刺耳的鼾声？增尾越想越恼火。

话说回来，为什么在那种地方碰上那种女人？如果当时能忍一下尿意，回公寓的话，就不会落到这步田地了。

那天晚上，增尾的心情的确很烦躁，烦到最后跑去天神的酒吧喝了一顿酒。原来他打算就这么回公寓，坐上了停在路边的车。从酒吧开回大厦根本不用五分钟，他却莫名的心浮气躁，就这么开车乱晃。

当时喝醉了。事到如今，他已经记不得经过哪些地方，怎么跑到东公园去的了。

总之他心里烦闷不堪。但他也不晓得究竟为什么烦闷，这更让他心烦意乱了。

比方说，他的脑中浮现出好几个女人的脸，只要打通电话，立刻就可以让他上床发泄。但是那天晚上他怀抱的是更凶暴的欲望，例如咬破彼此的皮肤，搞得鲜血淋漓般，那种狰狞的欲望。

现在想想，增尾或许不是想上女人，而是想和男人互殴。可是就算现在察觉，也回不到那天晚上了。

增尾在博多街上开了将近两小时，因为喝多了酒，感到尿急。眼前出现有如森林一般的东公园，心想公园里一定有公共厕所，于是停下车子。

公园旁的路边停车格里三三两两停着几辆车子。或许开了一阵子车，增尾醉意也完全退了。

他走下车，发现前方有个年轻男人正站着小便。路灯照亮了男人染成金色的头发。

增尾跨过护栏，走进漆黑的公园内。他一下子就找到了公共厕所。

增尾离开公园的时候，他一边咂嘴，一边跨过公园的护栏。

橘黄色的路灯照亮了柏油路。就在此时，他看见一名女子从马路另一头走了过来。

可能是和谁约好了，女子边走，边一辆辆确认停在路边的车子。

增尾跨过公园护栏，从草丛跳出人行道，恰好停在女子和增尾之间的车子"叭"地按了一下喇叭。

尖锐的喇叭声响彻公园旁的柏油路。

女子被喇叭声吓了一跳，停下脚步。先注意到增尾的是女方。增尾看见女子被路灯照出阴影的脸上瞬间绽放笑容。

女子立刻跑了过来。长靴踩过人行道的声音仿佛被吸进了黑暗的公园里。

女子跑过来的途中瞄了一眼按喇叭的车子,却没有放慢脚步。就在她通过那辆车旁的时候,增尾发现那名女子就是在天神的酒吧认识后,频繁写邮件给他的石桥佳乃。

"增尾!"

女子叫道,增尾姑且举起一只手回应。但是他也在意按喇叭的那辆车子,往那儿一看,点亮车内灯的驾驶座里浮现出一个年轻男子的脸。虽然不是看得很清楚,但是从发色来看,似乎是刚才站在路边小便的男人。

佳乃不理会应该是约好见面的男人,反而跑到增尾身边来。

"你在这里做什么?"

虽然路上昏暗,增尾仍清楚地看得出佳乃脸上的喜色。

"小便。"

佳乃几乎要扑上来似的跑过来,增尾往后退了一步。

"真巧,我们宿舍就在这公园后面哩。"

对方明明没问,佳乃却指着黑暗的公园告诉他。

"你开车来的吗?"佳乃东张西望。

"啊,嗯。"

增尾暧昧地回答,很介意在近处的车子里直盯着这里看的金发男子。

"可以吗?"

增尾抬起下巴比了比那辆车子,结果佳乃一副这才想起来的模样,回过头去。"哦……"她不耐烦地皱眉歪嘴,点点头说:"没关系啦,没关系啦。"

"可是你不是跟人家约好的吗?"

"……是啦。哎唷,真的没关系啦。"

"什么没关系……"

增尾受不了地反驳。佳乃似乎死了心,丢下一句"等我一下下,一下下就好了哟",跑到了在等她的男人车子那里。

增尾并不是为了见佳乃才来这里的。但是他被佳乃的强势压倒,怎么也不能抛下她而一走了之。

佳乃一跑过去,沐浴在车内灯下的男人表情稍稍缓和下来。但是佳乃跑近车子,打开副驾驶座的车门,只对男人说了几句话,就立刻关上车门,又跑回增尾这里来了。

她关门的动作实在太粗暴,车门关上以后,声音仿佛仍在路上回响个不停。

"不好意思哟。"

佳乃回来,不知为何道歉,接着一脸苦恼地说:"那个人是我朋友的朋友,之前我借了一点钱给他。"

"不用他还钱吗?"

"没关系啦,我刚才叫他直接汇到我的户头了。"

佳乃满不在乎地说道。增尾望向车子,男人仍目不转睛地盯着这里。

"你要回宿舍了?"增尾问。

佳乃抛下约好见面的男人,特意回来这里,盯着增尾,等待他下一句话。

"呃,嗯……"

听到增尾的问话，佳乃露出暧昧的笑容。

老实说，增尾不喜欢这种女人。明明在期待，却又装出什么都没在期待的模样；尽管装出一副只是在等待的样子，实际上要求却是特别多。

增尾心想，如果这个时候和佳乃约好的那个男人当场驱车离去的话，他应该就不会让佳乃坐上自己的车子了。对增尾来说，丢下一句"那么我要走了"，当场扔下佳乃离开，并不是一件难事。但是佳乃背后有辆动也不动的车子，驾驶座上有张被车内灯照射的男人朦胧的脸庞。看起来像在生气，也像是悲伤。

男人没有要下车的迹象，佳乃也没有要回男人车上去的模样。

"你宿舍很近吗？"

增尾试图填补沉默似的问道，佳乃一瞬间不知该如何回答，露出暧昧的笑容，仿佛表示近，也像是表示远。

"要我送你吗？"

听到增尾的话，佳乃高兴地点头。增尾解除车锁，跨过护栏。他为佳乃打开副驾驶座的车门，佳乃便爬也似的坐进去。

当时站在寒风中谈话没发现，等到佳乃在车子里全身颤抖地说"车子里果然温暖"，才惊觉她嘴里充满了大蒜味。

增尾坐上驾驶座后，改变了心意。他觉得干脆把这天晚上感觉到的烦躁全发泄在这个女人身上好了。

"你有没有空？"

增尾发动引擎问道，佳乃反问："要干什么？"

"要不要去兜个风？"增尾问道。

"兜风？去哪里？"

佳乃分明不打算拒绝，却还偏着头故作纳闷。

"哪里都好……去三濑岭试胆怎么样？"

增尾捉弄她似的说。他一边说，一边已经踩下了油门。起跑的车子里，后视镜倒映出金发男人的白色 SKYLINE。

◇

自己告诉自己，这没什么大不了，拼命地挪动双脚前进，此时却突然停下了脚步。

和自称清水祐一的男人约好的佐贺站就近在眼前。

没什么大不了的。光代再一次悄声呢喃。和通过电子邮件认识的男人见面，不是什么大不了的事。每个人都不当一回事地这么做，就算见了面，也不会有什么改变。

今天早上，光代对出门上班的妹妹珠代说："我晚上可能会晚点回来。"仔细想想，从那个时候起，光代就一直在心里这么说服自己。

透过电子邮件约好见面。对方询问哪里方便，光代回答了。对方询问什么时候方便，光代也回答了。老实说，真的很简单。但是约好之后，放下手机，光代不安了起来：我真的打算去见对方吗？约得实在是太简单了，她发现连最重要的心情都还没有确定好。

我怎么可能去？光代呢喃。我不可能有那种勇气。

可是明明没有勇气，光代却在烦恼那天要穿什么衣服去。明明不打算去，她却想象着两人在车站见面的情景。

虽然约好了，但光代思考着自己不可能去，不知不觉早晨就来临了。明明不可能去，光代却对珠代说"我今天会晚归"。明明不可能去，她却换了衣服。明明不可能去，她却出了家门。明明没有见他的勇气，她人却站在看得到车站的地方。

究竟发了多久的呆？赶往车站的人纷纷超前光代。光代走到角落，坐在护栏上。走在后面的中年妇女可能误以为她身体不舒服，担心地望向她。

阳光很大，不觉得冷。但是护栏陷进屁股里，有点痛。

已经超过约好的十一点了。从光代坐的护栏可以望见车站前的日元环。入口附近有人出入，但是没有类似的男人站着。就在这个时候，一辆白色轿车高速驶进日元环里。车子的轮胎转弯时吱吱作响，吓得坐在稍远处的光代忍不住从护栏站起来。没错，那是昨天祐一用手机发照片给她看的车子。光代又小声呢喃"我不可能去"。尽管这么呢喃，她的右脚却稍微往前踏出了一步。

要是见了面，对方露出嫌恶的表情怎么办？要是对方失望，那该怎么办？

虽然这么想，光代却继续往前进。

没什么大不了的。只是和通过邮件认识的男人见面，没什么大不了的。

光代如此告诉自己，拼命挪动随时都会停下来的脚。

走近陌生男子的车，让她觉得不可思议极了。她感到讶异，没想到自己竟然有这样的勇气。

就在光代快走到日元环入口时,白色轿车的车门打开了。光代忍不住停下脚步,一个金发高个子男人下了车子。在冬天的阳光下,男人的发色比之前发来的照片明亮数倍。

男人往光代的方向瞥了一眼,视线很快地转回车站入口。他关上车门,跳过护栏。光代躲在行道树后面偷看这一幕。男人比想象中更年轻,身体线条比想象中更苗条,感觉比想象中更温柔。

老实说,光代觉得到此为止就够了。不管再怎么找,她都找不出继续前进的勇气。

男人先进了车站,手里拿着手机又走了出来。光代瞬间与男人四目相接。她忍不住背过身去,又在护栏坐下。

她想,数到三十,如果他没有过来,就回家去吧。他刚才应该看到自己的脸了。接下来就交给他决定。光代害怕主动去见他,让他失望。但她也不愿意来到这里,又逃回家去,事后才后悔不已。

结果光代从一数到五,就再也数不下去了。她不知道坐了多久,一道影子从她盯着的脚边延伸过来。

"不好意思……"

上方落下来的声音听起来有些战战兢兢。光代抬头一看,男子沐浴在树叶间洒下来的阳光中,就站在那里。

"不好意思,我是清水……"

可能是他畏畏缩缩的站姿,可能是他被冬阳照射的肌肤,可能是他有些胆怯的眼神。这一瞬间,有些改变了。光代觉得过去时运不济的人生在此刻结束了。她不知道今后会有什么开始,但是她觉得来到这里真是太好了。

光代虽然紧张，却努力对出声搭讪的祐一微笑，结果她的紧张似乎传染给祐一，他突然慌张地四处张望起来。

"车子停在那里会被拖走哟。"

光代对祐一说的第一句话意外的冷静，她对此感到吃惊。

"啊，对。"

祐一急忙要返回车上，忽地想到光代似的停下脚步。他的手脚很长，动作看起来很夸张，光代忍不住微笑。

光代从护栏上站起来，祐一就像在意从后头跟上来的小孩似的，一面频频回头，一面往前走去。光代朝着他背后说："你的头发比照片上的还要金呢。"祐一稍微放慢脚步，与光代并排走着，胡乱搔着自己的头发，低声含糊地说："大概一年前，晚上看到镜子，突然想改变一下……也不是赶时髦还是怎样……"

"所以你才染金发？"

"……因为我想不到其他的。"

祐一一本正经地说道。

来到车子旁边，祐一为光代打开副驾驶座的车门。

"我也了解那种心情。"光代说。她一边说，一边毫不抵抗地坐进车子里。

祐一关上车门，绕到驾驶座。可能放有芳香剂，车子里飘荡着玫瑰的香味。一坐进车子里，就能感觉到祐一很珍惜这辆车。

祐一上车后立刻发动引擎，转动方向盘。眼看就快撞到停在前面的计程车了，但祐一似乎精准掌握了这辆车子的大小，毫不犹豫地踩下油门。车体在岌岌可危之处避开计程车，开了出去。祐一握住方向盘的手看起来好像刚和谁打过架。光代事实上没看过打完架的手是什么样子,但是祐一修长而节骨分明的手指仿佛刚历经一番操劳。

车子绕过日元环半周,熟悉的站前风景从车窗流过。光代坐在才认识的男人车子里,却丝毫没有不安的感觉,反而是熟悉的站前风景令她感到陌生。邂逅才几分钟,但光代比起佐贺车站前的风景,更相信祐一的开车技术了。

"我从来没有想过竟然会和你这种人一起兜风……"

在移动的车子里,光代忍不住这么说。祐一看了她一眼,纳闷地说:"我这种人?"

"嗯。像你这种……金头发的人。"

光代回答,祐一又胡乱抓了抓头发。

光代是临时想到的,但再也没有其他可以如此贴切表达她此刻心情的言语了。

挂着当地车牌的车子慢吞吞地行驶,被祐一一辆接一辆地超前。祐一灵巧地变换车道,每次加速,光代的背就被柔软的椅垫吸住。平时,计程车司机的速度只要快上一点,光代就会吓得胆战心惊,然而不可思议的是,她完全信任祐一的驾驶。祐一在非常惊险的时机变换车道,但是就像磁铁的两极不会接触一样,她有种绝对不会撞车的安心感。

"你车子开得好棒。我也有驾照,可是都不敢开上路。"

祐一又超越一辆车,光代这么说道。

"因为我常常在开啊。"

祐一低声呢喃。

车子转眼间就来到国道三十四号线的十字路口。从这个路口向左转,路旁就是光代上班的西装店,如果直线开过去,就会通往高速公路的佐贺大和交流道。

"接下来要去哪里?"

车子在好一阵子没碰上的红灯前停下,光代避开祐一的视线问道。

"直接去呼子的灯塔,还是在这附近用完午餐再去?"

不可思议,话语自然而然地脱口而出。连旁边坐的究竟是个什么样的男人都不晓得,她竟然如此大胆,她不由得感到惊讶。

就在这个时候,祐一用力握住方向盘。光代看着他隆起的拳头,觉得身体好像被捏住了。

"……要不要去宾馆?"

祐一盯着紧握方向盘的拳头说。光代一时会意不过来,愣愣地看着他的侧脸,结果祐一垂下视线,低声地说:"吃饭跟兜风……上完宾馆以后再去。"他的表情就像明知道会被骂,却还是忍不住要讨玩具的小孩子一样。

"哎唷,你突然说这什么话啊?"

光代情急之下笑着打马虎眼。一方面也是祐一突然说要去宾馆,把她吓了一大跳,她夸张地摆动身体,拍拍祐一的肩膀。

祐一抓住了她的手。信号不知不觉间由红转绿,后面的车子按起喇叭。祐一放开光代,慢慢地踩下油门。

我,不是为了这个目的来见面的。我只是想看灯塔而已。

借口再多都找得到，但是面对沉默不语的祐一，这些话听起来都好虚伪。

"……你是认真的吗？"

光代说着，紧张得胸口发疼，仿佛已被一旁的男人剥下衣服似的。

光代觉得他好像正从别的地方望着自己，如此大胆地面对邂逅还不到十分钟的男人的自己。

祐一盯着前方点头。光代期待他会说些什么，祐一却再没有半句适当的邀约。

她好久没有面对如此炽烈的要求了。

上一次面对如此坦率地表现出想要自己的男人，是刚在工厂上班不久的时候。光代加完班回家时，在停车场被同一条生产线上的前辈突然抱住。光代绝不讨厌对方。甚至，她对那个前辈颇有好感。然而光代却抵抗挣扎，逃跑了。因为太突然了。不，是因为自己太渴望如此了。她害怕对方发现这一点，当时她还无法接受渴望让对方拥抱的自己。

后来过了将近十年。这十年间，光代一次又一次地想起那个时候的事。她甚至感觉到，是自己在那一瞬间选择了现在的人生。她觉得在那个瞬间变成了一个总是隐隐渴望着狰狞男人欲望的女人。

"……去宾馆也可以。"

光代平心静气地说。道路前方出现了指示佐贺大和交流道的标志。

不知为何，光代想起和珠代同居的房间。那是个令人满足的房间，舒适惬意的房间。但是她现在有个强烈的想法："我今天不想回去那里。"

车子通过佐贺大和交流道入口，穿过连接田园地带的高速公路高架桥，往福冈方向驶去。

车子开得非常快，车窗外的招牌及标志就像被撕扯下来似的向后飞去。

"前面有宾馆。"

祐一小声地说，光代闻言心想："啊啊，我接下来要和他发生关系了。"

这个时候，休耕的农地另一头出现了宾馆的招牌。光代望向握着方向盘的祐一。他的胡子似乎并不浓密，下巴长着一颗小痣。

"你总是像这样马上邀女孩子上宾馆吗？"

光代问着，却觉得不管回答是什么都无所谓。祐一一见到她，马上就邀她上宾馆。而自己答应了他的邀约。除此之外，没有任何确定的事物。她觉得现在的两人不需要除此之外的事物。

"就算你总是这样邀请别人……也没什么关系啦。"光代笑道。

招牌后面有一条小径通往宾馆。车子放慢速度，缓缓地驶过小径。路肩并排着小盆栽，但是没有一个盆栽开着花。

小径直接通往半地下的停车场。从交流道入口到这里的途中没有碰上半辆车子，但是停车场却近乎客满。

祐一把车子停在只剩一格的位置。引擎熄火的瞬间，寂静得仿佛连彼此吞咽的口水声都听得见。

"人蛮多的。"

光代勉强打破寂静出声说道。"星期六嘛。"她添了一句,接着想起上星期六因为搞错改尺寸的交货日期而被客诉的事。

尽管是祐一单方面要求来到这里的,车子一停,他却一动也不动了。他握着拔出来的车钥匙,默默地盯着那只手。

"要是有空房间就好了。"

光代故作轻松地说。祐一低着头,"嗯"了一声点点头。

"可是感觉好奇怪哟。我们才见面,现在却已经在这种地方了。"

光代的话语闷在封闭的车子里。越是去想"这种事算不了什么",声音就越显得无力。就在这个时候,祐一突然悄声地说:"……对不起。"

"为什么道歉?"

祐一道歉得实在太突兀,光代一瞬间慌了手脚。她不明白对方为什么道歉,脑袋一团混乱。

"没什么好道歉的。老实说,你邀得太突然,我吓了一跳,可是啊,女生有时候也是会有这种心情的。有时候女生也会有这种心情,想要邂逅什么人的。"

光代情急之下说出这段话。说着说着,她觉得说出这种话简直不像自己。

祐一目不转睛地盯着她,他的眼神像在倾诉什么。光代知道自己脸红了,觉得好像被职场的同事给偷听了。不只是现在的同事,好像也被工厂时代的同事和高中同学给听见,被大家嘲笑。

"总……总之我们去看看吧,搞不好客满呢。"

光代像要逃出两人独处的车子，打开车门。门一打开，停车场冰冷彻骨的空气便流了进来。

一走下车子，被暖气烘暖的身体便急速冷了下来。祐一也紧接着下车，走向宾馆入口。

光代只想和谁拥抱在一起。她想要一个能够拥抱的对象，已经渴望了好几年。

光代朝着走在前面的祐一背后这么倾诉。她想告诉他的背影：这是我的真心话。

不是谁都好，她不是只想要彼此拥抱而不管对方是谁都好。她想要被渴望自己的人紧紧拥抱。

全自动型的柜台里，有块面板显示还有两间空房。祐一选的是一间叫"翡冷翠"的房间。

祐一犹豫了一下，在面板上选了"休息"。很快，上面显示出"四千八百日元"的价格。

光代已经受够只为了排遣寂寞而活。她也厌倦假装不寂寞的强颜欢笑。

他们搭乘狭小的电梯上了二楼，眼前有一道门写着"翡冷翠"。

可能是密合度不佳，祐一转了好几次钥匙才打开门。门一打开，刺眼的色彩便跃入眼帘。墙壁涂成黄色，床上覆盖着橘色的床单，白色的天花板被挖下日元形的一块，嵌上仿湿壁画的绘画，完全没有半点新鲜感。

光代走进房间，反手关上门。强烈的暖气以及窒闷的空气让她几乎渗出汗来。

祐一径自走到床边，把钥匙扔在上面。钥匙没有反弹，反而沉进羽绒被里。

只听得见空调声。不是安静，而像是声音被夺走了。

"好花哨的房间哟。"

光代朝着祐一的背后说。祐一转过身来，突然走近光代。

只一眨眼的工夫，光代连同松懈垂下的双手被高个子的祐一给紧紧抱住了。光代伸出手，环抱住祐一的腰。

休息四千八百日元，名为"翡冷翠"的房间。由于强调它的个性，反而显得个性全无的宾馆一室。

"……不要笑我。"

光代被紧紧拥抱着，在祐一的胸口呢喃。祐一想要挪开身子，但光代紧抓住他，不让他看到自己的脸。

"我老实说，你不要笑我。"光代说。

"……其实……其实我发邮件给你，是认真的。别人可能只是为了打发时间才上那种网站的，可是我……我是真的想要邂逅什么人的。很差劲吧？实在太凄凉了吧？你可以瞧不起我，可是不要笑我。要是你笑我，我……"

光代仍然紧紧抓着祐一。她也知道自己太心急了。但是她觉得要是现在不说，就永远无法再对任何人说出这种话了。

"……我也是。"

就在这时候，祐一的话声落了下来。

"我也……我也是认真的。"

光代的脸颊紧贴在祐一的胸口，祐一的声音直接从胸口传来。

浴室传来水声。积在水管的水滴了下来，落在瓷砖上。除此之外，没有任何声响。不，除了耳朵贴附在祐一胸口传来的心跳声外，光代什么都听不见。

◇

我还是希望光代能够幸福。

我从来没有叫过光代"姐姐"。可是怎么说呢……虽然我都直呼她的名字，但是我在内心某处或许总是叫着她"姐姐"的。

我们有个弟弟，说弟弟代替我叫也蛮奇怪的，不过他都叫光代"姐姐"。但是对我，却总是直呼"珠代"。

不是常说双胞胎知道彼此在想什么吗？可是我和光代却不太有这种情形。我们也不是感情不好，而且我们是双胞胎，在学校也很醒目不是吗？所以一直到小学的时候，我们总是腻在一起，像是要从同学好奇的眼光中保护着彼此……嗯，我想一直到小学，我们都算是引人注目的。可是进了中学以后，另一对双胞胎姐妹从隔壁小学转学进来，她们比我们更要可爱十倍左右。小孩子是很残忍的，不知不觉间，我们就被称为"比较丑的双胞胎"了。我们并不太在意那种事，可是要是有男生这样说，我们就会拿扫把去打他们。大概就是从那个时候开始吧，我和光代的个性，或是给外界的印象，诸如发型和衣服的品位，渐渐地变得不一样了……

上高中的时候——其实我们本来没有要上同一所高中的。起初我想就读男女合校的学校，光代本来想念的是私立的女子高中，可是她没考上……

总之上了高中以后，我们很快就有了喜欢的对象。我喜欢的对象开朗没有心眼，是足球队的明星队员，但是光代喜欢的男生叫大泽，虽然不到阴沉的地步，可是才加入排球队一个月就退出，也不算是功课好的那种类型，感觉呆呆的。

如果能稍微留意一下发型跟服装的话，应该还没那么糟，可是那个男生对这方面好像一点兴趣也没有，可是又好像没别的兴趣……总之，光代跟我说她喜欢大泽的时候，我惊讶得大叫出来。大概是那个时候吧，我才感觉到我和光代是完全不同的两种人。

我喜欢的是足球队的明星队员，所以情敌很多，情路当然不可能顺遂；相反，光代没有其他竞争对手，跟大泽交往的过程非常顺利。他们总是相偕推着脚踏车走路回家。光代大多会绕到大泽家玩，不过每天都在六点半吃晚餐前回家。

就算是感情融洽的双胞胎，有些事也不好过问吧？学校放学的时间是四点，走路到大泽家要二十分钟，就算还要从大泽家骑脚踏车回家，他们两个人每天还是有两小时十五分钟左右可以独处。学校里也有人在传，大家都不敢直接问光代，就跑来问我："光代跟大泽已经那个了吗？"老实说，以我当妹妹的直觉来看，光代和大泽感觉上一点都不像已经那个——发生关系了。总而言之，虽然我很想知道，可是又不太想问她……

有一年暑假快要结束的时候，光代又去大泽家，正好我参加的啦啦队没有练习，所以提早回家。那时我们两个人睡同一个房间，在那之前，我真的从来没有做过这种事，可是……该说是鬼迷心窍吗？我打开光代的书桌抽屉，偷看了光代跟大泽的交换日记。

我本来以为里面写的应该都是些无聊事。就算我是出于担心的心情偷看，也只是担心里面是不是写了自己的坏话而已。

我随意翻页，上头写满了密密麻麻的小字。

我一边担心光代会不会回来，一边读了内容。读了几页后，我全身有种毛骨悚然的感觉……我记得内容大概是这样：

"以前我很喜欢你，可是到了最近，我开始喜欢上你的右手，你的耳朵，你的手指、膝盖、门牙、呼气等等个别的部位了（笑）。原来我喜欢的不是你整个人，而是你的每一个部位啊。我真的不想要你被任何人抢走。就连在学校有别的人看你，我也不愿意（笑）。"

我一直以为光代是个没什么执着的人。从小，不管是糖果还是玩具，光代总是让给我跟弟弟，怎么说呢，我觉得她就是长女性格。可是在大泽的交换日记里，那个光代却不是平常我所知道的光代。

"今天，二班的小野寺不是来找我说话吗？你的表情看起来很不高兴，好好笑哟。我好想早点毕业，跟你住在一起！我们可以同居吧？可以吧？对了，上次在外头看到的公寓蛮不错的呢。那里的话，外面可以放你买的车子，生了小孩以后，也可以让小孩在庭院里玩耍。"

就像这样，总之和光代平常说话的口气不同，总觉得有种攻击性。

读着读着，我心想光代这样会不会让大泽觉得很烦？我越看越怕,把笔记本放回抽屉里了。我一直以为光代是个无私无欲的人,然而看了笔记,却看到了光代的脾气——或者说我一直不知道的光代的欲望,觉得很难过,觉得光代好可怜……

光代跟大泽在高中毕业前就分手了。传闻说大泽那个时候去补习,在补习班喜欢上别的女生,但光代本人却一句话也没跟我说,而我也刻意不去问……他们两个人分手的时候,我也不记得光代闹过脾气还是哭泣过。当然,她或许一个人偷偷地哭过了……可是,那都是以前的事了。

毕业就职以后,光代认真交往过的大概只有两个人吧。不过两个都没有持续太久。光代不像我,不是那种会跟男生到处玩的类型。我也常常在想,要是光代再社会化一点就好了。现在我们住在一起,可是我心里总有种感觉,觉得我是"为了光代"才和她同住的。我也想过,如果我和别人结了婚,光代可能一生都是孤零零的一个人了。

不管怎么说,我喜欢光代。姐姐虽然非常内向,可是我真的希望她能幸福。

那是什么时候的事呢?有一次我碰巧从巴士里看见光代一脸幸福地骑着脚踏车。仔细想想,恰好就是那个时候,姐姐开始和那个叫清水祐一的人通过电子邮件交往。

◇

光代心想,原来体温是有味道的。就像气味会混合在一起,原来体温也会混合在一起。

当电话响起，通知时间已到的时候，祐一还压在光代身上。在暖气强过头的宾馆床上，彼此的身体汗涔涔、湿滑滑的。祐一的肌肤很美。他美丽的肌肤渗出汗水，他穿刺着光代的身体。

门扉另一头传来大婶的催促，祐一吼道："知道了！马上出去了！"

祐一叫道"马上出去"以后，已经过了十五分钟。光代在被子里抱紧祐一汗湿的身体，笑道："肚子饿了吧？"

不晓得是不是当作响应，依然气喘吁吁的祐一轻轻踢开被子。

"这附近有一家好吃的鳗鱼店。"

被子滑下床铺，一旁的镜子倒映出光着身体抱在一起的两个人。祐一先起来，清楚地浮现出脊椎骨的背影倒映在镜子里。

"也有清烤鳗鱼，很正统的店哟。"

祐一就要下床，光代用力拉住他的手问："要去吗？"祐一转过身去，看了光代一会儿，微微点头。

光代一下床，就先走向浴室。背后传来祐一的声音："没时间了。"光代答道："反正都迟了，就付延长费吧。"

浴室的瓷砖是黄色的，很可爱。光代心想要是这里有窗户就好了。这里有窗户，外面有小庭院。庭院另一头，祐一正在洗车。

"吃完鳗鱼以后，要带我去看灯塔哟！"光代叫道。虽然没有响应，但光代舒服地淋浴。应该还不到两点。一想到漫长的周末接下来才要开始，仿佛流过肌肤的热水都在歌唱舞蹈一般。

"没时间了，要不要一起洗？"

光代以不输给水声的分贝叫着祐一。

"对了,清水祐一是你的本名吗?"光代问道。
祐一盯着前方,默默点头。
两人离开宾馆,开车前往鳗鱼料理店。由于刚淋浴完,身体还热烘烘的。
"那么我得跟你道歉。我叫马汦光代。这个名字是——"
光代说到这里,祐一打断她说:"没关系,大家最初都用假名。"
"大家?你见过那么多女生吗?"
车子顺畅地行驶在空荡荡的国道上,也没有被信号拦下。仿佛他们的车子一驶近,信号就立刻转成绿灯。
"……无所谓。"
祐一不吭一声,光代很快就收回自己的问题。
"这条路是我高中上下学走的路。"
光代望着流过车窗外的风景说。
"那里不是有一家量贩鞋店的招牌吗?从那边右转,笔直穿过田地,就是我上的高中。然后从这条路再往车站方向去的地方,有小学跟中学……从那边再往鸟栖去,是我以前上班的地方……仔细想想,我根本没有离开过这条国道,只是在这条国道上来来去去呢……我以前在一家食品工厂上班。同期的同事都说工作太单调,老是抱怨个没完,可是我并不怎么讨厌那种一贯化作业呢。"
车子难得被信号灯拦下,祐一手指抚摸着方向盘,转向光代。

"我也差不多。"

祐一低声呢喃。光代霎时不晓得他指的是什么，纳闷地偏着头。祐一接着说："我也一直待在同一个地方。小学、中学、高中，都是离家很近的地方。"

"可是你家离海很近吧？住在海边附近，真让人羡慕。哪像我，住在这种地方呢。"

信号正好转绿，祐一慢慢地踩下油门。光代居住的城镇，零星坐落着几家店铺的煞风景街道往后流去。

"啊，就是那个，喏，有没有看到写着鳗鱼的招牌？那里真的很好吃哟，价钱也不是太贵。"

肚子饿了。光代觉得已经好久没有感觉到这么饥饿了。

◇

增尾低调地在上午离开三温暖。

如果可能，他想在客人变少的休憩室里尽情睡到中午过后再起来，但是客人变少的话，就容易被工作人员注意到。虽然他认为通缉用的照片传单不会发到名古屋这里的三温暖来，可是刚才工作人员在柜台把寄物柜钥匙交给他的时候，眼神似乎察觉到了什么。

增尾睡眠不足地逃到街上，外头是冬季的晴天。可能是一直待在不见天日的地方，一走出人行道，他顿时觉得阳光刺眼得几乎让人晕眩。

增尾暂时往名古屋车站走去，一面确定钱包里还剩下多少钱。

离开福冈的时候,他领了大约五十万日元出来,暂时还不需要担心,只是逃亡的时候不能用提款卡。如此一来,剩余的这些钱就是他仅存的依靠了。

虽然有阳光,但是风很冷冽。寒风扑上名古屋车站前林立的高楼大厦,再从脚底卷起,冻住了增尾全身。

获知命案,逃出公寓以后,增尾一直穿着这件羽绒外套,衣襟都被汗水和体垢搞得湿黏黏了。虽然内衣裤和袜子可以在便利商店买新的,但是他没有余力连外套都重买。

增尾来到车站前日元环,躲在告示牌后面避风。人潮从眼前的地下街拥上来,接二连三地被吸到车站里面去。

昨晚他读了三温暖里的几份报纸,已经没有任何一家报社报道这件命案了。之前八卦节目花了那么多时间播报这宗命案,现在也已把焦点转移到数天前的新闻,一名主妇疲于看护而杀害公公的事件,连三濑岭的"三"字都未提。

增尾躲在告示牌后面,点燃香烟。抽了一口后,他发觉肚子饿得厉害,于是踩熄刚点着的烟,走入地下街。

增尾拨开走上车站的人群,一步一步走下楼梯。每走下一步,"不可能逃得过",以及"我无法接受"的心情交互涌了上来。

增尾丝毫没有要杀那个女人的意思,他甚至根本不想和那种女人扯上关系,但是,那天晚上把那个女的载到寒冷的三濑岭并且扔下她的人,毫无疑问就是自己。

那天晚上,增尾在东公园旁让石桥佳乃上了副驾驶座,嘴里虽然说着"我们去三濑岭试胆",但是车子一开出去,他马上就发懒了。

车子一开动，副驾驶座的佳乃就聊起刚才一起吃饭的朋友。

"喏，就是在天神的酒吧认识的时候，跟我一起的那两个女生，你还记得吗？"

佳乃真的打算去兜风吗？她系上安全带，增尾想早点结束话题，偏着头说："不记得呀。"

"喏，那个时候我们不是三个人一起吗？有一个叫沙里的，个子很高，长得有点凶……"佳乃兀自说个不停。

虽然车子动了，但增尾没有目的地，任意转换方向盘，一碰上即将转红的信号，就踩油门加速穿过十字路口。

不知不觉间，东公园被抛在遥远的后方，都市高速公路的高架桥出现在头上。

"增尾，你明天不必上课吗？"

佳乃自行调节暖气风量，又擅自想要打开脚边的 CD 盒。

"为什么这么问？"

增尾不想和佳乃聊天，但也不想让她随便打开 CD 盒，便这么应声。

"要是现在去兜风的话，回去就很晚了……"

佳乃把 CD 盒摆在膝上，但没有打开。

"你呢？"增尾抬起下巴。

虽说是情势使然，但是竟然让这种女人坐上副驾驶座，漫无目的地开车，增尾对自己感到生气。

"我？我要上班啊。可是只要打通电话说要直接去客户那里，就算迟到也不会怎样。"

"你在哪里上班？"

增尾忍不住反问，结果佳乃撒娇似的拍着增尾的手，叫着："噢，不会吧！上次不是才跟你说过吗？我在保险公司上班啦。"

不知道有什么好高兴的，佳乃说完后，兀自放声大笑。增尾耐住性子等待佳乃笑完。笑声总算结束的时候，他冷冷地说："怎么有股大蒜味？"

佳乃的表情瞬间僵住，紧紧抿住从刚才起就没有闭过的嘴巴。

增尾默不作声，打开副驾驶座的车窗，寒风吹乱了佳乃的头发。

大蒜味从车内流出去以后，转眼间，寒冷彻骨的夜晚空气便潜进了车里，令人从头到脚蒙上一层寒意。

车子已经离开闹区了，很难得，连一次红灯也没碰上。

被揶揄口臭，本来以为佳乃会稍微克制一下，没想到她从皮包里拿出薄荷口香糖，辩解说："人家刚才吃了铁锅饺子嘛。"

正值圣诞季节，天神的行道树全打上了灯光，人行道上四处都是手挽着手的情侣。增尾踩下油门，情侣们瞬间被抛到车后。

"沙里跟真子她们啊，以为我跟你在交往。我当然跟她们说不是，可是她们就是不相信。"

佳乃嘴里嚼着口香糖，说个不停。不管增尾猛然转动方向盘，粗鲁地变换车道，或是紧急刹车，她就是不肯闭嘴。

"我们本来就没在交往。"增尾冷冷地说，心里想着："谁会跟你这种人交往？"

"增尾你喜欢哪种女生？"

"不一定。"

"你没有喜欢的类型吗？"

增尾不耐烦，突然转动方向盘。前方是通往三濑岭的国道二六三号线。

"对了，刚才我在公园的厕所小便，被同性恋搭讪了。"

增尾改变话题。

"真的假的？然后呢？"

"'我宰了你哟！'我这么一吼，他就吓跑了。那种败类，真应该禁止他们进入公园。"

增尾语带不屑，断然说道，但佳乃好像没什么兴趣。"可是对那种人来说，一般地方几乎就等于是被禁止进入一样，只剩下公园可以去了不是吗？仔细想想还蛮可怜的呢。这个世上是有各式各样的人的。"她又塞了一片口香糖。

增尾本来想要改变话题，没想到意外地遭到反驳，他无话可说。

马路上已经看不到闹区的繁华，街景渐渐变得冷清。即使如此，路灯上还是插满了宣传圣诞节特卖的商店街旗子，随风飘舞。再也没有比萧条的圣诞节更凄凉的事物了。

佳乃把口中的口香糖包进纸里扔掉，在此之前，她都没有开口，也没有说想回去。增尾找不到停车的时机，车子从国道二六三号南下，开往三濑岭。

车子一进入山路，几乎就没有对向来车了。车内后视镜偶尔倒映出开在远处后方的车灯，但是没有车子开在前面。只有车灯苍白地照亮了山区冰冷的柏油路。每当车子转弯，车灯就照亮护栏另一头的草丛，甚至清楚看见树干复杂的纹路。

增尾无视于佳乃一厢情愿地说个不停，不断地踩油门。增尾忘了是什么曲子，但佳乃擅自打开 CD 盒说"啊，我超喜欢这首歌的"。甜美的抒情歌已经重播好几遍了。

忘了那是佳乃第几次要按下重播键的时候，增尾突然心想："这种女人肯定会被男人给杀掉。"真的是很唐突的想法。

他没办法说明这种女人的"这种"是"哪种"，可是"这种"女人肯定会在某个时候，突然触怒男人，一眨眼就给杀了。

增尾转动方向盘，慢慢弯过急弯道，想象着在副驾驶座悠哉地哼着情歌旋律的女人会有什么下场。

担任保险业务员，存一点小钱，假日就到名牌专柜看看倒映在镜子里的自己。口头禅是"真正的我是如何如何、真正的我是如何如何"，工作个三年后才总算发现以前认定的真正的自己其实根本就不是真正的自己。接下来就放弃自己的人生，把它塞给勉强抓到的男人。男方被硬是塞下女方的人生，困窘无比。"你要怎么对我的人生负责？"这句话成了女人新的口头禅，对老公日益不满，相反，对孩子的期待与日俱增。女人在公园里和其他妇女钩心斗角，不是和几个人搞小团体，就是说别人的坏话。虽然没有注意到，但是只顾着迎合同侪，讲着讨厌的人的坏话，那种模样和中学、高中、短大时的自己根本就没有什么两样。

"我们要去哪里啊？"

副驾驶座的佳乃突然出声,增尾冷冷地应了声:"啊?"佳乃喜欢的情歌不知不觉已经结束,现在播放着格外轻快的曲子。

"真的要过山吗?再过去真的什么也没有啊。如果是白天的话,还有好吃的咖喱店跟面包店……啊,刚才经过的那家荞麦面店,喏,已经关店了,你去过那里吗?听说那里超好吃的。之前朋友跟我说过……你怎么了?干吗从刚才开始就一直不讲话?"

仿佛配合着轻快的曲子,佳乃的嘴里连珠炮似的冒出话来。她好像真的误以为这是约会了。

"这么说来,增尾,你家是汤布院的老字号旅馆吧?在别府好像也有一家大饭店是吗?好厉害哟。那么,你妈妈就是老板娘喽?旅馆的老板娘好像很忙呢。"

佳乃说着,把嘴里嚼的口香糖吐到似乎一直握在手里的纸上。

"……我妈的确是旅馆老板娘,可是不劳你操心。"增尾说。

他冷淡得连自己都吓了一跳。佳乃刚把纸拿近嘴边,吐出口香糖,显得一脸错愕。

"跟你完全不一样。"

"咦?"佳乃惊愕地反问。

"我说啊,你跟我妈类型完全不同。要说的话,你是女佣那型的吧?不过那也要你先在我家工作啦。"

增尾说完,突然踩下刹车。佳乃拿着包着口香糖的纸,身体猛地往前一倾。

刚才看到隧道入口的时候,增尾下意识转动方向盘,开进了旧道。车子在旧道的途中停下来,恰好是在山岭的最顶端。

"……下车。看到你坐在车上,我就觉得烦。"

增尾直盯着佳乃的眼睛说。佳乃依然一脸错愕,好像听不懂增尾说了什么。

车子停在山岭旧道,音响播放着滑稽的流行歌曲。歌手拙劣地唱着"你的爱让我坚强",歌声犹如用指甲刮过玻璃般刺耳。

"下车。"增尾再说了一次。毫无抑扬顿挫,眉毛动也不动。

"咦?"

佳乃在黑暗的车子里睁大了眼睛。这是出发兜风时增尾所说的"试胆"吗?她甚至露出一抹笑容,仿佛那是她最后的希望。

"你这人好庸俗。"

"咦?"

"你啊,为什么可以这么随便地坐上根本不怎么认识的男人的车?女人的话,一般都会拒绝吧?三更半夜,突然被男人邀去兜风,就呆呆地坐上车,老实说,这种女人我根本就看不上眼。下车。你自己不下车的话,要我把你踢下去吗?"

增尾推挤佳乃的肩膀。到了这个节骨眼,佳乃好像也总算明白这不是玩笑了。

"可是……你叫人家在这种地方下车……"

"你站在路边,就会有人来载啦。你不是不管谁的车子都会上吗?"

佳乃不知该如何是好,紧紧抓着放在膝上的皮包。

增尾毫不在意,探出身子打开副驾驶座的车门。开门的力道太强,车门猛地打开,"碰"的撞上护栏。有股冰冷的泥土气味,还有寒冷的山林气味。

"叫你快点下车!"

增尾推挤佳乃细瘦的肩膀。

佳乃扭动身体,增尾的手从她的肩膀滑开,陷进她肩颈之间。

"不,不要这样啦!"

"叫你……快点……下车!"

增尾像要掐住她的脖子似的,不断推搡佳乃抵抗的身体。脖子的热度传到掌心,更教他烦躁,拇指深深地陷进咽喉。

"好,好啦。知道了啦!"佳乃好像死了心,解开安全带。她明明应该很害怕,声音却充满反抗。佳乃边抱怨边下车,增尾忍不住把脚一抬,狠狠踹上她的背。

"呀!"

佳乃跌出车外,头撞上了护栏。"咚"的一道巨响沿着白色的护栏传遍了整座山岭。

◇

对我来说,比起"石桥佳乃"这个名字,我还是觉得"米亚"这个称呼比较熟悉。所以请让我叫她米亚吧。

我是个小学补习班的老师,已经习惯这种不太像日本人的名字了。我负责的班级里,也有很多小朋友叫什么零文(Lemon)、白笑(Ciel)、天空星(Tiara)之类的怪名字,让老师根本念不出来,欲哭无泪。

不过我必须重申,我对年幼的女孩子一点兴趣也没有。我真的只是碰巧在补习班当老师罢了……

可是最近的小孩子取的那些怪名,也实在叫人哑口无言呢,怎么说,简直就像在交友网站看到的女孩子假名一样。说白一点,本人跟名字完全搭不起来,有时候在上课前点名,我都会忍不住同情。喏,不是有什么性别认同障碍吗?我想用不了多久,就会出现姓名认同障碍了。

言归正传,我在交友网站认识的女孩,除了米亚以外,应该还有十多个人。如果要把她们排名的话,米亚应该算是第二还是第三吧。她的长相跟身材虽然不是我喜欢的类型,可是现在想想,她人蛮温柔的。在约好的地点劈头就向我要计程车钱的时候,虽然我也觉得很受不了,可是现在想想,怎么说呢,她还是有她温柔的地方。

我就像你看到的,身材又胖,脸又长得像拳狮狗,体毛又多又浓密,根本就不是那种受女孩子欢迎的类型,而且实际上也真的毫无女人缘。可是就算是我这种男人,也会因为女孩子不经意的一句称赞,心想:"其实我也蛮不赖的。"真的是一句小小的赞美,就会让人萌生这种想法。我觉得米亚很擅长撩起男人的这种心情。啊,虽然或许只是我自作多情啦。

我记得那是在饭店办完事要付钱的时候,米亚突然对我说:"如果我们没有在交友网站认识,会怎么样呢?"我笑着说:"你根本不会理我吧。"结果米亚露出有些难过的表情说:"是吗?我们年纪有差,不过我中学的时候,很喜欢一个胖胖的生物老师哦。"

啊，我当然知道这是奉承话。那个时候我正要拿钱给米亚，所以忍不住多给了她两千日元。可是那个时候米亚看起来是真心的。那个时候的表情和口气，让我忍不住相信：如果我们并非在交友网站认识，而是在路上偶遇的话，或许两人之间会有什么发展。

男人也真是傻哪，女人说的那种话，一辈子也不会忘记。当然，受欢迎的男人可能马上就忘记了，但是像我这种从学生时代就烦恼着到底该怎么样才能跟女孩子说话的男人来说，就算是那种一听就知道的奉承话，还是会一直挂记在内心深处。更进一步说，就因为那句话，让我有了自信。讲这种陈年往事，或许你会觉得不舒服，不过大学的时候，网球社的学姐曾经对我说："林学弟，你总是视线笔直地看着对方呢。所以跟你在一起，我总觉得自己被看透了。"虽然是不经意的一句话，但是从此以后，那句话就成了我的支柱，真的很不可思议。每当我思考自己究竟是个什么样的男人，总是第一个想起那位学姐的话……我想学姐一定已经忘记自己讲过那句话了，但是对我来说，那句话真的弥足珍贵，说得夸张一点，就算过了将近二十年，但我可以说是靠着那句话支持才能够身为一个男人的。

很傻吧？完全就是一副不吃香的男人相吧？可是啊，我这种男人就是需要那种女人。就算是奉承话也好。要是连奉承都没有，我就真的什么都没有了。

米亚就是愿意对我说这种话的女孩。我想她应该不是刻意这么说的，可是我还是觉得米亚这个女孩总在不经意当中说出让我这种男人二十年都无法忘怀的话。

听到米亚被杀的时候，我还是觉得很伤心。虽然我们是在交友网站上认识，只见过一次面，但是她对我来说，依然是个永远都忘不了的女孩。"我认为知道哪里有美食的男人最值得尊敬了。"——那时候我带她去意大利餐厅，她还这么对我说呢。

◇

星期六用完早餐后，祐一也没说要去哪里就出门了。清水房枝心想他一定又开车出去兜风，晚餐前就会回来，所以做了祐一喜欢的肉丸等着他。没想到祐一没回家，房枝没办法，只好一个人吃掉有点太甜的肉丸。

到了星期天早上，祐一还是没有回来。祐一周末突然出门外宿也不是什么稀奇事了，可是待在空无一人的家中，房枝就忍不住想起先前在公民会馆主持健康讲座的堤下的事务所里，在破口大骂的男人包围下，被迫买下昂贵中药时的情景，又感受到那种如坐针毡的恐怖。

到了下午，房枝打电话到祐一的手机。祐一很快就接起电话，不耐烦地回说："干吗？"

"你在哪里？"房枝问道，祐一简短地回答："佐贺。"

"你在佐贺做什么？"

房枝本来想，如果祐一在开车，就赶快挂掉，但似乎也不是，所以她接着追问。可是祐一没有回答问题，再次重复："干吗？"

房枝问他什么时候回来。祐一没回答，说"不用帮我准备晚饭"后，便挂断了电话。

199

后来房枝到市内的医院给丈夫胜治探病。胜治就像平常一样述说对护士的不满，抱怨了差不多三十分钟，房枝对那名护士说"总是麻烦你照顾了"，离开了医院。

回程的巴士里，强迫房枝买下中药的男人的吼声突然在耳畔响起。

——现在才说不买，你是什么意思！

——死老太婆，你耍我们吗！

——你要是不签名，我们每天都上你家去！

听着在脑中回响的男人声音，房枝觉得好像又被拉回了那个地方，在敬老座上止不住地哆嗦。

结果到了当晚十一点过后，祐一才回到家来。光是听到门打开的声音，房枝就松了一口气，从刚躺下的被窝里对着经过走廊的祐一说："你回来了。要洗澡吧？"

被子刚暖和起来，房枝犹豫着要不要爬出来。祐一的声音从纸门另一头传了过来："不用，我洗过了。"

结果，房枝还是离开寝室跟着祐一走向厨房。光脚踏在走廊上，冰冷得皮肤都要冻裂了。

祐一打开冰箱，从里面拿出香肠。

"你饿了吗？"房枝问，祐一答道"不饿"，却用牙齿咬开塑胶膜，把香肠大口塞进嘴巴里。

"要不要我做点什么？"

"不用了，我吃过晚饭了。"

祐一就要离开厨房，房枝忍不住叫住他。祐一边嚼香肠一边回头，露出不耐烦的表情说："干吗？"

房枝被他的表情吓到,无力地坐到椅子上。她不打算说的,可是嘴巴却自己动了起来。

"外婆啊,上次去医院回来的时候……喏,不是有个人在那边的公民会馆举办讲座吗?就是中药的……"

这里是自己的家,祐一就在眼前,应该是绝对安全的地方,房枝的身体却仿佛要发起抖来。光是要说出那个时候的事,她就害怕极了。要是不刻意呼吸,就快要窒息了。

但是就在房枝准备说下去的时候,祐一口袋里的手机响了。祐一也没说一声,就接起电话。

"喂……啊,嗯。我刚到……明天?五点就要起来了,不过没问题的……嗯,我也是。"

应该是和他一起度过周末的人吧。只见祐一握着门把回话的侧脸,看起来好幸福。

"嗯,我知道。明天我也会打电话给你……工作?六点就收工了……嗯,知道了……嗯,拜……咦?……嗯,知道了。拜……咦?嗯,我知道啦。"

房枝静静听着那仿佛快结束却又永无止境的对话。祐一握在门把上的手指滑过柱子,掀起贴在墙上的月历。

对方一定是女孩子,一定是跟祐一共度这个周末的人。但话说回来,房枝从来没看见过祐一这么幸福的表情。不,或许祐一在她不知道的地方,总是偷偷地露出这样的表情,但是祐一被带到这个家后,已经过了二十年,房枝却连一次也没有看到过祐一在自己面前堂而皇之地露出如此幸福的表情。

第四章　他邂逅了谁？

黄昏时分，几组客人同时造访。其中马迁光代负责的是约二十五岁的两名男子，他们两个边挑选西装，边一搭一唱地对话。其中个子较矮的好像是二度就业，最近总算通过面试，带着朋友来这里挑选西装。

"我以前穿的都是工作服嘛，不晓得西装到底要买哪种好。"

"一般要买西装的话，不是都带老婆来吗？"

"胡说八道，要是跟老婆一起来，从衬衫到领带，她一定挑最便宜的。"

"怎么，原来你打算要买高级西装啊？"

"不是啦，我要买中级的啦，中级西装。"

虽然嘴上说个没完，两人手里也没闲着，一件件拿起吊在衣架上的西装，开开心心地放在身上比对尺寸。

光代心想：他们看起来还很年轻，没想到这个年纪就已经结婚了啊。她站在恰到好处的距离，耐心等候客人出声。

同事水谷和子脖子上挂着卷尺站在试穿室前。刚才水谷结束休息时间，回到卖场的时候，光代问她今晚有没有空，如果有空的话，要不要去喝一杯？

光代难得邀约，水谷一时有些迟疑，不过她兴致勃勃地说：

"好啊。我老公也说今天下班可能会晚一点,要去哪里呢?上次'大河'旁边新开的回转寿司怎么样?"

"那就去那家回转寿司吧。"这么决定后,光代准备回负责的卖场,结果水谷突然一把抓住她的手,笑嘻嘻问道:"你上次周末难得请假,我在想应该有什么特别的事……发生了什么好事吗?"

光代说:"呃,没什么大不了的事啦。只是想说很久没跟水谷姐一起吃饭了……"她草草敷衍,脸上却止不住地笑。

星期六中午,光代与清水祐一见面之后,两个人一起度过了整整一天以上。他们离开宾馆后,本来打算去吃鳗鱼,然后再去灯塔。可是吃完鳗鱼走出餐厅的时候,突然下起大雨来,结果他们只好放弃兜风,又去了别的宾馆。

前天星期天晚上,祐一送光代到公寓门口,在车子里长吻了好久才分手。隔天星期一晚上,两人又讲了三个钟头的电话。讲到一半,妹妹珠代下班回来,所以最后三十分钟光代是坐在寒风不断的公寓楼梯讲的。

之后过了还不到一天,但是光代已经禁不住想再听到祐一的声音了。

一回神,相声二人组正拿起墙边衣架上的西装。墙边的西装一套贵了三千日元,而且没有附赠替换的长裤。

光代走近到不打扰客人的距离,两人的对话传了过来。

"对了,我之前去看了《钓鱼狂》。"

"一个人?"

"怎么可能,跟儿子两个人去。"

"你带儿子去看那种电影？"

"小孩子蛮高兴的啊。"

"真的假的？我家小孩除了漫画嘉年华以外，一点兴趣也没有。"

两人才二十五岁上下，只看外表，说他们是大学同学也不会有人起疑。但是他们却挑选着西装，聊着彼此的小孩。

光代微笑着看着两个人的背影。不晓得是不是发现她正盯着看，矮个子转过头来说："对不起，这可以试穿吗？"结果旁边的另一个抢下那套西装，打趣地说："什么啊，结果你还是选这套哟？这看起来很像男公关穿的呀。"

被这么说的另一个似乎个性老实，纳闷地看着好不容易决定的西装说："会吗？"

"要不要先试穿看看呢？"光代笑着说。

"拿在手里看，感觉好像有点光泽，但是里面搭配白衬衫的话，感觉会变得很稳重哟。"

听到光代的话，男子似乎恢复了自信，乖乖地随着光代走到试穿室。剩下的另一个人一副就没打算要买衣服的样子，把眼前的标价一个个翻开来看。

尺寸刚好。光代为了搭配衣服而递给他的白衬衫也与男子的娃娃脸非常相称。

"怎么样？"

光代出声询问，男子在镜子前面扭着身体确认，他的同伴不知何时走了过来，在背后说道："哎呀，真的，看起来没那么花哨呢。"

"好像蛮不错的。"

男子在狭窄的试穿室里对着倒映在镜子里的光代和朋友点点头。

光代从口袋里取出用旧了的卷尺,为客人量起裤管。

生意好的时候就特别好,客人络绎不绝,不单是随便逛逛,西装也一套套卖了出去。

过了打烊时间,卖场的照明关了一半,光代在收银台桌上整理准备送去修改的商品联单。结果水谷手里同样抓了一把联单走过来,说道:"难得要去吃饭,就碰上这种日子呢。"

"就是啊。"

光代一面应声,一面看时钟。八点四十五分。平常这个时间,她已经换好衣服,踩着脚踏车回家了。

"还要弄很久吗?"

水谷好像已经整理好了,她这么问道。光代翻翻联单说:"再十五分钟就好了。"

"那我在休息室等你。"

水谷说完便走下楼梯。卖场关掉了一半的照明,整个空间显得阴暗,暖气也关掉了,寒意不断从脚底蹿上来。

就在这个时候,放在收银台上的手机响了。光代以为是珠代打来的,拿起来一看,上面显示的是祐一的名字。光代的拇指扣在联单的装订孔里,另一只手接起电话。

"喂?是我。"

祐一的声音从话筒另一头传来。光代确认阴暗的卖场里没有人之后，高兴地回话："喂？怎么了？"

"还在工作吗？"

祐一问道，光代反问："嗯，怎么了？"

"你今天有什么事吗？"

"今天？你是说等一下吗？"

在卖场中回响的说话声听起来喜滋滋的。

"你不是在长崎吗？已经下班了吗？"光代问道。

"六点就结束了。今天我开车去工地，想直接从工地去你那里。"

祐一可能正在开车，信号断断续续的。

"你现在在哪里？"光代问。

她不知不觉站了起来，松开了拇指。

"已经要下高速公路了。"

"咦？高速公路？你是说佐贺大和吗？"

光代忍不住望向玻璃窗。从佐贺大和的交流道到这里不用十分钟。光代重新坐回椅子，高兴地埋怨说："你要来的话，早点告诉我一声嘛。"

两人约好在隔壁速食店的停车场见面后，光代挂断了祐一打来的电话。

祐一在平日夜晚意想不到的行动，让光代感到全身幸福得几乎要燃烧起来。

她迅速处理剩下的联单，想象着祐一的车子下了高速公路，现在正经过的街道风景。每当盖下一次确认章，她就感觉到车子更接近了。

原本以为要花上十五分钟的工作，光代五分钟就做完了。她关掉卖场的灯，冲进一楼的更衣室，水谷已经换好衣服，正从她总是自备的水壶里倒出鱼腥草茶来喝。

"哎呀，已经做完了吗？"

水谷问道，光代顿时语塞："啊，呃……"她并没有忘记两人说好等一下要去吃回转寿司，可是因为事情实在发生得太突然，她没有想好该怎么回绝。

"怎么了？"

看到光代欲言又止的模样，水谷担心地问。

"呃……"

"怎么了？发生什么事了吗？"

"啊，不是，只是刚才接到一通电话……"

"电话？谁打来的？"

光代又支吾起来。她本来预定等一下去回转寿司店的时候，顺便说出她和祐一邂逅的事，但事到临头，又没办法干脆地说出口。

水谷直盯着光代，露出别具深意的微笑说："要改成下次吗？我什么时候都可以。"

"不好意思……"光代向她道歉。

"男朋友突然来接你对吧？"

水谷也不介意饭局突然取消，微笑着说。

"我就知道一定有什么。你难得周末请假，这两三天看起来又一副幸福的模样。"

"不好意思……"光代又道歉了。

"真的不用在意啦……是佐贺人吗？"

"不，他住长崎……"

"哦？从长崎突然来见你吗？哎呀，那实在是不该跟我去吃什么回转寿司了。喏，快点换衣服去啊。"

水谷说，拍了一下杵在原地的光代屁股。

水谷先回去，光代急忙在无人的更衣室换衣服。换到一半，手机响了起来，祐一发了邮件过来："我到了。"

幸好穿了皮夹克来。平常穿的羽绒外套的衣领脏了，今天早上本来想再穿一次就拿去送洗，却又打消了主意。

周末和祐一见面的时候，也是穿这件皮夹克。这是她在约一年前和珠代坐巴士去博多的时候买的，十一万日元的价格让她犹豫再三，但是想想大概十年也才买这么一次，于是她狠了心买下来。

光代锁上更衣室，把钥匙交给管理室的警卫，从后门出来。寒风吹过脚下，她把围巾重新在脖子上紧紧地围好。停车场空荡荡的，只有白线清晰浮现，栅栏另一头是休耕中的田地和铁塔。

一眼望去，旁边的速食店停车场里停着一辆熟悉的白色轿车。停车场虽然车不多，但祐一的车子刷洗得特别光亮，在停车场的照明下熠熠生辉。

光代先从停车场走出国道，看着栅栏另一头，快步赶往隔壁的停车场。

一走近速食店的停车场，祐一车子的车灯便倏地一亮。他好像一直看着光代从隔壁走过来。光代朝着坐在黑暗车子里的祐一轻轻挥手。

光代走过去，祐一从里面帮她打开副驾驶座的车门。车门一打开，车内就亮了起来，照亮穿着工作服的祐一。

光代跑近车子，一面发抖说"好冷"，一面坐进副驾驶座。这期间，光代一次也没有正视祐一的眼睛，但是车门一关上，车子里又暗下来的瞬间，她便转向祐一问："你真的一下工就过来了吗？"

"要是回家以后再来，会更晚到。"

祐一说着，把车子里的暖气调得更强。

"你应该早点打电话告诉我一声的嘛。"

"我本来也想打，又想你可能在上班。"

"要是今天见不到面，你打算怎么办？"

光代有些坏心眼地问，结果祐一一本正经地回答："如果见不到面，我会直接回去。"

光代的手覆上祐一握着变速杆的手。可能是祐一的工作服散发出来的味道，车子里有种废墟般的气味。

车子停在速食店的停车场里，迟迟不动。大约已经有三组客人从店里出来，驾车离去。没有车子再开进停车场，车子越来越少，两人的车子就像汪洋大海中的小船般，孤零零地被留在原地。

不晓得已过了几分钟，光代和祐一的手指依然在变速杆上交握。没有谈话，只有手指已经彼此交谈了好几分钟。

"明天工作也很早吧？"

光代握着祐一的中指说。栅栏另一头的国道上，一辆车子加速驶去。

"五点半就要起来了。"

祐一用拇指指腹抚摸着光代的手腕说。

"从这里到长崎要开两个钟头左右吧？没什么时间了呢。"

"我只是想看看你而已……"

没有熄火的车子里，液晶时钟显示着 9:18。

"你要回去了吧？"光代问道。

祐一停下手指的动作，苦笑说："……嗯，如果今晚不回去，明天就得三点起床了。"

想见你，想见你，想见得不得了。因为太想见你，所以一下班就从工地一路直奔而来。

祐一虽然没有说出口，但是他这样的心情从抚摸着光代手腕的动作传了过来。

若是赶去附近的宾馆，可以共处两个钟头。但是接下来再回去长崎，抵达时都要过深夜一点了。就算立刻就寝，也只能睡上四个钟头左右，然后祐一又要辛苦地去工作了。

就算只有两小时也好，想要和他在一起。可是就算多一个钟头也好，想让祐一多睡一会儿。

"我家里有妹妹在……"

光代忍不住说出这句话，自己也吓了一跳。她从来不觉得妹妹珠代碍事。相反，她总是担心妹妹晚归。

"要去宾馆吗？"

祐一低声问道。听他的口气，像是在担心明天早上，感觉有点犹豫。

"可是现在去的话,你回家就太晚了。"

"……是啊。"

祐一的手指紧紧握住变速杆。

"佐贺和长崎真的好远呢。"

光代忽地这么呢喃。"啊,我不是那个意思。"她很快摇摇头说。

"……我不是那个意思,只是难得你来,却没有时间慢慢相处。"

"今天是工作日,没办法啊。"

祐一死了心似的嘟囔,口气有点冷漠,光代忍不住回嘴说:"你真是认真呢。"

"我不能请假,那是我舅舅的公司。"

"可是周末的话,我很难休息啊。像上次那样连续两天在一起,可以说是很难得的呢。"

光代有些坏心眼地说。瞬间,祐一的指尖松了下来。

光代心想:他是特地来见我的。他不是来听我抱怨我们没时间见面,而是辛苦工作结束之后,开了两个钟头的车程,特地来见我的。

"你可以开到隔壁的停车场吗?"

光代拉扯祐一无力的手指。

"店已经打烊了,也不会有其他车子来,可以慢慢聊天。把车子停在大楼后面的话,从马路上也看不见。"

听到光代的话,祐一望向栅栏另一头已经熄灯的西装店停车

211

场，立刻就要放下手刹车。

"啊，等一下，你还没吃晚餐吧？我去那里帮你买点什么。"

光代急忙说道，祐一笑道："不用了，我在高速公路的休息站吃了乌冬面。我等不及了。"

车子开出速食店的停车场，驶进若叶西服店的停车场。车子绕到店铺后面，四下一片黑暗，栅栏另一头的田地里，只有一块被打亮的化妆品巨型广告牌。

"这星期五我轮休，我去长崎找你好了。不过得当天来回。"

车子一停下来，光代便对还握着方向盘的祐一说。祐一手一伸，灼热的手掌覆住她的耳朵和颈子，什么也没说，吻上了她。光代一时慌乱，但祐一的身体转眼间覆盖了上来。光代闭上眼睛，委身于他。

离开停车场，已经过了十点钟。虽然想要永远拥抱在一起，但是不想让祐一明天早上累得爬不起来的心情更加强烈。车子开出去以后，不需光代指示，就直接开往光代住的公寓。祐一灵巧地变换车道，接二连三地超越其他车子。

"那大后天我搭巴士去长崎哟。"

光代身子倚在完全熟悉的车子上说道。

"我六点下工。"

祐一催赶着前面的车子低声说。

"既然难得去长崎，我上午过去，一个人观光逛一下也好。我已经几年没去长崎市内了啊？不过去年我跟妹妹他们去了豪斯登堡……"

"要是我能带你去玩就好了……"

"放心,我会去吃长崎什锦拉面,再去逛逛教会……"

骑脚踏车要十五分钟的距离,祐一只花了短短三分钟就到了。祐一就像上次一样,将车子开进没铺柏油的公寓附属空地。

"啊,果然,我妹已经回来了。"

光代仰望亮着灯的二楼窗户。

"……刚见面而已,就……"

光代呢喃,祐一干燥的嘴唇覆盖上来。

"路上小心哟。"

光代把嘴唇贴在祐一的唇上说道。祐一也不离开,就这么点头。刹那间,光代觉得祐一好像想说什么,"咦"了一声,抽开身体。但祐一只是垂下了视线。

光代目送车子驶出公寓前。祐一把车子开出马路后,再按了一下喇叭,转眼间就开走了。

已经觉得寂寞了。已经想见他了。

光代站在原地,直到再也看不见那红色的车尾灯。

是什么时候的事?珠代和一个美发师交往的时候,也说过一样的话。约会刚结束,就已经觉得寂寞了。已经想见对方,想见得不得了。当时光代不怎么能够理解那种心情,但是现在她了解了。不仅是了解,她甚至无法相信心中充塞着这样的感觉。竟然还能够若无其事地过日子。光代几乎想要奔出去追上车子。她想当场坐下来放声大哭。她甚至觉得只要能够和祐一在一起,什么事都办得到。

◇

　　光代挥手的身影从车内后视镜消失以后,已经开了多久?就在快到高速公路入口的十字路口处,车子被红灯拦了下来。祐一从裤子后口袋里取出钱包。里面只装着不到五千日元的现金。如果光代答应和他去宾馆,不管回去的时间多晚,他都打算开一般道路回长崎。幸好光代体恤他明天还要工作,祐一才能够开上高速公路。

　　想见她,想见得不得了。尽管前几天刚认识,但是只要一天不见面,仿佛一切都会结束,祐一害怕极了。不管晚上讲再久的电话,都无法抹除恐惧。一挂断电话,就感到痛苦,觉得再也无法见面了。只要入睡,就会梦见光代。早上起来,就想立刻打电话,但是他没有勇气在早上五点打电话给光代,工作的时候也满脑子只想着光代。工作一结束,他就再也按捺不住,一回神,已驱车前往佐贺。他早上没有搭舅舅的箱形车,而是开自己的车子前往工地,或许那时候他就已经决定要去找光代了。

　　祐一等着迟迟不转绿的信号,双手使尽全力敲打方向盘。如果旁边没有别的车子,他几乎想就这样把头撞上去。

　　那个时候,还没有被带来外公外婆家,跟母亲住在市区的公寓里。有一天母亲突然说:"我们等一下要去找爸爸哟。"祐一高兴地收拾东西,和母亲一起搭上路面电车。母亲说:"到车站之后再改搭火车哟。"祐一问:"很远吗?"母亲回答:"非——常远。"

　　路面电车很挤,母亲抓着吊环,我抓着母亲的裙子。电车一开动,坐在前面的男人便彼此推挤肩膀,低声窃笑起来。他们好像在笑母亲忘了剃腋毛。母亲羞红了脸,用手帕遮掩腋毛。天气很热。每当拥挤的电车猛烈摇晃,母亲的手帕移位,男人便忍俊不禁。

到了JR车站后,我们换搭电车。母亲在摇晃的路面电车里拼命地遮掩腋下,她仿佛淋了一盆水似的已经汗流浃背。母亲在拥挤的窗口排队买车票的时候,我道歉说"对不起"。母亲愣了一下,偏着头微笑说"好热呢",用她的手帕帮我擦掉鼻头上的汗水。

忽然,背后响起喇叭声,祐一回过神来。他急忙踩油门,趴在方向盘上的身体反弹到座椅上。他内心惊惶不定,错过了通往高速公路入口的车线,就这么穿过了高架桥。

他放慢速度,预备在下一个信号回转。他想要转换心情,打开收音机,传来当地的新闻节目。祐一大大地回转一圈,刚才错过的高速公路入口就在眼前。

"播报下一则新闻。本月十日凌晨发生在福冈县与佐贺县交界处三濑岭的杀人命案中,列为重要关系人而遭到通缉的二十二岁男子,昨晚在名古屋市内的三温暖店员通报下,遭到赶至现场的警方拘捕,并且立刻移送警察局,目前正在接受警方侦讯。一有最新情报,我们将在十一点的新闻为您播报。"

新闻结束后,接着是保险的广告。车子准备切进高速公路入口,祐一方向盘回正,用力踩下油门。由于祐一的车子突然插进来,后面的车子猛按喇叭。祐一不理会,径自继续踩油门,超过前方另一辆车子后,他总算放慢车速,在自动贩卖机伫立的路肩停下。

收音机传来怀念的圣诞歌曲。祐一立刻转换频道，却没有其他节目播报三濑岭命案的后续。

车子停在路肩，祐一抱住方向盘。大卡车紧贴着穿过旁边，车体被风压吹得略微浮升起来。

祐一用力摇晃手里抓住的方向盘。就算摇晃，方向盘也纹风不动。祐一再一次摇晃。他越是使劲摇晃，晃动的越不是方向盘，而是自己的身体。

那家伙被捕了。在逃的那家伙被捕了。把石桥佳乃带到三濑岭的那个男的今天在名古屋被捕了。

不知不觉间，祐一如此呢喃。他一边呢喃，却不知为何想起了从前和母亲一起去见父亲时的情景。在路面电车里嘲笑母亲腋毛的男人。母亲在拥挤的售票口为自己擦拭鼻头汗水的表情。他不明白为何此刻会想起当时的事。只是就算他想遗忘，也无法挥去浮现的情景。

两人搭乘路面电车前往 JR 车站，在那里改搭电车。母亲让我坐在窗边的座位，自己在一旁打瞌睡。

父亲刚离开的时候，母亲几乎每晚哭泣。我不安地坐在母亲身边，母亲便摸着我的头说："把讨厌的事全都忘光吧。一起把所有的事忘光吧。"说着说着，哭得更大声了。

我和母亲一起搭乘电车，从窗户可以看见大海。我们坐的是靠山的座位，靠海的座位坐着一对戴相同帽子的小学生兄弟，还有他们的父母。我伸长了脖子想要看海，结果正在打瞌睡的母亲醒了，按住我的头说："喏，乖乖坐好。很危险。"还说，"到了之后，有让你看不完的海。"

不晓得到底坐了多久，回过神时，才发现我也和母亲一样打起瞌睡来了。

"喏，到了。"手突然被抓住，我昏昏沉沉地下了电车。从车站又走了一会儿。最后抵达的目的地是渡轮码头。

"我们要从这里坐船过去哟。"

母亲说道，指着对岸。

码头的停车场停了许多车子。母亲告诉我，这些车子也都是要搭渡轮到对岸去的。

就像母亲在电车里说的，眼前是一片汪洋大海，远处对岸的灯塔看起来很小一座。那是我生平第一次看到灯塔。

口袋里的手机响了起来。祐一仍然坐在停在路肩的车子里，双手紧握着方向盘。

卡车还是一样从旁驶过。每当卡车经过，车体就被风压吹得浮升起来。

祐一取出手机。是"家里"打来的。他接起电话，听得出外婆有些惊慌失措：

"祐……祐一吗？你现在在哪里？"

感觉上身边有人，外婆一边向那个人确认，一边讲话。

"干吗？"祐一问道。

"警……警察现在在家里。"

外婆努力故作开朗，声音却在发抖。

"你在哪里？你很快就会回来吧？"

又一辆卡车穿过旁边。祐一挂断电话，几乎是下意识的反射性动作。

◇

这样啊。祐一还记得那个时候的事啊……那个时候，祐一是五岁还是六岁的事……我一直以为祐一老早就忘记了。我之前也说过，祐一在我这里工作以后，我更把他当成自己的儿子了。而且最近他工作都学会了，好像也打算去考起重机执照。

仔细想想，就是因为那件事，祐一才会住到外公外婆家的。这样啊……祐一到现在都还以为那是要去找爸爸啊。真叫人难过。其实那时候他是被母亲给抛弃了呢。

我不知道祐一是怎么说的，不过那个时候，祐一的妈已经无可救药了。她不顾亲朋好友的反对，硬是要跟那个窝囊废的男人混在一起，没多久就生下了祐一。到这里还好，可是不到三年，那个男的就丢下两个人跑掉了。我不是在帮祐一的妈说话，不过当时她在酒店上班，可能也是想要靠自己养活祐一吧。只是事情哪有那么容易？在那种地方上班，马上就被坏男人给盯上，两三下钱就被捞光了，到最后还生了病……要是打通电话给老家的妈说一声就好了，她连这都做不到。最后没有人能够依靠……

那一天，她可能是真的走投无路了吧。明明不晓得男人在哪里，却骗祐一说要带他去见父亲。

那一天，祐一被丢在渡轮码头，结果就这么一个人乖乖地待到隔天早上。祐一的妈说要去买票，就这么跑掉，祐一就躲在码头柱子后面，一直静静地等到早上。

听说隔天早上工作人员发现祐一的时候，他还是不肯离开，听说还咬了那个人的手，说："妈妈叫我在这里等！"

祐一的妈丢下他的时候，好像跟他说了"看得到对面灯塔吧？""你在这里看着那个灯塔哟""妈很快就会买票回来了"之类的话。

结果一个星期后，祐一的妈才有了联络。她说她本来打算去自杀的，但我完全不相信。结果后来闹上儿童咨询所跟家庭裁判所，阿姨姨丈收留了两人，接着没多久，祐一的妈又有了新的男人，就跑掉了。

可是啊，母子真的是很不可思议哪。

大概正好是祐一到我这里工作的时候吧，有一次我不经意地问他："你妈都没有联络吗？"那个时候姨丈的身体变糟，我是心想如果有了什么万一，还是得叫祐一的妈回来参加葬礼，可能是心里这种想法不小心泄露出来了吧。

我一直以为祐一的妈有了男人，离家以后，就音讯全无。事实上阿姨跟姨丈也说"她只有每隔几年会偶尔想到似的寄贺年卡回来，可是每次贺年卡上的地址都不一样……可能每次交往的男人也都不同吧"。

所以当我问祐一"你妈都没有联络吗"的时候，我也以为祐一会点点头，话题就这么打住，没想到他竟然说："你说外公的事吗？我已经告诉她了。"

"告诉她？你跟你妈有联络吗？"

"偶尔会一起吃饭。"

"偶尔？"

"一年大概一次。"

"外婆他们知道吗？"

祐一摇摇头说："不知道。"喏，阿姨经常自豪地说，是她将祐一抚养长大的，祐一可能也不好跟她说吧。

"你见到你妈，不觉得生气吗？"

我忍不住问祐一。因为他妈也没好好给他东西吃，还把他丢在渡轮码头，最后还塞给外婆养，就这么不闻不问。可是祐一却说"不生气"。他说："我跟我妈没那么亲，亲到会生她的气。"

"你妈现在在哪里做什么？"我这么问，祐一说："在云仙的旅馆工作。"那已经是三四年前的事了。

祐一好像偶尔会开车去见他妈。我问他："你们两个都聊些什么？"祐一说："也没聊什么。"

老实说，我不打算原谅祐一他妈。我到现在都还是会想起祐一被丢在渡轮码头的样子。不只是我，姨丈、阿姨，所有的亲戚都这么想。只是真的很不可思议，祐一本人好像老早就已经原谅他的母亲了。

◇

目送祐一离去后，光代在公寓的户外阶梯上坐了好一会儿。坚硬的水泥让臀部变得冰冷，一楼的房间传来年轻男子哄婴儿的声音。

光代终于禁不住冷,往二楼的房间走去。她打开门锁,说了声"我回来了",厕所里传来珠代的声音说:"你加班了吗?"光代含糊其辞地应道"啊,嗯",脱下鞋子。经过走廊,来到客厅,桌上摆了一个脏盘子,本来装的好像是焗烤饭。

"你自己做的吗?"

光代朝厕所出声,但没有回应。

她打开纸门,走进充当寝室的十平方米房间。祐一已经上高速公路了吗?她不经意地走向窗边,拉开蕾丝窗帘。一只野猫跑过刚才目送祐一离去的地方。就在这个时候,一辆车子猛地从大马路开过来,后轮几乎是空转地冲进来。一瞬间,本来正要跑进垃圾集中场的野猫被苍白的车灯给照亮了。

光代忍不住握紧双手,心中大叫:"危险!"车子差点撞到垃圾集中场的塑胶桶,千钧一发之际停了下来。野猫缩起了身体,在苍白的车灯中回过神似的逃了出去。

"祐一……"

冲进来的无疑是祐一的车子。苍白的车灯照亮了野猫离去的空地。

光代下意识地拉上窗帘,急忙跑向玄关。因为跑得太急,脚跟迟迟未塞进鞋子里。她接着拿起放在地上的皮包,厕所传来珠代悠哉的声音:"你要去哪里?"光代没有回话,冲出玄关。

从公寓的楼梯上,光代看见黑暗的车子里,祐一正趴在方向盘上。车灯照着肮脏的塑胶桶。

221

光代就要走下楼梯，却忍不住停下脚步。她觉得眼前的情景是幻觉。她怀疑是想见到祐一的心情让她看到了这样的幻影。

但是她还是慢慢走近，脚下的沙砾沙沙作响。光代敲了敲驾驶座的车窗。才一敲下去，祐一就全身一震，坐了起来。"怎么了？"光代无声问道。祐一看着她的嘴唇，眼神仿佛注视着非常遥远的别处。

光代再一次敲窗。她一边敲，一边露出"怎么了？"的眼神，而祐一响应似的移开视线。光代再度敲窗。祐一握着方向盘，垂着头，一会儿慢慢打开车门。光代往后退了一步。

祐一下车，一语不发地站在光代面前。光代仰望他的脸，再次问道："怎么了？"

一辆车驶过马路。路肩的杂草被风压吹得乱颤。就在这个时候，祐一猛地紧紧抱住了光代。因为实在太突然，光代短促地尖叫了一声。

"要是我早点遇到你就好了。要是早点遇到你，就不会变成这样了……"

祐一的声音从抱紧光代的胸膛传了过来。

"咦？"

"你愿意上车，愿意上我的车吧？"

"咦？"

"叫你上我的车！"

祐一突然大叫，拉扯光代的手，绕到副驾驶座。

"你……你怎么了？"

由于事发突然，光代忍不住后退，拖拉的后脚跟埋进沙砾里。

"别管那么多，上车！"

祐一几乎抱起了光代，打开副驾驶座的车门。风从两侧打开的车门穿过车内，暖气烘暖的空气流泻出来。

"等……等一下。"

光代抵抗。她不是不想上车，只是希望祐一至少给她一句解释。

"你……你怎么了？喂？"

光代被粗鲁地推进去，她抓住祐一的手。祐一的口吻非常不客气，动作也很粗鲁，她却觉得祐一颤抖的手脆弱无比。

祐一把光代推进副驾驶座，关上车门，绕到驾驶座去。他几乎是连滚带爬地坐上车子，气喘吁吁地放下手刹车。手刹车一解除，轮胎转动喷挖着地面的沙砾，猛速发车。车子奔出公寓前的空地，紧急左转。车子左转出去的瞬间，差点迎面撞上对向来车，光代又惊呼出声。

车子在千钧一发之际闪过对向来车，在一直线穿过田地的黑暗道路上加速前进。

◇

房枝熄掉寝室的电灯，坐到被子上，然后静悄悄地爬到窗边。她以颤抖的手稍微掀开窗帘。窗外有片砖墙，好几块砖头已经掉落，从那里可以窥见小径。刚才还停在那里的警车已经不见了。取而代之，一辆黑色轿车停在那里，车里亮着灯，年轻的便衣刑警正用手机和什么人联络。

约一个钟头前，房枝打电话给祐一。当时除了附近的派出所警察外，还有两个便衣刑警在场。老实说，一切都来得太急，房枝只能够照着吩咐打电话给祐一。打电话之前，刑警忠告她不要告诉祐一他们在这里，但房枝还是忍不住说出"警察来了"。祐一一听到，立刻挂断了电话。

一切有如晴天霹雳。一直被认定是凶手的福冈大学生其实不是凶手。但是就算那个大学生不是凶手，房枝也不明白刑警为何要来这里。

"祐一跟这件事没关系。"

房枝一次又一次颤抖地说，刑警却坚持："总之你打电话到他的手机。"房枝忍不住告诉祐一警察来到家里的时候，男人们因为愤怒和失望而面露狰狞。他们一定觉得房枝是个没用的老太婆，他们的表情就和强迫推销中药的男人一模一样。就像那些不耐烦地逼迫着"快给我签名"的男人一样。

房枝放开稍微拉开的窗帘。这一带总是只听得见浪涛声，此时却有好几个非本地人在外头徘徊，就算关上窗户，拉上窗帘，也感觉得到那股气息。

房枝拉上窗帘，背靠着墙蹲坐下去。靠着墙，她才感觉到自己抖得有多厉害。她觉得要是就这么待着不动，会越抖越厉害，最后昏厥过去。被捕的福冈大学生似乎没有杀害祐一的女性朋友。大学生的确把她带到山上去了，但是接下来的事实却不吻合。大学生让女子上车前，女子在一个叫东公园的地点和一个开着长崎车号汽车的男子见面。那个男的据说长得很像祐一。

房枝爬着来到走廊，前往放电话的厨房。地板冰得手掌好痛。

房枝在伸手不见五指的厨房里，把电话从架上拿下来抱在怀里。她拿起话筒，以颤抖的手指拨电话到宪夫家。铃声响了很久，才传来宪夫困倦的声音。

"喂？我是房枝。你睡了吗？"

房枝急急地说道，宪夫似乎不太高兴。

听到房枝的声音，电话另一头的宪夫声音变得紧张，问道："姨丈怎么了吗？"

"不是……"房枝说。

但是她却说不出下一句话。宪夫这才察觉房枝正在啜泣。

"怎么了？发生什么事了？"

宪夫在话筒另一头喊着。可能是睡在一旁的妻子醒来了，传来宪夫说明的声音："……是清水家的阿姨。我也不知道……不，她说不是姨丈。"

"祐一不回来……"

房枝吸着鼻涕，只说了这句话。

"祐一？不回来？他去哪里了？"

"……不知道。我也不晓得为什么，可是警察来了。"

"警察？祐一发生意外了吗？"

"不是，我也不知道怎样了……"

"什么不知道……"

"我打电话给祐一,说警察来了,祐一就把电话挂掉了……应该和祐一无关,他却把电话挂掉了……"

宪夫听着房枝哭哭啼啼说着,看着妻子实千代从被窝里爬出来,披上睡袍。

"总之我马上过去。用电话讲也讲不清楚。听好了,你要待在家里啊,我开车马上就到了。"

宪夫说完,径自挂断电话,对担心的实千代呢喃说:"祐一好像捅出什么娄子了。"

"小祐做了什么?"

"不知道。可能是打架之类的吧。阿姨边哭边讲,说得不清不楚的。"

宪夫站起来,点亮日光灯。墙上的时钟已经超过十一点半了。宪夫脱掉睡衣,扔在凌乱的被子上,拿起折好放在枕边的工作服。暖炉直到刚才都还开着,但是脱到只剩下内衣,还是冷得让人直打哆嗦。

"我不知道发生了什么事,可是你千万不可以打小祐啊。那孩子只剩下我们能依靠了,我们得站在他这边才行……"

实千代一边帮宪夫穿衣服,一边说道,宪夫对她回叫:"我知道啦!"是打架闹事还是交通意外?宪夫连外套的纽扣都没扣好,就跑了出去。

宪夫跳上工作用的箱形车,开往祐一家。县道很空旷,沿海的道路信号是成排的绿灯,教人爽快。

宪夫有一种不祥的预感。又不是住院的姨丈死掉了,却有股近似沉重的激昂包围着全身。

不管是打架还是意外,如果祐一受伤,明天工作就得休息了。虽然还不晓得究竟是什么状况,但或许趁早联络吉冈和仓见比较好。明天要他们各自前往工地,再打手机指示他们工作细节就行了。

正当宪夫担心着明天的事时,车子已经驶入祐一居住的渔村。沐浴着月光的港内风平浪静,系留的渔船甚至没有随波摆荡。一向空荡荡的码头停了三四辆陌生的车子,明明已经三更半夜,却有几个人影站着谈话。宪夫放慢车速,驶进码头。车灯照亮渔船,站在码头的制服警官以及疑似担心得出来探视状况的居民身影浮现出来。

宪夫停下车子,关掉车灯,居民就像岩礁上的海蟑螂似的聚集过来。宪夫忍不住心头一凛,打开车门,冲到外面。

"哎呀,宪夫!"

最先出声的是町内会长,他冷得缩起脖子,靠过来问:"怎么了?祐一怎么了吗?"另一头有人对警察说明"那是祐一的舅舅",获得说明的年轻警员急忙跑过来问:"咦?刚才没有警察去府上吗?"宪夫说"没有",摇了摇头。"我接到我阿姨的电话,马上赶过来了。"

"哎呀,这样啊,那是错过了吗?"

"我太太还在家里……"

警官朝着停在远处的警车叫道:"嫌疑犯的舅舅来了!"警车的车门打开,带着杂音的无线信号与近处的波浪声混合交叠。

"可以请教你几件事吗？祐一在你那里工作对吧？"

不知不觉，宪夫被刑警和居民给包围了。

"总之，我可以先见见我阿姨吗？"

宪夫毅然打断警察的问话。

◇

隔天早上，光代在沿途的一家便利商店领了三万日元。高中毕业后十年，她一点一滴地存了一小笔积蓄，但是全都拿去定存了，所以活期存款里只有够暂时之需的金额，领出三万日元以后，余额就所剩无几了。

光代把三万日元放进钱包里，在柜台买了两瓶热茶和三个饭团。付钱的时候她望向外面，车子停在稍远处，祐一正从车子里目不转睛地盯着便利商店方向看。

光代走出便利商店，双手拿着热茶跑向祐一的车子。祐一打开车窗，光代把两瓶茶都递给他，然后拿出手机，打电话联络公司。

接电话的是店长大城。光代满心以为会是同事水谷和子接电话，一时慌了手脚，但她很快装出阴郁的声音说："啊，不好意思，我是马迁。"

家父突然生病，不好意思，我今天想要请假——光代流畅地说出事前准备好的说词。

"啊，这样啊，不要紧吧？"

店长冷淡的声音传来。

"……哦,其实啊,上次来面试的女孩子,我决定今天下午开始让她上班了。所以我想让休闲服饰区的雾岛移到西服区……"

光代打电话来请假,店长却聊起了人事。

"可是啊,生病要是拖得太久就麻烦了哪。店里又碰上岁末拍卖的时期……总之,了解状况后,就打个电话过来吧。"

店长只说了这些,就挂断了电话。光代是怀着歉疚的心情打电话的,店长的应对却冷淡极了,老实说,她觉得有点没被放在眼里。

光代只在外头站了短短几分钟,但因吹过宽阔停车场的寒风,手指都冻僵了。坐上副驾驶座后,祐一马上把热茶递给她。

"我打电话说今天要请假。"光代微笑说。祐一只是道歉:"对不起。"

昨晚车子驶出公寓前,穿过交流道后,恰好沿着高速公路往武雄方向开去。原本平坦的道路逐渐出现起伏,来到山路入口处后,祐一依然一语不发。

"要开去哪里呢?"

车子开出去以后,已经过了十五分钟,心情也慢慢平复下来,于是光代这么问道,但是祐一依然不回答。

"你的车子好干净哟。是你自己打扫的吗?"

光代无法忍受沉默,抚摸一尘不染的仪表板说。暖气吹暖的仪表板触感让光代想起刚才紧紧拥抱自己的祐一的体温。

"假日的时候没事情做……"

开了将近二十分钟，祐一好不容易总算开口，说的却是这样一句话。光代忍不住笑了出来。那么蛮横地把她带走，却正经八百地回答这种问题。

"有时候我会让店里前辈的先生开车载我回家，不过他们家的车子简直就像垃圾堆。每次听到他们说'上车，上车'，我都会想'这是要叫人家坐在哪里啊'。"

光代说着，笑了起来。但是往旁边一看，祐一的表情仍然没有变化。

车子经过一个小村落，即将驶进昏暗的山路时，祐一突然决定停车。车子放慢速度，慢慢地开向路肩，只听见轮胎压上沙砾沙沙作响。护栏只有一处中断，前方有一条只有小型车开得上去的未铺设道路一直延伸到山里。

祐一开着引擎，只关掉车灯。瞬间，挡风玻璃前方的世界消失不见了。光代不晓得该看何方，只好望向祐一。于是祐一的身体覆盖了上来。

"等……等一下……"

可能是被手刹车挡到，感觉得出祐一正不耐烦地寻找手能使力的位置。

祐一覆盖上来，从嘴唇到下巴、脖子，不断粗鲁地亲吻着。光代的身体深深地陷在座椅里，感觉好像被绑住了。光代望向窗外。从放倒的座椅上看得见漆黑的森林彼方的夜空。今晚的星星很多。

光代慢慢推开不断粗鲁亲吻的祐一胸膛。即使如此，祐一还是紧紧抱上来，于是光代温柔地轻拍他的胸膛。祐一的手臂瞬间松开了。

"你怎么了?"光代问道。

两人近得光代的气息可以直接吹进祐一的嘴里。

"我不知道发生了什么事,不过你放心,我会一直陪着你的。"

这不是事先预备好的话,光代却流畅地说了出口,连她自己都感到吃惊。光代的话语似乎渗进了祐一的肌肤里,在连路灯都没有的山路路肩上,孤零零静止的车子里,只存在着光代的话语和祐一的肌肤。

"如果你不想说,不用说也没关系,我会等到你想说的时候。"

光代缓缓推开祐一的身体。祐一顺从地挺起上身。"我不知道该怎么办才好……"他低喃着。

"我本来想就这样回去的。可是我觉得要是就这么分手,就再也见不到你了。"

"所以你才折回来吗?"

"我想跟你在一起。可是我不知道要怎么样……才能跟你在一起。"

光代收回椅背,抚摸祐一的耳朵。车子里一直很温暖,祐一的耳朵却冰得吓人。

"我应该要直接开上高速公路回家的。可是我突然想起以前的事。"

"以前的事?"

"小时候,我妈曾经带我去见我爸……就是那个时候的事。"

祐一毫无防备地让光代抚摸耳朵,说到这里却噤声了。光代知道祐一内心藏着某些问题。她非常渴望知道，可是她也觉得要是知道了，祐一就会消失不见了。光代摸着祐一的耳朵说："我们在一起吧。"

一辆车子穿过旁边，车灯照亮了挡风玻璃另一头的漆黑世界。延伸至远方的护栏白得发亮，近乎刺眼。

"我们今晚找个地方住，然后明天翘班，一起去兜风吧？"光代说，"我们连呼子的灯塔都还没去过呢。喏，上次也是，结果都一直待在宾馆里。"

祐一一直被抚摸的耳朵慢慢地恢复了热度。

◇

石桥佳男坐在分隔理发店和住家的入口平台上，望着沐浴在冬阳下的大马路。女儿的葬礼已经结束好几天了，店门却连一次也没开过。就算永远悲伤下去，也不能不过活，而且现在是年底，平常的话，是生意最好的时候。但是每当佳男想要开店，身体顿时虚脱无力。就算开店，或许也不会有客人上门。就算有客人，一定也会小心翼翼地应对他。

佳男再一次奋力想要从平台上站起来。只要往前走出几步，打开那道门锁，走到外面，把招牌的插头插上，一如往常的日常应该就会开始。可是就算开店，佳乃也不会回来了。

佳男再次坐了下去，直盯着脚边看，突然听见有人在敲玻璃门。他抬起头，曾经来参加葬礼的当地刑警正把脸贴在玻璃上望着里面。

佳男再次深深叹息，拖着沉重的步伐，帮刑警开门。

"不好意思，一早就来打扰。"

刑警突兀地大声说道。

"不，我也正想差不多该开店了。"佳男冷冷地回答。

"哦，其实啊，我想你应该在昨天的新闻里看到了，那个大学生已经找到了。"

刑警说得太若无其事，佳男差点"哦，这样"地回话，不过立马急忙厉声大叫："咦？你说什么？"

"哦，就是那个大学生在名古屋找到了……"

"为……为什么不立刻告诉我！"

"哦，因为昨晚在署里侦讯了很久，我们想整理好头绪之后再跟你联络。"

佳男有不好的预感。那个大学生找到了，表示杀害佳乃的凶手总算抓到了，然而眼前的刑警却丝毫没有破案的兴奋。

忽地，佳男感到背后有道视线，回头一看，妻子里子正四肢跪地，把脸探向这里。

"太太也在啊。哦，其实啊，从那个大学生的话还有现场的状况来判断，凶手似乎另有其人。不过的确是那个大学生把令爱带到三濑岭去的。"

仿佛不想让佳男等人插口，刑警连珠炮似的说。

不知不觉间，跪着从客厅探出头来的里子来到入口平台跪坐下来。"什……什么意思？那个大学生不是凶手？"佳男手里拿着工作穿的白色制服，向刑警问道。

"你不能告诉我们详情吗？"

佳男一副随时都要揪住刑警衣襟的模样，里子握住他的手。

"哦，事实上，令爱的确是搭那个大学生的车子去了三濑岭。那个大学生碰巧在令爱住的宿舍附近的公园遇到了她。"

"什么碰巧？我女儿不是跟那个男的约好见面的吗？"

"哦，增尾说……哦，就是那个大学生，他说令爱是跟别人约好见面，两人是碰巧在那里遇到的。"

"谁？是谁？我女儿是跟谁见面？"

"警方正在调查。通过那个大学生的证词，我们锁定了一个嫌疑犯。外貌和车种都符合。"

"那佳乃呢？佳乃是怎么了！"

佳男又吼了起来，里子抚着他的背，神情严肃地盯着刑警。

"令爱和那个大学生到三濑岭兜风去了。然后好像在那里起了口角，所以那个男的就把令爱给……"

"把我女儿给……"

反问的不是佳男，而是里子。

"嗯，他好像硬是把令爱赶下车了。"

"在没有人的山上把她赶下车？为什么……"

里子差点哭出来，这次换成佳男抚摸她的肩膀。

"要令爱下车的时候，好像发生了一点争执。大学生推挤令爱的肩膀，把她的脖子……"

里子无法忍耐，发出微弱的呜咽。

"……当然，我们严厉地讯问了那个大学生。好好一个大男人，却哭哭啼啼的，真是窝囊极了。可是令爱脖子上留下来的手印，比那个大学生的手大上许多，完完全全不同。几乎就像大人跟小孩的手那样，差了这么多……"

刑警说到这里，没了下文，佳男瞪住他说："那我女儿是跟谁约在那里的？不要瞒我，告诉我。是在那个什么交友网站……"

佳男说不下去。

刑警大致说明完后，佳男送他离开，在理发椅上坐了下来。里子跪坐在平台上，握紧双拳哭泣着。

为女儿被杀而哭泣，为抓不到凶手而哭泣，这次又得知凶手其实是无辜的，还是哭泣。

刑警说，佳乃好像和一个开白色轿车的金发男子约在东公园，但是佳乃却骗公司的同事说她要去见一个叫增尾的大学生，和她们分开了。不仅如此，佳乃明明和那个男的约好了，却只说了两三句话就分开，坐上了偶然遇到的增尾的车子。

佳乃无疑是自己和里子养大的女儿，但是当晚的状况不管再怎么听，佳男都无法把女儿的脸重叠上去。他总觉得好像有个陌生的女人假装成佳乃做出了那些事。

听说两人到了三濑岭后，在车子里发生了口角。虽然不知道是为何争吵，但是那家伙把我的女儿从车子里踢了出去。在那漆黑的山上，把我的女儿踢出去了。

刑警说目前还不清楚后来发生了什么事。但是在东公园约好和佳乃见面的男人很可能知道些什么。

佳男一直以为那个大学生就是凶手。他也曾经发誓，如果找到那个大学生，要亲手杀了他。好几个夜晚，他发誓要在别府和汤布院从事观光业的那家伙的父母面前亲手杀了他们的儿子，才总算能够入睡。

　　不知不觉间，佳男祈祷着那个大学生就是凶手。若不是这样，女儿等于是被一个陌生的男人，而且是在下流可疑的地方认识的男人给杀死了。我的女儿不可能是电视和杂志上胡乱报道的那种女人。我的女儿只是碰巧和愚蠢的大学生交往，被男方给杀了。我的女儿不可能跟平日在电视和杂志上看到的那些令人作呕的年轻女孩一样。因为佳乃是我和里子万般呵护养大的女儿。我们这么宝贝地养大的女儿，不可能变成电视节目或八卦杂志嘲笑的那种女人。

　　佳男目不转睛地瞪着前面的镜子，猛地将手里紧握住的白衣砸了上去。他以几乎要打破镜子的劲道扔出衣服，白衣却只是轻飘飘地摊开，抚摸似的滑过镜子。

　　佳男站起来，冲出店里。要是待着不动，他可能会嘶吼出来。半掩的门里传来里子叫唤着"老公"的声音，但是佳男已经冲出去了。

◇

　　祐一的车子穿过唐津市内，驶在通往呼子的马路上。往背后流去的景色不断转换，但是不管再怎么行驶，前方都没有终点。国道到了尽头，就连接到县道，穿过县道的话，就通往市道或町道。光代拿起放在仪表板上的道路地图。她随手翻页，整面都印刷着五颜六色的道路。橘色的国道、绿色的县道、蓝色的地方道路、白色的小巷。光代觉得画在这上面的无数道路就像网子，紧紧缠绕住自己和祐一搭乘的这辆车子。她只是翘班和心上人一起兜风而已，然而不管再怎么逃，道路都会追赶上来。不管再怎么跑，道路都会连接到某处。

光代像要赶走不好的感觉似的，"啪"地合上地图。祐一听到声音，瞥了一眼，光代搪塞说："在车子里看地图会想吐呢。"祐一答道："我知道去呼子的路怎么走。"

今早离开宾馆后，两人在附近的便利商店买了饭团，祐一吃完后，光代问他："你不必联络公司请假吗？"但是祐一只是摇摇头说"不用"，不肯正视光代。

也不算是代替祐一，光代打电话给妹妹珠代。珠代已经去上班，她似乎很担心昨晚回家后又立刻出门、再也没回家的姐姐。"太好了，要是你今天再没有联络，我就要打电话报警了。"珠代传来放心又像生气的语气。

"对不起啦，其实发生了一点事。啊，可是也不是什么大不了的事啦。总之你不用担心，我回家后再告诉你。"

"回家后？你今天会回来吧？"

"对不起，还不知道。"

"不知道？我刚才打电话到你公司了。我本来想说你可能去上班了。没想到水谷姐接电话，跟我说'请令尊多保重'，我是配合你的说辞啦。"

"对不起，谢谢啦。"

"发生什么事了吗？"

"也没有什么事……怎么说，就突然很想休息。你有时候也会吧？喏，你当球童的时候，不是常常装病请假吗？"

祐一握着方向盘，静静地听着光代讲电话。

"真的只是这样吗？"

珠代半信半疑地问，光代斩钉截铁地说："对，只是这样而已。"

"这样就好……你现在在哪里？"

"现在呀，在兜风。"

"兜……兜风？跟谁？"

"谁呀……"

光代并没有意识到，但她回答的音调有点撒娇的感觉。珠代闻言，似乎明白了什么，扬起声音问："咦？骗人！什么时候！"

"反正我回去再跟你说啦。"光代说。

车子正好进入呼子港，好几家摊贩并排在一起，路边吊着许多墨鱼干。

珠代还想问出真相，但光代打断她，径自挂断电话。挂电话时，珠代询问"是我知道的人吗"，但光代只回了一句"再见"。

车子停在港口的停车场后，两人走出车外，海上吹来的冰冷海风扑了上来。停车场附近也有摊贩，许多吊着的墨鱼干被海风吹得晃动乱转。

光代打了个大大的哆嗦，指着海边一家民宿兼餐厅的建筑物，对走下驾驶座的祐一说:"那家店真的很好吃。"

祐一没有回话,光代回头看他,结果祐一突然低语:"谢谢你。"

"咦?"

光代按住被海风吹乱的头发。

"谢谢你今天陪我。"

祐一将车钥匙紧紧握在掌心。

"我昨天也说过了啊,我会一直陪着你的。"

"谢谢……我们去那里吃乌贼,然后开车去灯塔吧。虽然只是座小灯塔,不过在一座风景很棒的公园顶端,光走到那里,就让人感觉心旷神怡。"

祐一在车子里几乎不发一语,此时却突然像决堤似的滔滔不绝起来。

"呃,嗯……"

祐一丕变的态度让光代禁不住哑然。一对年轻的情侣开车进入停车场。光代抱住祐一的手臂,让到一旁去。

"那里只有墨鱼料理吗?"

祐一仿佛一切看开似的,朗声问道。"啊,嗯。"光代吃惊地点点头,对他说:"起初是墨鱼的生鱼片,然后会把脚用炸的或是做成天妇罗……"

时间还不到十二点,店里却已经挤满了人。一楼的座位围绕在巨大的鱼池边,目前已经客满。光代对穿着日式围裙的大婶说:"我们两位。"于是大婶推着他们的背说:"请上二楼。"

两人走上楼梯，脱掉鞋子，穿过吱咯作响得厉害的走廊，被带往有一扇面海大窗的大厅。不久这里可能就会坐满，不过现在还没有客人，老旧的榻榻米上并排着八张桌子。光代毫不犹豫地选了靠窗的桌位。祐一坐在对面，目不转睛地望着扩展在眼前的一片渔港风景。风平浪静的海港里，几艘钓墨鱼船并排停着，堤防遥远的彼端是冬日下的海洋，只见翻腾的白色浪头。就算窗户关着，扑上码头的波涛声仍不绝于耳。

"比起一楼，这里的风景比较好呢。真是赚到了。"

光代用热毛巾边擦手边说，祐一问道："你以前来过吗？"

"我跟妹妹他们来过几次，可是都是坐一楼。一楼有活鱼池，也蛮不错的。"

大婶送来热茶，光代点了两人份的定食。点完餐后，往外头望去，祐一喃喃自语地说："感觉和我家附近很像。"

"啊，对呀，你家在港镇嘛。"

"也不算是港镇，跟这里一样，只是个渔村吧。"

"真好，我最喜欢这种景色了。杂志什么的不是经常介绍博多还是东京的时髦餐厅吗？可是我每次看到上面介绍的海鲜料理，都觉得那一定只是价钱贵得要命，呼子这边的墨鱼绝对比较好吃。"

"可是女孩子不是比较喜欢那种时髦的餐厅吗？"

"我妹就很想去天神那里叫什么的法国餐厅。可是我比较喜欢这种地方。或者说，这里的绝对比较好吃嘛。可是电视什么的都说这种店是 B 级美食。我最讨厌那种节目了。因为不管怎么想，这里的材料才是 A 级的。"

光代一鼓作气说完。工作翘班，得到一整天的自由，她不知不觉兴奋了起来。她忽地往正前方一看，祐一正肩膀颤抖，眼睛通红。光代慌忙问道："怎……怎么了？"

祐一在桌子上紧紧握拳，抖得几乎要敲出声音来。

"……我……我杀了人……"

"啊？"

"……我……对不起……"

光代一时半刻不明白祐一说的话，随即惊愕地反问："咦？你说什么？"祐一垂着头，只是在桌上紧紧地握拳，没有再继续说下去。他眼眶泛泪，肩膀颤抖，只说了"我……我杀了人"，就再也没有进一步说明。廉价的餐桌上只见祐一紧紧握住的拳头。真的就近在咫尺。

"等……等一下，你……你刚才说什么？"

光代忍不住伸出手去，却犹豫了一下，又缩了回来。明明是自己缩回来的，感觉却像是被谁给拉回来似的。

"你杀了人？"

话自然而然溜出口。窗外是一片平静的渔港，停泊的渔船摇晃，粗绳连带着被摇得倾轧作响。

"……我应该更早告诉你的。可是我怎么都说不出口。和你在一起，我就觉得好像一切都没有发生过。可是事实上根本不可能……今天就好，再一天就好，我想跟你在一起。昨天我本来想在车子里告诉你，可是我没有自信能好好说明。"

祐一的声音抖得很厉害，简直就像被浪涛冲击着似的。

"我在遇到你之前，认识了一个女孩子。她住在博多……"

祐一一个字一个字地说。光代不知为何想起刚才走过的码头。远看十分美丽，但是脚下的码头水面却满是垃圾，随波摇摆。洗洁剂的瓶子，肮脏的保丽龙箱，只剩下一只的海滩鞋。

"……我们通过电子邮件认识，见过几次面。她说如果想见她，就付钱给她……"

这个时候纸门突然打开，穿着日式围裙的大婶抱着一个大大的盘子走进来。

"不好意思啊，让你们久等了。"

大婶放下看似沉重的盘子。盘子上装着生墨鱼片。

"请蘸那边的酱油。"

白色的盘子上盛着色彩鲜艳的海藻，上面镇坐着一只鲜美的墨鱼。墨鱼的肉是透明的，连铺在底下的海藻都看得见。墨鱼银色的眼睛就像金属般，失去了焦点，注视着虚空，只有几只脚怵目惊心地兀自拍打着，仿佛即使只有它们也好，想要逃离这个盘子。

"脚和其他剩下的，等一下再拿去干炸，或是做成天妇罗。"

大婶只说了这些，轻拍了一下桌子，站了起来。本以为就要离开，没想到她突然回头。"哎呀，还没有问你们饮料要喝什么呢。"她笑容可掬地说。

"要来点啤酒吗？"

大婶问道，光代随即摇头回答："啊，不，不用了。"不知道为什么，她做出握住方向盘的动作。

大婶没有关上纸门，就这么离开。大厅里只剩下他们孤零零的两个人。祐一面对生乌贼片，只是垂着头。祐一刚才告白了难以置信的惊人事实，光代却几乎是无意识地在小碟子里倒入酱油。

手边摆了两个倒了酱油的小碟子，光代犹豫了一下，把其中一个推给祐一。

"我不知道该从何说起……"

祐一盯着小碟子里的酱油呢喃。

"……那天晚上，我跟那个女生约好见面，在博多一个叫东公园的地方。"

祐一一说出口，光代忍不住想问话，但她打消了念头。那个女生是个什么样的人？你们见过几次面？想问的问题接二连三浮现。祐一就是讲得这么慢。光代勉强只问了一句："那是什么时候的事？"

垂着头的祐一抬起头来。他想回答，但嘴唇颤抖，没办法好好地说出话来。

"遇到你之前……你不是发邮件给我吗？就是在那之前……"

祐一总算只回答了这几句。

"邮件？一开始的吗？"

光代问道，祐一无力地点头。

"……那个时候我不晓得该怎么办，每天晚上想睡也睡不着，我很痛苦，想要找人说说话……结果你就发邮件来了。"

走廊上大婶正出声迎接来客。

"……那天晚上，我跟那个女生约好了，可是她却和另一个男生约在同一个地方。她说'今天我没时间陪你'，坐上那个男生的车子,就这样离开了……我觉得被耍了,很不甘心,就追上那辆车……"

墨鱼的脚在两人之间拍打着。

◇

这是个寒冷的夜晚。是个连吐出来的气息都能够清楚看见的,天寒地冻的夜晚。

车内后视镜倒映出从公园旁的人行道走过来的佳乃。祐一按喇叭当信号。佳乃吓了一跳,顿时停下脚步,却注视着人行道前方,跑了过去。事情发生在一眨眼之间。佳乃跑过去,直接跑过祐一车子旁。祐一急忙望过去,人行道前方站着一个陌生男子。

佳乃亲热地挽住男人的手臂,说起话来。其间,男人一直以惹人厌的眼神看着这里。祐一心想他们是碰巧遇到的,打完招呼以后,佳乃应该会回来。

不出所料,佳乃很快就走回这里来了。祐一准备为她打开副驾驶座的车门,但佳乃察觉,加快了脚步,自己打开车门说:"对不起,今天不行了。你把钱汇到我的户头,我等一下再把账号给你。"

祐一愣在原地,佳乃不理会,粗鲁地关上车门,踩着小跳步般回到陌生男子身边。事情发生在一刹那。祐一别说是开口了,他连现在是什么心情都没工夫去感觉。

人行道上的男人不是看着走近的佳乃,而是直盯着祐一看。他的嘴角仿佛浮现出瞧不起人的笑容,是路灯照射的关系,还是他真的露出了瞧不起人的笑容？

佳乃一次也没有回头，坐上男人的车。车子开了出去，是深蓝色的奥迪，是祐一不管分几期付款都不可能买得起的 A6 车款。

男人的车子从公园旁空荡荡的林荫道开了出去，白色的废气吹在冰冻的地面上清楚可见。

这时候，祐一才发觉自己被抛下了。事情就是发生得这么快。一想到自己被抛下，祐一突然全身血液沸腾，几乎要冲破皮肤似的。身体仿佛快被愤怒给胀破了。

祐一踩下油门，紧急发车。男人的车即将在前方的十字路口左转。祐一的车子猛然冲上去，几乎就要直接撞上那辆车子。

事实上，祐一本来想抢到男人的车子前，把佳乃给夺回来。与其说是想，倒不如说是身体不由自主地动了起来。

弯过第一个十字路口后，男人的车子往前方的信号笔直前进。祐一踩下油门，但信号转红，左右两边的车子动了起来。过马路的车子不多，车列一中断，祐一就无视红灯开了出去。开了约莫一百米，追上了男人载着佳乃的车。

祐一几乎要冲撞对方般驾着车，然而一旦追上男人的车子，他却改变了主意。不是他怒意平息了，而是这才想到要是冲撞上去会伤到自己的车子。

祐一加快车速，开到男人的车子旁。他握着方向盘，窥看车内，佳乃坐在副驾驶座，正满脸堆欢地说个不停。他想要佳乃向他道歉。是佳乃爽约的，他想要佳乃向他道个歉。

道路通往天神的闹区。祐一放慢车速，尾随在男人的车子后

245

面。途中几辆车子插进两辆车子中间又离去，但是来到通往三濑岭的街道时，即使拉开一些距离，也没有车子插进来了。

路灯在黑夜里照亮了红色邮筒及镇里的布告栏。道路变成上坡，驶在前方的男人的车子，其车灯把柏油路照得苍蓝。仿佛不是车体，而是一个光团奔上了狭窄的山路似的。

祐一保持距离，尾随上去。车子一转弯，红色的车尾灯就变得更亮，同时前方的森林被染得一片赤红。虽然开得很快，但男人的驾驶技术很差。又不是多陡的弯道，男人却动不动就踩刹车。他一刹车，祐一的车子就靠上去。祐一故意放慢车速，与驶上山路的男人车子的距离慢慢拉开。就算如此，在漆黑的山路上只要转弯，望向茂密树林的另一头还看得见对方的车灯。

不晓得开了多久，就在快到山顶的地方，男人的车子突然停了下来。祐一急忙刹车，关掉车灯。一片漆黑当中，赤红的车尾灯就像巨大森林的红色眼睛。

祐一握着方向盘，直盯着森林的红眼看。好像只有山岭在呼吸。下一瞬间，车内灯亮了。光芒之中，佳乃和男人的影子动了起来。突然间，车门打开，佳乃就要下车，男人踹上她的背。佳乃就像被车子撞上的动物般，跌落到路肩，后脑勺重重地撞在护栏上。

佳乃背靠在护栏上蜷缩起来，男人扔下她，车子就开走了。祐一瞬间搞不懂眼前究竟发生了什么，急忙想要追上男人的车。但是他放下手刹车的时候，看见被抛在路边的佳乃的身影，孤零零地留在车子驶离的风景中。被车尾灯照亮的佳乃仿佛燃烧了起来。祐一重新拉起手刹车。因为力拉得太大，车底发出奇怪的声响。

男人的车子绕过前方弯道后,四周一切的色彩都消失了。原本被染得鲜红的佳乃也被吞进了山间的黑暗。

男人的车子离去后已经过了多久?祐一战战兢兢地打开车灯。光线虽然照不到佳乃蹲着的地方,但至少比冬季的月亮明亮多了。

祐一放下手刹车,脚微微踩上油门。照亮山路的苍白灯光以水渗入地面的速度慢慢地靠近佳乃。

车灯清楚地捕捉到佳乃的身影,佳乃在苍白的光芒中显得害怕,她拼命眯起眼睛,想要看清楚光里面是什么。

祐一再一次拉起手刹车,打开驾驶座的车门。佳乃把皮包抱在胸前,一副戒备的模样。

"你还好吗?"

祐一出声。但是声音立刻就被漆黑的山岭给吞没了。只有车子的引擎声像遥远的地鸣般作响。

祐一踏进光中,佳乃的表情出现了变化。

"为什么你会在这里?难道你跟踪我们吗?你干什么啊你!"

女人抱住皮包,蹲在路肩,这么吼道。被男人踢下车来,丢弃在黑暗山中的女人。

"你……你还好吗?"

祐一仍然想要走近佳乃,伸出手去想要拉她起来。但是佳乃甩开他的手。"你看到了?真不敢相信!"她嘴里骂着,想要自己站起来。

"你……你怎么了?"祐一问道。佳乃被高跟长筒靴绊得摇摇晃晃,祐一抓住她的手,感觉掌心沾满了小石砾。

"我哪有怎么样！我有义务告诉你吗？"

佳乃甩开祐一的手，想要走出去。祐一再次抓住她的手。

"上车吧，我送你回去。"

听到祐一的话，佳乃瞥了车子一眼。两个人都站在车灯的光芒里，仿佛世界只存在于那里。

祐一拉扯佳乃的手，佳乃又甩开他说："你够了没！不要管我啦！"

"你从这里走不回去的！"

祐一忍不住回嘴，用力拉扯佳乃的手。但不巧的是佳乃正要走出去，由于拉扯的力道让她脚滑了一下，失去平衡，往车子的正面趴倒下去。祐一急忙想要撑住她，手肘却不巧撞到佳乃的背。佳乃身体扭曲成奇怪的姿势，就这样撞上车子的引擎盖。她随即伸手去撑，小指却插进了车缝里。

"好痛！"

叫声在山中回响，连沉睡在黑暗森林里的鸟儿都振翅飞起。

"你……你还好吗？"

祐一急忙抱起她。但是佳乃的小指还插在保险杆跟车体之间。祐一手伸进佳乃腋下抬起她的瞬间，佳乃尖叫，小指也随之变形了。

这一切发生得太快了，祐一吓得面无血色。佳乃蹲在车灯前，强烈的灯光照在脸上，每根头发都倒竖起来了。

"对……对不起……对不起。"

佳乃痛得表情纠结，握着总算拔出来的手指，咬紧牙关。

"杀人凶手！"

祐一手刚搭上佳乃的肩，佳乃就厉声尖叫。祐一忍不住缩回了手。

"杀人凶手！我要告诉警察！说你袭击我！说你把我绑架到这里！我被你绑架，差点被你强暴！我亲戚是律师，你不要太小看我了！我才不是会跟你这种货色交往的女人！你这个凶手！"

佳乃尖叫。她根本是信口开河，祐一却不知为何，膝盖止不住地发抖。

佳乃说完这些，握着疼痛的小指迈出了脚步。离开车子周围，就是没有路灯的山路，佳乃的身影一下子就被黑暗吞没了。"等……等一下，你等一下！"祐一叫道，佳乃却径自走下去。

佳乃的脚步声在黑暗中越来越远，祐一忍不住跑了过去。

"不要乱讲！我什么都没有做！"

祐一叫着跑过去，佳乃停下脚步，回过头来叫道："我一定会跟警察说！说你绑架我，说你强暴我！"明明是隆冬的深山，整座山却回绕着蝉鸣声，大得叫人几乎想掩住耳朵。

祐一也不晓得在害怕些什么。被绑架到这里。被强暴。佳乃说的根本是一派胡言，祐一却觉得好像真的干了这些坏事，吓得脸色发青。他拼命在心里大叫："骗人的！她诬赖我！"但是漆黑的山岭却这么对他低语："谁会相信你？谁会相信你这种人说的话？"

这里只有漆黑的山路，没有证人。没有人能够证明我什么事也没有做。祐一看见自己对外婆辩解："我什么都没做！"他看见自己不断地对包围的群众大叫："我什么都没做！"此时他突然听见年幼

249

的自己在渡轮码头大叫:"妈妈会回来这里!"那时候的呐喊,没有一个人相信。

祐一抓住佳乃的肩膀。

"不要碰我!"

佳乃想要甩开祐一,手打到祐一的耳朵,痛得就像被铁棒插到似的。祐一忍不住抓住佳乃的手。佳乃想要逃走,祐一制住她,下一秒钟,他竟在冰冷的山路上骑坐在佳乃的身上。佳乃被月光照亮的脸,气得都纠结成一团了。

"……我什么也没做。"

祐一用力压住佳乃的双肩。佳乃痛得呻吟,却依然紧咬不放地大叫:"才不会有人相信你!杀人啦!救命啊!杀人啦!"

佳乃的尖叫晃动了山岭的树木。每当佳乃尖叫,祐一就害怕得全身颤抖。要是被人听见她的谎话……

"……我什么都没做,我什么都没做。"

祐一闭上眼睛,他拼命压住佳乃的喉咙。他怕得要命。他不能让人听见佳乃的谎话。要是不赶快杀掉谎言,仿佛真实就会被杀掉,他害怕极了。

◇

各种垃圾被冲到码头边。洗洁剂的空瓶,肮脏的保丽龙箱,只剩下一只的海滩鞋。垃圾上头缠绕着海藻和塑胶袋,不管浪涛如何冲打,撞上码头又反弹,哪里也逃不出去。

码头停泊着几艘钓墨鱼船。绳索挠弯，成群的小鱼从船底游出来。码头后面有几家卖墨鱼干的摊贩，出声招揽着来来往往的观光客。光代和祐一站在码头上，一个小女孩骑着三轮车靠过来，又折回顾摊子的母亲身旁。

结果光代和祐一在菜肴上到一半的时候就出来了。送来的时候还在盘子上怵目惊心地扭动的墨鱼脚，到了祐一讲完故事时也已经筋疲力尽、一动也不动了。幸好没有其他客人上来大厅。相反，服务生大婶过来看了好几次。

讲完之后，祐一小声地说"对不起"，然后对沉默不语的光代说："我要去警察局。"

光代几乎想也没想地点点头。此时，服务生大婶出现，问道："不敢吃生鱼片吗？"光代谎称"……对不起，觉得有点不舒服"，随即站了起来，祐一死了心似的仰望着她。光代对他说："喏，我们走吧。"祐一可能以为光代会丢下他离开，显得非常吃惊。他们向大婶道歉，大婶说："没关系，不用钱。"

两人离开店里，走在渔船停泊的码头上，脚自然而然地往停车场走去。光代又要搭上杀人犯的车了。脑袋虽然明白，但是在冰冷海风吹过的码头上，也没有其他地方可去了。祐一说完，光代既没有尖叫，也没有逃走，就这么听完，她感到不可思议。因为祐一所讲的内容太惊人了。太过于惊人，她什么也无法思考。

来到码头边，光代停下脚步。脚边的水面聚集了各种垃圾，静静地随波摇曳。

"我现在要去警察局。"

听到祐一的话，光代盯着垃圾，点了点头。

"对不起，我不是故意要给你添麻烦的……"

祐一说到一半，光代又点头。骑着三轮车的小女孩又往这里靠过来。绑在把手上的粉红色缎带被寒冷的海风吹得剧烈拍动，仿佛要被吹断。

三轮车靠过来，穿过光代和祐一之间，又回到小摊子的母亲那里。光代目送小女孩拼命踩着踏板的娇小背影。

这个时候，祐一低下头说"真的对不起"，一个人往停车场走了过去。他的背影看起来小了一圈，好像一碰就会哭出来。

"警察局，你说哪里的？"光代出声说。

祐一回过头答道："不晓得，这一带，到唐津应该就有了。"

光代听着祐一的回答，觉得那种事根本无所谓。她也听见有个声音叫自己快逃。尽管如此，她却不知为何觉得不甘心极了。她很想对祐一说几句话。

"不要把我一个人丢在这种地方，"光代说，"……把我一个人丢在这种地方，你要叫我怎么办？我也要去。我跟你一起去警察局。"

海上突然吹来一阵强风，吹散了光代的话。祐一目不转睛地盯着光代。然后他什么也没说，又一个人向前走去。

"等一下！"

光代叫道，祐一停下脚步，头也不回地说："对不起。要是带你一起去，会给你添麻烦的。"

"你已经给我添麻烦了！"

光代朝着他的背影大叫。在马路另一头切墨鱼的大婶朝这里瞄了一眼。

祐一没有回话,走了出去,光代追了上去。

她想对祐一说什么。可是,她想说的并不是这种话。

祐一走进停车场后,又停下脚步。他双手紧握,肩膀颤抖。

"……为什么……为什么会变成这样?"

祐一吸着鼻涕,啜泣声和打上远处防波堤的浪涛声重叠在一起。光代绕到祐一前面,抓起他紧紧握住的拳头。

"我们去警察局吧。一起去吧……你很怕吧?一个人去很害怕吧?我陪你一起去。一起的话……一起的话,你就不怕了吧?"

祐一的拳头在光代的手中发抖。仿佛感受到那颤抖似的,祐一一次又一次点头:"……嗯,嗯。"

◇

约下午两点过后,天色突然暗了下来。石桥佳男从刑警那里听完说明后,忍不住冲出店里,前往从自宅步行约三分钟远的租赁停车场,没有特别想到哪里,只是就这么坐上了车子。

警察说福冈的大学生不是凶手,佳乃在交友网站上认识的男人才是凶手,但是佳男怎么样都无法接受。不,真要说的话,他连女儿佳乃被卷入命案一事都觉得一定是哪里搞错了,他甚至认为这是有人为了某些目的,联合起来欺骗他和妻子。

佳乃会不会还活着?是不是在哪里等着自己去救她?可是佳男

不知道佳乃在哪里。不管问什么人,回答都是佳乃已经死了。

佳男漫无目的地在久留米市内开车乱逛。明明是熟悉的景色,但是透过一双泪眼看出去,就仿佛陌生的城镇一般。

佳男开的车子,是佳乃刚上高中的时候挑选的。佳男说他不喜欢花哨的车子,佳乃却坚持说:"红色的比较可爱啦!"最后折衷决定的,就是这辆淡绿色的轻型轿车。

交车当天,一家三口拍了一张纪念照。全新的车子让佳乃雀跃无比,不管佳男再怎么说服,她都不许佳男把座椅的塑胶套拆掉。

佳男已经在久留米市内开了好几个钟头。他只想见佳乃。他想知道佳乃在哪里。他听见女儿求救的声音,却不知道女儿在哪里。

当佳男一回神,方向盘已转向了三濑岭。车子离开久留米市街,开上国道,渡过河川,不知不觉,已经开在通往佐贺平原的田园小径上了。道路的前方是包括三濑岭在内的脊振山地。

就在佳男顺道绕到加油站时,天色骤变。等待加油的空当,他去上了厕所,从厕所的小窗望出去,只见黑色雨云正逼近脊振山地上空。乌云像要覆盖山顶似的扩散,也朝着佳男所在的平原地带逼近而来。

离开厕所的时候,雨滴纷纷洒落。佳男也没有到室外的洗手台洗手,就这样直接跑进加好油的车子里。一个年纪和佳乃相仿的女孩拿着收据冲过来。拿到的收据被雨淋湿了。佳男付完钱,踩下油门。车内后视镜里倒映出女孩在雨中目送自己离去的身影。

车子进入山路时,下起倾盆大雨来。尽管还不到下午三点,低低地悬在天空上的乌云却已经把山路覆盖得一片阴暗。

佳男打开车灯。雨刷激烈摆动,另一头浮现出苍白的柏油路。雨像瀑布般流过挡风玻璃,雨刷几乎要甩断似的不停摆动。

对向来车开下山路,车灯把挡风玻璃上的雨滴照得发亮。听不见引擎声,只有雨水打在周围树木的声响在紧闭的车内回响。

葬礼那天,在久留米工厂上班的堂兄说:"要不要一起去佳乃过世的地方给她上炷香?"由于一时之间连续发生了太多事,佳男无法回话,一旁的女眷便吵吵嚷嚷地说:"要去的话,我们也想去。给佳乃送个花,放上她喜欢的点心……"

佳男知道大家是出于一片好心,但是他深深地感觉要是接受他们的好意,就再也见不到佳乃了。

佳男只说了一句:"我不去。"七嘴八舌的亲戚听到这句话,顿时沉默。

那是什么时候的事了?佳男在电视上看到现场转播的画面,山岭的命案现场摆满了鲜花和果汁。是亲戚们偷偷跑去放的吗?还是素不相识的陌生人为佳乃、为电视和杂志上那样大力抨击的佳乃送上的鲜花?佳男看到那个画面,号啕大哭。就算电视和杂志说得拐弯抹角,他依然收到许多露骨的讽刺传真及信件。

——当妓女的女儿被杀了,你伤心吗?自作自受。

——我也买了你女儿。一晚五百日元。

——那种女人活该被杀。卖春是犯法的。

——你干吗不给女儿生活费啊!

有的是亲笔写的,也有从电脑列印下来的。每天早上,佳男都害怕邮差的到来。就算拔掉电话线,电话也会在梦中响起。女儿似

255

乎被全日本讨厌了。仿佛全日本都憎恨着他们一家。

随着登上山岭，雨势更显滂沱。雾气转浓，即便打开远光灯，数十米以外的视野仍是一片模糊。

就要进入三濑隧道的时候，出现了一个标示旧道的标志。仿佛有人朝它吹了一口气，雾气瞬间消失，标志倏地出现。

佳男急忙转动方向盘，开进紧临山崖的狭窄旧道。路幅变窄，感觉小轿车好像要被瀑布给吞没了。雨水流过山壁，穿过龟裂的柏油路，冲下山崖。

主道还有几辆对向来车，旧道这里却没有碰上半辆车子。不晓得是否发生过意外，扭曲的护栏大大地往山崖突出。就在这个时候，灯光照到了放在地面的花束和宝特瓶。透明塑胶纸包住的花束仿佛随时会被山壁涌出的雨水给冲走。佳男慢慢踩住刹车。打湿的供品在车灯照亮的雾气中承受着倾盆大雨。

佳男拿出掉在后车座底下的塑胶伞，走进倾盆大雨中。尽管引擎就在旁边开着，佳男却像误闯了瀑布似的，只听得见雨声。

被雨敲打的雨伞好沉重，打湿脸颊和脖子的雨水冰得扎人。

佳男站在车灯照亮的供品前。花朵已经枯萎，不晓得是谁放的，一只小巧的海豚布偶淹溺在泥水中。

佳男捡起湿掉的海豚。明明没有握得多大力，冰冷的水却从指间流过。佳男知道自己在哭。但是在横扫而来的冰雨中，他连流泪的感觉都没有了。

"……佳乃。"

佳男情不自禁地出声。微弱的气声化为纯白的呼气，从口中泄出。

"……爸来了……对不起啊,这么晚才来。爸来看你了。很冷吧?很寂寞吧?爸爸来看你啦。"

再也停不下来了。一旦开口,话语便止不住泉涌般而出。

打在塑胶伞上的雨水像瀑布般倾泻在脚边。雨滴在脚边反弹,打湿了佳男肮脏的球鞋。

"爸爸……"

忽地,佳男听见了佳乃的声音。不是幻觉,佳乃确实在呼唤自己。佳男回过头去。雨伞倾斜,雨淋湿了身体,他也不在意。

白雾被车灯照亮。佳乃就站在那里。明明没撑伞,佳乃却一点都没有淋湿。

"爸,你来了。"佳乃在微笑。

"嗯,爸来了。"佳男点点头。

倾盆大雨敲打着手和脸颊,但佳男一点都不觉得冷。吹过山路的寒风也避芒而去。

"你……在这种地方……做什么?"佳男说。泪水、鼻水和雨水一起流进口中,泣不成声。

"爸,你来看我了……"佳乃被光芒包围着,面露微笑。

"你……你在这里发生了什么事?谁对你做了什么?是谁,究竟是谁害你变成这样的?是谁……谁……"

佳男无法忍耐,呜咽起来。

"爸……"

"……嗯,怎么了?"

佳男抓起湿掉的夹克袖子擦掉泪水和鼻水。

"爸，对不起。"

佳乃在光芒里露出歉疚的表情。从小，佳乃总是用这种表情道歉。

"你没有必要道歉！"

"爸……对不起，都是我，害你们碰到那么多讨厌的事……对不起。"

"你不用道歉。不管谁说什么，我都是你爸爸，不管谁说什么，爸都会保护你……一定会保护你。"

打在山岭树木上的雨势变强了。雨声变大，感觉眼前的佳乃就快要消失，佳男忍不住大叫女儿的名字："佳乃！"他朝着光芒里快要消失的女儿伸出湿淋淋的手。

一瞬间，眼前的佳乃消失了。剩下来的只有照亮倾盆大雨的车灯。佳男呼叫着女儿的名字，四处张望。被雨淋湿的护栏消失在陡急的弯道后方，再过去就只有一片濡湿的郁苍森林。

佳男不顾被寒冷的雨水打湿，跑到女儿刚才站立的地方。但眼前只有渗出雨水的山崖耸立，湿漉漉的杂草抚过佳男潮湿的额头。

佳男扶着冰冷的岩石，叫了两声女儿的名字。声音渗入岩石。

回头一看，塑胶伞掉在地上的花束前。不晓得什么时候掉下去的，雨伞倒立着，里面积满了大量雨水。

就在这一瞬间，周围淡淡地亮了起来。仰头朝天一看，厚重的乌云另一头微微透出晴空一角。雨水在脚边弹跳。泥水直渗到长裤膝盖处。

"佳乃……"

全身淋成落汤鸡,寒冷无比,吐出来的呼吸化为一片雾白。

"……爸才没碰上什么讨厌的事。爸为了你,什么都能忍。只要是为了你,爸跟妈……"最后已经泣不成声,佳男跪在潮湿的柏油路上。

"佳乃!"他再一次朝天大叫。但是不管再怎么等,佳乃再也没有出现在雾气笼罩的山路上。

雨下个不停,潮湿的衣服越来越重。

"……爸,对不起。"

佳男冷得发起抖来,耳畔再次响起女儿的声音。"佳乃……"佳男再次呢喃。女儿的名字落在潮湿的柏油路上,在水洼上激出涟漪。

"我不原谅!我绝对不原谅!"

佳男一次又一次用拳头捶打湿掉的柏油路。拳头磨破,渗出来的血被冰冷的雨水冲走。佳男在雨中站了起来。他鲜血淋漓的手抓起了无名人士供在路旁的枯萎花束。

◇

"哎唷,怎么可能?我是杀人犯?而且还杀了那种女人?哎唷,拜托,真的不可能啦。"

增尾圭吾到吧台拿了第二杯啤酒,不屑地这么说道,爽快地举杯畅饮。只不过在警察局被讯问了一个晚上,他却一副已经蹲了好几年苦牢，刚出狱似的模样。

增尾回到沙发座，这里除了鹤田公纪以外，还有十几个增尾的朋友，大家都景仰万分地望着增尾站着喝啤酒的姿态。

鹤田从几乎没有动过的杯子里喝了一口啤酒。店里的音乐固然刺耳，桌旁的每一个人更是争相陈述在增尾失踪期间对这件事的看法，黄昏时分的咖啡厅里吵得连服务生打破盘子的声音都听不见。

这天下午两点过后，众人收到失踪的增尾同时发出的电子邮件。鹤田一如往常，在房间里睡觉，此时他收到增尾措词粗鲁的邮件："想知道发生什么事的家伙，现在立刻给我到天神的'季风'酒吧来。"看到这段内容，他以为是哪个人在开无聊的玩笑，但是几分钟后，他接到增尾本人打来的电话。增尾悠哉地邀他说："你看到我的邮件了吗？你也来吧。我告诉你逃亡生活的全貌。"鹤田有很多事想问他，但增尾笑道："一个一个讲很麻烦，大家到齐了我再说。"讲完径自挂掉了电话。

鹤田等人集合的地点，是天神某家增尾常去的咖啡简餐店，那是一家赶时髦的大学生爱去的店，大白天就供应酒类，餐点还可以，价钱普通，只有装潢花了不少钱。

鹤田抵达店里的时候，已经有十人左右在场，但最重要的主角增尾还没有来。每个人都知道增尾在名古屋被捕的消息，正七嘴八舌地讨论既然他被释放，应该是无辜的。

增尾出现在玻璃窗外的时候，众人自然而然地发出"噢噢"的欢呼声。一些年轻女客正在店里吃着看起来不怎么样的午餐，她们听到那些欢呼，纷纷望向增尾。

增尾进入店里，朝着认识的女服务生送了个秋波，摊开双手行礼说："增尾圭吾！终于重获自由！"有人拍手，也有人被逗得捧腹大笑。

增尾首先对等得不耐烦的众人说明了迟到的理由。他说他上午从警署被无罪释放，先回到公寓洗了个澡才过来。可能也因为如此，出现在店里的增尾并没有这几个星期以来所想象的逃亡犯的悲壮。

增尾一坐下来，众人便连珠炮似的发问。

"然后呢？你到底干了什么？"

"你真的没有杀人？"

"如果你没有杀人，干吗要逃？"

增尾制止众人，向愣在一旁的女服务生点了一杯比利时啤酒。

"哎唷，别那么急嘛……唔，怎么说呢，简单一句话，是我误会了。"

"误会？"

围绕在桌旁的众人异口同声地说。

"对。怎么说呢，这么一看，还真是不晓得该从何说起呢。对了，这家店的装潢是不是换了啊？"

明明是增尾把朋友召集过来的，他却露出一副懒得说明的表情。坐在一旁的鹤田心想这样下去话题会被转移，便试探地说："总之，先从那天晚上发生了什么事说起吧。"

"哦，那天晚上啊。"

增尾原本仰望着天花板上的风扇，闻言转回视线。"是啊，那天晚上，我真的是跟那个女的在一起。"于是他说了起来。

"那天晚上啊，我不知怎么着，总觉得心浮气躁的，你们有时候也会吧？也没有什么特别的理由，却觉得满肚子火，没办法静静地待在同一个地方，就是那样的晚上。"

围绕在增尾身旁的年轻男子纷纷点头。

"喏？有吧？那天晚上我就是这样，总之就是想开车横冲直撞，所以出门了。途中我绕到东公园小便，结果就在那里偶然碰上了那个女人。"

"你认识那个女人？"

坐在最远处的男子探出身子问道。

"哦，认识啊。喏，鹤田也知道吧？就是那个在天神的酒吧认识的，在保险公司上班的那三个女人，很俗的一群人。你们也有人那个时候在场吧？"

听到增尾的话，几个人这才想起来似的"噢噢"地应声。

"就是其中的一个女人。后来也一直发邮件来，烦死人了。啊，对了，我刚才看了一下，那个女人发来的邮件我还留着。要看吗？"

增尾自豪地问："有人要看在三濑岭被杀的女人发来的邮件吗？"众人纷纷探出身体。突然间，鹤田感觉到一股令人作呕的厌恶感，但是在同侪的压力下，他无法提出任何异议。

增尾从口袋里拿出手机操作。"然后啊，总之那天晚上，我碰巧遇到这个女的，让她上车了。哎，真是错误的开始啊……"他继续说道。

"怎么说，她用一种陶醉的眼神看着我，就是那种'带人家去哪里玩嘛'的眼神。我当时心情很不爽，本来是想把这个轻浮女人带去哪里玩一下，或许可以爽快一点，才让她上车的。可是她好像晚餐吃了煎饺，一上车子，就搞得整车大蒜味，害我一下子没了兴趣。结果一路开到三濑岭，我再也无法忍受，就把她扔下车了。"

增尾粗鲁地操作着手机，不过他好像找不到以前的邮件，周围的人都感觉到他手指不耐烦的动作。

"如果只是把她扔下，没必要跑路吧？"

有人发问，增尾停止操作，抬起头来，意味深长地微笑。

"因为那个女的一直不下车，我忍不住动手了。结果就那么倒霉，正好碰到她的脖子，怎么说，那个姿势恰好就像掐到她的脖子。"

听到增尾的话，众人瞬间倒抽了一口气。

"啊，可是她不是因为这样死掉的哟。怎么说，我把她推出去的时候，是碰巧压到了她的脖子，可是，知道她死在山上的时候，那种地方又没有别人，我一时误以为搞不好就是那个时候不小心……"

增尾笑了。像要改变紧张的气氛似的，大家就这样慢慢笑开了。鹤田只感到一股强烈的嫌恶，根本笑不出来，但是环顾四周，没有一个人像自己一样表情纠结。

"然后你就这样逃亡了好几个星期？"

一个人问道，增尾难为情地点头说："还有，那女人下车的时候，我狠狠地踹了她的背。那女的滚出去，头撞到护栏……哎哟，结果那也没有什么大不了的。"

增尾满不在乎地接着说。鹤田在一旁听着，几乎都快反胃了。

鹤田忍不住就要起身的瞬间，增尾找到了以前的邮件。

"啊，有了。这个，就是这个。"

增尾把手机递向桌子，鹤田就要站起来，站在他后面的人几乎是趴在他背上似的探出身子。鹤田失去平衡，额头差点撞到桌角。

"喏，你看这封。"

几只手争夺着增尾递出去的手机。结果坐在增尾对面的男生抢到了手机，伸手制止众人，然后就要模仿女人的声音，准备朗读上面的内容。此时入口传来女人的声音。

桌旁的男人全都回过头去，那里站了三个打扮花哨的女人，是学校里所谓增尾派的核心人物。

"增尾！"

其中一个叫道，声音几乎响彻全店，三个人争先恐后地跑了过来。

"咦？咦咦！你怎么会在这里！"

男生们硬是在沙发上挪动臀部，为女生们挤出空位来，三个人勉强坐了下来。

女生们一坐下，就重复刚才男生问过的问题，逼问增尾，而增尾也像刚才那样重新再回答了一遍。

增尾在跟女孩子说话的时候，男生一个个传阅着增尾的手机。在三濑岭被杀的女人发给增尾的邮件是怎么样的内容，鹤田光是看他们的表情就知道了。男人手中传阅的仿佛是被杀女人的身体。

一次又一次发邮件给对自己没意思的男人，这个女人在三濑岭被杀了。不是一旁的增尾杀的。但是即使是偶然，如果一旁的增尾那天晚上没有遇到她,她就不会到山里去了。

增尾的手机传到鹤田手中。一旁的增尾正滑稽地对着女生述说他在警察局被侦讯的事,不晓得有几分真实。增尾直说搞笑短剧里所使用的灯是真有其事。

搞笑短剧。鹤田忍不住呢喃。他的手中有着被杀的女人发来的邮件。他不想读。他不想读,视线却不由自主地落向手边。

"环球影城好像很好玩呢!"

跃入眼帘的,是这样一段文字。

◇

远方的天空逐渐放晴,雨滴却敲打在挡风玻璃上。几颗雨珠混合在一起,无声无息地滑落。滑落之后,雨滴又打了下来。

车子停在沿海的马路路肩。柏油路的路面被雨水打湿,逐渐变色。湿掉的柏油路使得周围的景色变得暗淡。因为这样,光代和祐一所处的车内渐渐阴暗得有如黄昏时分。

这条路的前方就是警察局。只要再前进数十米,车子就会开进警察局的空地。

两人已经在这里待了多久?觉得好像刚把车子停下来,却也觉得好像已经在这儿待了一整个晚上。光代伸手触摸挡风玻璃上的雨滴。当然,从内侧无法触摸到雨滴,却感觉指尖好像有点湿掉了。雨势不知不觉间变大,连挡风玻璃的另一侧都看不见了。

从刚才,就清楚地听见祐一粗重的喘息声。只要转向旁边,就看得见祐一，光代却无法转头看他。只要看他，一切都会结束——这种心情紧紧地束缚了她的身体，令她无法自由动弹。

光代在呼子的码头对祐一说"我陪你一起去警察局"。祐一拒绝说"会给你添麻烦"，但光代硬是上了副驾驶座。

光代完全没有和杀人犯共处的恐怖感。与其说她遇上了杀人犯，感觉更像认识的人不小心杀了人。事情发生在光代认识祐一以前，光代却觉得原本应该可以挽回什么，懊恼极了。

车子离开呼子的停车场，开往唐津市内。结果他们在车子里没有交谈半句话。道路很空旷，很快就来到市区附近。正当就快进入市区，唐津警署的招牌毫无预警地冒了出来。祐一可能也没想到竟然这么快就到了警察局，方向盘瞬间猛地一震，放慢了速度。

数十米前方，一栋米黄色的建筑物孤零零地坐落在偌大的空地里。墙壁上挂着交通安全标语的布幕，被海上的寒风吹得剧烈摇晃。

没有车子行经。近在咫尺的海上吹来强劲的风。

"你……在这里下车比较好。"

祐一握着方向盘，也不看光代的脸，这么说道。

就在这个时候，雨下了起来。才觉得天空暗了下来，几滴雨已经打到挡风玻璃上了。一个少妇正推着婴儿车经过人行道，急忙拉开婴儿车的顶篷。

"你在这里下车比较好。"

祐一说完这句话，再也没有开口。

"……只有这样？"光代呢喃。

祐一没有抬头，只是盯着脚边。光代不晓得自己这么说，是希望祐一对她说什么？可是只有一句"你在这里下车比较好"，实在是太寂寞了。

沉默又持续下去。打湿挡风玻璃的雨承受不了自己的重量，流了下去。

"要是警察看到你跟我在一起，你会有麻烦的……"

祐一紧紧握着方向盘，低声呢喃。

"要是我在这里下车，就不会麻烦了吗？"

光代没好气地说，祐一立刻道歉："对不起。"

光代真的不晓得怎么会说出这种话来。都已经到了这种地步，她根本不想咒骂祐一的。

"……对不起。"

光代小声道歉。

侧边后视镜倒映出少妇推着婴儿车的背影。少妇强制压抑着想要跑起来的步伐，慢慢地走着。看着她的背影，光代吁了一口气，觉得好像有好几分钟都忘了呼吸似的。

"你去了警察局以后，接下来要怎么办？"

忽地，疑问从口中溜出。祐一本来望着握住方向盘的手，此时他抬起头来，一副也不晓得该怎么办的模样，摇了摇头。

"自首的话，刑责可以减轻一些吧？"光代说。

祐一又摇了摇头，仿佛在说他什么都不知道。

"我们还能再见面吧？"

一直低着头的祐一像是大吃一惊，抬起头来，那张表情转眼间

267

变得泫然欲泣。

"我会等你,不管几年都等。"

祐一的肩膀颤抖起来,只是猛摇头。光代忍不住伸出手去,触摸祐一的脸颊。指尖清楚感觉到祐一的颤抖。

"我好怕……我可能会被判死刑……"

光代温柔地护着祐一的耳朵。他的耳朵热得烫人。

"如果没有遇见你,我就不会这么怕了。我本来每天都担心什么时候会被抓,虽然没有勇气去自首,可是还没有这么怕。外婆跟外公一定会哭,他们把我养到这么大,我真的很对不起他们,可是我本来没有这么痛苦的。要是没有遇到你的话……"

祐一硬挤出声,光代静静聆听。她的手感觉到祐一的耳朵变得越来越烫。

"可是,不去的话……"光代说。

祐一的颤抖传了过来,那是无声的呐喊。

"你好好地去自首,补偿犯下的过错……"

光代拼命地说,祐一好似筋疲力尽地点点头。

"我或许会被判死刑……我再也见不到你了。"

光代没办法当场理解祐一说出来的"死刑"这两个字。当然,她知道这两个字是什么意思,但是原本的意思已经从字面上消失,听起来只像是"再见"两个字。

光代抓起祐一颤抖的手。她想说话,却说不出话来。他们现在并不是单纯地在说"再见"。"再见"还有未来。光代觉得自己犯下了不可弥补的大错,拼命地握住祐一的手。有什么就要结束了?现

268

在在这里，有什么确定就要结束了？

就在此时，一个情景浮现脑海中。由于太过于突然，光代一时甚至搞不清楚浮现的是哪里的情景，是什么时候、在哪里看到的情景。光代忍不住闭上眼睛，重现瞬间浮现的情景。她拼命地闭上眼睛，那个情景再次朦胧地浮现出来。

哪里？这里是哪里？

光代闭着眼睛，在心中呢喃。只是，浮现的情景就像一张照片，不管她怎么努力望向别处，都没有再向外扩展。

眼前站着两名年轻女孩。她们背对自己，愉快地谈笑。女孩另一边是一个上了年纪的妇女背影。妇女面对墙壁说着什么。不，不对，那不是墙壁，是某处的窗口。透明的隔板另一边，是男售票员的脸。

哪里？这里是哪里？

光代又在心中呢喃。她拼命地闭上眼睛，于是她看见了贴在窗口上的路线图。

"啊！"

光代差点叫出声来。她看到的是巴士路线图。她所在的地方，是连接佐贺与博多的长途巴士的售票处。

察觉此事的瞬间，原本静止的情景突然伴随着声音动了起来。背后传来通知巴士到站的广播。站在前方的年轻女孩的笑声响起。买了车票的大婶一边收起钱包，一边离开窗口，往到站的巴士走去。

是那个时候。一定是那个时候。这辆巴士，这辆前往博多的巴士，接下来被一名少年给挟持了。

光代忍不住在重现的情景中朝着走向巴士的大婶叫道："不可以上车！"但是在重现的情景中，别说是声音，她连脸都无法往那里转过去。两名年轻女孩已经在窗口买了前往博多的车票。

"不可以买！"

光代在心里大叫，却发不出声来。自己正在排队，双脚动弹不得。光代发现她抖得非常厉害。再这样下去，自己会买票的。手机！这个时候她想起来了。这个时候，朋友打电话给她了。"小孩发烧了，不好意思，今天不能陪你了。"朋友是这么联络她的。

光代摸索袋子。她拼命地找，却找不到应该放在里面的手机。两个女孩在窗口买完票，高高兴兴地往巴士走去。没有手机。没有手机。窗口的男子呼叫光代："下一位。"光代不打算前进，脚却不听使唤地踏了出去。她拼命地想要逃走，脸却靠向窗口，嘴巴自己动了起来：

"到天神，全票一张。"

没有手机。应该打来的电话没有响起。

光代几乎就要尖叫出声，睁开了眼睛。眼前是被雨淋湿的马路，前方坐落着同样被雨打湿的警察局。光代望向一旁的祐一。一辆警车从对向车线开了过来。警车放慢车速，打着方向灯，右转开进警察局的空地里。

"不要！"光代大叫。

"不要！我再也不要坐上那辆巴士了！"

她的大叫在车子里回响。光代突如其来的叫声，把一旁的祐一吓得倒抽了一口气。

"开车！拜托你。再一下，再一下就好了。离开这里！"

光代突然叫道，祐一睁圆了眼睛。

"拜托你！"

听到光代的话，祐一犹豫了一下。即使如此，光代依然叫唤着："求求你！"祐一可能感受到光代的焦急，他急忙握住方向盘，踩下油门。

车子经过警察局前面，立刻转向左边。道路沿着水泥堤防延伸出去，前方好像有县立的游艇港湾，大大的招牌被雨淋湿了。祐一在那里停了车。回头一看，警察局还在看得见的范围内。

车子一开动，光代就放声大哭起来。要是就这样和祐一分手，她就会坐上那辆巴士。要是坐上那辆巴士，她第一个就会被少年拿刀刺杀。

车子停下来后，祐一开着引擎，只关掉雨刷。挡风玻璃转眼就被雨打湿，景色变得一片模糊。

"我不要！"

光代瞪着被雨打得一片模糊的挡风玻璃叫道。

"我不要！要是在这里和你分手，我就一无所有了……我本来以为我终于可以拥有幸福了！遇到你，我还以为我总算能够得到幸福……不要耍我！不要瞧不起我！"

光代哭个不停，祐一战战兢兢地伸出手去，才碰到她的肩膀，立刻一口气抱紧她。光代粗鲁地想要甩开他的手，但是祐一抱得更紧，光代在祐一的怀里，只能放声哭泣，一动也不能动。

"对不起……对不起……"

祐一说着说着像是要咬上她的脖子。光代使尽全力摇头。她一摇头，两个人的脸颊就撞在一起。

"对不起……我什么都不能为你做……"

光代不晓得在哭的究竟是自己还是祐一。

"求求你！不要丢下我一个人！求求你！不要再让我孤单一个人了！"

光代趴在祐一的肩膀叫道。明明不可能逃得掉，她却叫着："逃走吧！我们一起逃！"明明不可能得到幸福，她却叫着："跟我在一起！不要丢下我一个人！"

最终章　我邂逅的恶人

生平第一次，房枝诅咒时间。祐一失去联络后，已经第六天了，不知不觉，世人已经准备迎接除夕了。

房枝出生在长崎市郊外的榻榻米师傅家，是家中的三女。她十岁的时候，父亲在出征前夕罹患肺结核过世了，那一年，母亲生下了次男。长女在出生后的第三天就死了。母亲带着十五岁的次女、十岁的房枝、四岁的长男和刚出世不久的次男四个人被遗留了下来。

母亲靠着亲戚介绍，在市内一家叫西洋馆的饭馆工作。十五岁的次女被学徒动员[①]征调到工厂工作，看顾四岁的弟弟以及出生不久的婴儿的责任，就落在十岁的房枝一个人身上。

母亲有时候会从工作的饭馆偷鸡蛋回来，那是他们当时最丰盛的大餐。有一次，母亲到了夜里还没有回来，房枝和二姐担心不已，两个人到饭馆去接母亲。原来母亲偷鸡蛋的时候被掌柜发现，被绑在厨房的柱子上。房枝和二姐两个人哭着道歉，看到两人的模样，被绑的母亲也忍着声不停地啜泣。

当时配给制度已经开始实施，房枝总是牵着四岁的弟弟，背着婴儿，排在大人的队伍里。配给多的时候，他们因为是小孩，有时

---

① 二次大战时，日本政府为了弥补劳动力不足，强制动员学生到军需工厂工作。

候会让他们排到前头，但是配给少的时候，不管再怎么排，都会被杀气腾腾的主妇们用臀部给挤出队伍。负责配给的男人很蛮横，对待野狗似的对待房枝等人。房枝有时候会被男人戳，或是把要发给她的芋头跟玉米扔在地上。房枝没办法好好接住，总是和四岁的弟弟拼命捡拾掉在地上的芋头。

"我才不要被人瞧不起！我才不要被人瞧不起！"

房枝在心里叫着，忍住泪水，捡拾芋头。

战争结束后，生活也没有变得多好过。母亲说他们一家子奇迹似的没有一个人在原子弹爆炸中丧生，算是运气很好的。房枝中学毕业后，在鱼市场工作。她在那里认识丈夫胜治，结了婚。婚后好一阵子房枝都没有怀孕，被婆婆虐待，但是所幸日子一天比一天好过，结果，他们有了两个小女儿，甚至还能期待着每年一次的温泉旅行。

结婚以后，房枝依然留在鱼市场工作。她过去的人生中，就算会觉得时间不够用，也从来没有像等待祐一联络的这几天，觉得时间漫长得如此令人憎恨。

除夕。平常房枝总会准备年节料理，布置驱邪稻草绳和装饰用的年糕，忙得不可开交，但是今年房枝却在空无一人的家里，独自坐在厨房的椅子上。

上午的时候，宪夫的妻子说"我想阿姨可能没有准备"，担心地为她送来装满年节料理的小提箱。宪夫的妻子说："今天外面没看到刑警呢。"房枝回答："这两三天只有派出所的警察过来看看而已。"只是，可能宪夫的妻子觉得还是有人在监视，喝了一杯茶后，很快就告辞回去了。

医生允许住院中的丈夫胜治过年时回家住,胜治却抱怨起身体痛,反胃想吐,结果决定过年三天都住在医院里。

祐一的事,不是由房枝去说,而是宪夫去转告的。房枝不知道宪夫是怎么告诉胜治的,不过这几天房枝去看胜治时,即使忧心过度而哭出来,胜治也没有安慰她,反而还是抱怨着这里痛那里痛。记得几天前,房枝像平常一样为胜治擦净身体,收拾东西准备回家的时候,胜治低声呢喃道:

"……为什么我到快死了还得碰上这种事?"

房枝没有搭腔,离开病房。但是她没有马上走进电梯,而是躲进厕所的马桶间里哭泣。丈夫胜治也是个苦命人。他们这对夫妇辛苦一生,好不容易才活到这把岁数。

房枝漫不经心地把宪夫的妻子拿来的年节料理盒挪到手边。打开盖子一看,虾子鲜艳的色彩跃入眼帘。房枝拿起其中一尾。仔细想想,她从早上起就什么也没吃。

已经过了十二点。房枝打算下午去医院看看胜治,送些胜治能吃的食物给他,于是从架子上拿出塑胶保鲜盒。

就在房枝把昆布夹到盒子里时,电话响了。房枝瞬间心想或许是祐一打来的,但是这几天来,她的期待已经落空了几十次。是不是宪夫担心房枝的健康状况而打来的,还是长女担心孩子们的将来而打来的?

房枝拿着筷子接起电话,话筒中传来陌生年轻男子的声音。

"请问清水房枝女士在吗?"

听见恭敬有礼的询问，房枝答道："我就是。"

"啊啊，清水太太啊？"

房枝刚回答，年轻男子的声音就突然变得粗鲁。房枝有种不好的预感，忍不住握紧筷子。

"上次谢谢你跟我们签约哪。然后啊，关于下个月要送的货……"

男人自顾自地说着，房枝急忙插嘴："咦？什……什么货？"

"什么什么货，喏，就是上次你在我们事务所签下的健康食品的合约啊……"

措词虽然还算有礼，但男人听起来显得很不耐烦。

"……你记得吧？"

男人连珠炮似的说。房枝暧昧地点头："啊，哦……"她的膝盖已经发起抖来了。在那家事务所里遭到年轻男子恫吓时的情景再度浮现。她握着话筒的手也抖了起来，坚硬的话筒一次又一次地撞在耳上。

"然后啊，上次的合约是一年份啊。"

"一………一年份……"

房枝拼命压低嗓音，不让对方听出声音中的颤抖。

"一年份就是一年份。上次已经收了第一次的钱，下个月是第二次对吧？第二次不用缴入会费，所以恰好是二十五万日元整。怎么样？你要用汇的，还是我们去收钱？啊，用汇的话，手续费你要自己付哟。"

房枝不是害怕男人的声音。听着男人的声音，房枝陷入一种错觉,觉得仿佛又被强压在那家事务所的椅子上,被面露不耐之色的男人团团包围,被蛮横的语气命令"在这里签名就可以回去"。房枝用颤抖的手拿起笔签名,这让房枝想起配给时期拼命地接住扔过来的一丁点芋头的自己。

房枝小声地说:"哪……哪有这样的……"

男人立刻顶了回来:"啥?老太婆,你说什么?"

房枝因为太害怕,放下了话筒。她像要把电话压扁似的,用全身的重量压住放下来的话筒。瞬间,寂静造访厨房。房枝崩溃似的在椅子上坐下。她一坐下,电话又刺耳地响起。明明还没有拿起话筒,房枝却听见了男人怒吼的声音:"死老太婆!你干什么!逃也没用!我们现在就去你家!"房枝捂住耳朵。不管再怎么捂住耳朵,电话声仍旧响个不停。

◇

电话铃声不停作响,到了第二十一声总算停止了。

光代的视线从床边的电话移到祐一所在的厕所。

早就超过退房的时间了。要是在这里拖拖拉拉的,又得付延长费了。尽管心里明白,她却迟迟无法从床上爬起来。一直关在厕所里的祐一肯定也是同样的心情。这里是一晚四千两百日元的宾馆,早上十点一到就得离开。但是就算离开这里,他们也无处可去。

光代和祐一已经在各处的宾馆流浪几天了。在唐津警署前下定决心一起逃走的时候,他们本来打算立刻开车离开九州。但是尽管没有任何一方提起,车子却没有开往关门桥所在的门司方向,而是在佐贺和长崎的交界处来来去去;黄昏时分,两人找到便宜的宾馆就投宿,然后一到早上十点,就像这样被通知退房的电话所催逼。

一想到今天是除夕,光代就有种被紧紧捆绑、走投无路的感觉。不知道祐一有没有察觉今天就是除夕,两人完全没有提到这个话题。

"不可能再继续下去了,不可能逃得掉的。"

光代已经在心里呢喃了不知道多少次,但是几次之后,她又搞不懂不能再继续什么,无法从哪里逃掉了。是不能再继续流连各家宾馆、四处逃亡了,还是失去祐一,自己就活不下去了?

光代知道得想点办法才行。她听见一声几乎冲破胸膛的呐喊,告诉她这样下去不行。但是她不晓得离开宾馆后,除了再去找其他的宾馆,还能够做什么?每天只要找到新的一家宾馆,就能够暂时度过一天。

光代从床上挺起沉重的腰,朝厕所出声:"祐一,差不多该出去了。"

没有回应,取而代之,冲水声响起。

祐一一边系腰带,一边从厕所走出来,光代拿了双袜子给他,是昨晚稍微水洗之后晾干的,摸起来还有点湿。

"你睡不着吧?"

祐一穿着袜子,光代问道。"没有。"祐一摇摇头,但是他的眼眶下方浮现一片浓浓的黑眼圈。

光代茫然地看着祐一穿袜子,祐一露出歉疚的表情说:"我翻了几次身，你才没睡好是吧？"

"没有，我不要紧。"光代简短地回答。

"把车子停在什么地方，再补个觉吧？"

光代像要驱散沉重的空气似的说。

不可思议的是，两人在宾馆的床上几乎都睡不着，但是把车子停在路肩或停车场，就可以沉沉地睡上一个小时左右。

祐一换衣服的时候，光代不经意地翻开随手拿起来的笔记本，是宾馆摆在房间里面的杂记本。

"我又和高史一起来了。今天是第三次了！还有，今天是我认识高史第二个月的纪念日，我们去博多看电影回来。这里很便宜，又很干净，我超爱的！还有这里的炸鸡超好吃的！应该是冷冻食品，可是很脆呢！"

疑似女孩子的笔迹跃入眼帘，光代漫不经心地读着。

翻开下一页，上面用粉红色的荧光笔写着："今天我和阿敦隔了一个月见面。从今年四月开始，我们就变成远距离恋爱，觉得好寂寞唷。哭哭。"空白处用少女漫画的画风画了一个男朋友的图像，可能是写字的女生画的。台词框里写着："我绝对不会花心！"字迹强而有力，可能是男朋友写的。

光代不再翻开下一页，把笔记本放回桌上。

离开房间的时候，光代回头看床上。羽绒被折成了四折，底下的白色床单满是皱褶，像在述说着昨晚的失眠。忽地，光代心想：这张床和祐一的车子哪个比较大？在床上可以伸展身体，却哪儿也去不了。车子的话，虽然拘束，却能去到任何地方。

光代发着呆，祐一担心地抓住她的手。

他们走过铺着橘色地毯的走廊，走下白油漆粉刷的楼梯。把钥匙放进柜台的盒子，走向半地下的停车场时，一名大婶拿着扫把，正目不转睛地盯着祐一的车牌看。光代不由得停下脚步。大婶注意到脚步声，往他们瞄了一眼，又望向祐一的车子。

光代拉着祐一的手，快步跑近车子。大婶像要探问什么似的说道："呃，请问一下，两位客人……"

两人无视大婶的呼唤，上了车子。祐一先进车子，在他打开副驾驶座的车锁前，光代一个人暴露在大婶的视线底下。

即使如此，光代还是避开大婶的视线，坐进副驾驶座，祐一很快发动了车子。厚重的塑胶布帘舔过挡风玻璃似的翻起，冬天的阳光瞬间照进车内。在车子离开宾馆前，光代几乎是屏住呼吸的。她知道大婶正拿着扫把看着车子离去，但是她怕得要命，别说是回头了，连看后视镜确认都不敢。

"刚才那个大婶发现了对不对？对不对！"

车子来到一般道路后，光代才总算敢望向后视镜。但是倒映在镜子上的只有跟在后面的箱形车，别说是大婶的影子，连宾馆的入口都已被抛得远远的了。

"对不对！她绝对发现了！"

祐一没有回话，光代吼叫起来。

"她……她在看车牌……"

听到光代的叫声，祐一急忙答道，他可能很怕，油门踩得很用力。车子加速，后视镜里的后方车辆越来越远。

"怎么办？怎么办！已经不行了……不能再开这辆车子逃走了！"

光代忍不住高声说道，祐一一次又一次点头："嗯、嗯……"

早就知道这天会来临。只是一天又一天平安无事地度过，不知不觉间他们觉得不是在逃亡，而是在追赶着时间。但是现实并非如此。像这样在宾馆来来去去当中，祐一的资料早已顺着高速公路穿过县境，从遍布各地的县道、市道传播到每一个角落。

"继续开这辆车的话，马上就会被抓的。只能放弃车子了……"
光代呢喃着，祐一闻言猛地咽下口水。

她知道不可能逃得掉。就算逃跑，眼前也没有终点，除了被捕，没有其他的结局，她明白。不管再怎么欺骗自己，结局她也明白。但是，她现在不想和祐一离别。没错，她现在不想和祐一分开。

"我们把这辆车丢在哪里，逃走吧！只有我们两个的话，哪里都能躲的！"

光代只想从这里逃走。

◇

我从小学的时候就认识祐一，已经将近二十年了，对他很熟悉，但是那家伙有时候实在是不晓得在想些什么。所以除了我以外的人，都说祐一难以亲近，但是依我来看，他们真的是想太多了。事实上，祐一脑子里根本什么都没在想，或者说，他就像一个掉在球场上好几天的球,被孩子们玩了一整天,黄昏的时候,又被人踢到单杠底下,隔天又被别人一踢,又滚到樱花树底下……啊,这样说祐一好像很可怜,可是他并不觉得这有什么好难过的。反倒这样对他来说是比较轻松的。所以要是跟他说去哪里兜风吧,去哪边玩吧,他就会高高兴兴地开车,如果不愿意,他就不会出来,对吧?我也不会硬要他作陪。

祐一刚犯下那个案子的时候,其实我去了祐一家。那天黄昏,我在弹珠房发邮件给他,他就说下工后会过来,我们两个玩了一会儿弹珠,然后一同回祐一家,吃了外婆做的晚饭。

现在回想,那个时候的祐一有什么异于平常的地方吗?但是不管怎么想,那都是平常的祐一。或许祐一努力表现得跟平常一样,虽然那个时候他刚杀人没多久,但是在我看来,他跟平常没有什么两样。吃完晚饭以后,我到祐一的房间,祐一和平常一样躺在床上看着汽车杂志。

对了,那个时候我突然问他:"祐一,如果你将来一生都无法开车,你会怎样?"我没有什么特别的意思,只是因为祐一看杂志看得实在太入迷了……

结果祐一说:"要是没有车……我哪里都去不了。"所以我就笑着说:"只要坐电车或是走路,人哪里都去得了的。"

可是祐一没有回答半句……

"要是没有车,我哪里都去不了。"祐一那时的表情,让我印象深刻。

祐一是出了名的喜欢车子。我对车子完全没兴趣,不太懂,但是懂车子的人都说祐一的车子改造水准非常高,这么说来,祐一的车子也曾经被《CAR》什么的专业杂志介绍过呢。"这是全国性杂志哟!"祐一那时候难得露出兴奋的表情,我记得他好像买了五本当纪念吧。虽然只是登在后面的黑白页上,但是介绍了整整一页,照片上的爱车旁边,就站着紧张的祐一……

对了,那个时候,祐一正好迷上那个按摩店的女人。他说他送了一本杂志给那个女人。

可是那件事说来真叫人心酸。那个时候,我真担心祐一说不定会跑去自杀呢。哎,祐一每天上按摩店泡女人的行为的确不值得赞赏,可是那个女人跟祐一聊了那么多将来的梦想,让祐一满心期待,结果祐一一租下市内的公寓,女人就跑了。真是……

起初我什么都没有听说。直到有一天祐一突然来找我:"一二三,我要搬家了,你可以帮我吗?"

祐一本来就不会像我这样,喜欢到处跟人家聊东扯西,但是这事也来得太急了吧?所以我就问他理由,问他干吗要搬家?结果他说:"我要跟女人同居了。"老实说,我吓了一大跳。而且他还说对方是干特种行业的。那个时候我就有种不好的预感,只是这也不是我该多嘴的事,然后好像是隔周吧,我就帮他搬家了。可是就在搬完家之后没多久,那女的也没跟祐一说一声,就这么离职,人不见了。

其实就在一个月后,祐一又来拜托我帮忙他搬家了。虽然我没问,但祐一可能过意不去,主动把理由告诉我了,我听完真是整个人呆掉了。说穿了,他跟那个女的根本就没说好,只是祐一在按摩店的包厢里听到女人说想过这样的生活而已。祐一从以前真的就是这样。只有起承转结的起跟结,承跟转都是他一厢情愿地胡乱猜想,也不把自己的想法告诉对方。在他心里或许很顺理成章,可是对方根本不可能懂。"我想辞掉这种工作,跟祐一这样的人一起住在小小的公寓里。"听到女人这么说,他马上就去租了公寓,祐一就是这种人啊。

◇

没有吃过年面线,也没有年节料理,也没去神社参拜,初三就要过去了。自从知道博多的大学生不是凶手后,妻子里子再也没有进过厨房,石桥佳男为她在车站前的"热乎乎亭"便当连锁店买了两个幕之内便当[①]。

佳男煮开热水,泡了茶,端到里子面前,里子无力地掰开免洗筷,呢喃道:"便当店大过年也开店呢。"

"客人蛮多的。"

里子霎时好像要回什么话,可是又懒得开口似的,拿起筷子插入炖萝卜。

佳男还没有把在倾盆大雨的三濑岭见到佳乃的事告诉里子。他觉得如果告诉里子,里子应该会相信,可是又觉得要是告诉她,她

[①] 一种日式便当,由撒芝麻的饭团以及没有汤汁的配菜组成。起源于看戏时携带的饭盒,在各幕之间的空当食用,故称"幕之内"。

一定会立刻要求也带她去三濑岭,只是一想到万一里子没能在那里见到佳乃,佳男就怎么样都提不起劲告诉她。

那天以后,佳男因为太想见到佳乃,连续三天都到三濑岭去。但是佳乃只有在那天现身呼唤他"爸爸",之后不管佳男再怎么等,别说是见到佳乃,连她的声音都没听见。不过在第三天,佳男意外地在那里遇到了佳乃的同事——安达真子。

安达真子说,她已经来过三濑岭的命案现场好几次,给佳乃献花。她特地搭乘巴士上山,然后走到旧道来。

回程的时候,佳男开车送真子到久留米车站。在车上,对话并不热络,真子说她年底就要辞掉工作,回熊本的老家去。佳男问她回家后要做什么,她只说:"还没有决定,但是我好像还是不适合都市。"在车里,真子说她偶然在天神看见被释放的增尾圭吾。当然真子没有出声叫他,但是她说看到增尾的模样,她感到不甘心极了。她觉得或许是因为这样,才会产生回老家的念头。佳男拜托真子告诉他增尾的住址,真子说她不知道,但是犹豫了一下之后,说出一栋众所周知的建筑物名称,说增尾住的大厦就在旁边。

就在佳男和里子吃完便当的时候,警察打电话来了。佳男还以为凶手被逮捕了,但是上次来拜访的刑警告诉他,原本以为嫌犯已经离开九州,车子却在佐贺县的有田附近被发现了。

佳男挂断警方的电话后,转述内容给妻子听。意外的是,他毫无感慨。里子也没有回话,盖上连一半都没吃完的便当。

本来以为对话会就此结束,里子却突然低声呢喃:"警察大过年也工作呢。"里子的口气就像失去佳乃前的她。虽然没有笑,但她似乎拼命地想要挤出笑容。她喃喃自语着:"过年的时候也需要警察呢。"嘴角麻痹似的抖动着。

"要是大过年就开始工作,凶手很快就会抓到了。"佳男说。

"就算抓到,佳乃也不会回来了。"里子的表情又暗了下来。

"后天就要开店喽。"佳男改变话题,里子笑道:"嘴上这么说,到时候你又不开了。"

命案发生以来,佳男头一次看见妻子笑。虽然那表情实在称不上笑容,但妻子还是努力微笑,让佳男感到欣慰。

"里子,其实啊……"

佳男想把三濑岭发生的事告诉里子。佳乃在倾盆大雨中现身,频频道歉说:"爸,对不起。"他想把这件事告诉妻子,却说不出口。

里子把吃剩的便当用塑胶袋包起来,一次又一次地打结。她打了太多次结,到最后已经没有空间可以打结了。佳男从她手中抢过塑胶袋,扔进厨房的垃圾桶。妻子望着便当"咚"地掉进垃圾桶。

"我说啊……"她出声说,"……我真的不懂,那个大学生为什么要把佳乃丢在山里?"她唐突地问。

"……我想知道为什么。仔细想想,那孩子打电话说要去大阪环球什么乐园的时候,也提到那个大学生的名字……"

里子盯着垃圾桶说。

佳男问道:"佳乃说要跟那个大学生去吗?"

"佳乃说还不知道,可是她好像很高兴,说要是能一起去就好了。"

佳男无话可说。有个凶手杀了自己的女儿。有个家伙践踏了女儿的爱情。憎恨的应该是凶手,但是浮现在脑子里的净是女儿被踢出车子的景象。

隔天早上,佳男开车前往博多。

◇

外面传来一群年轻男子的笑声和脚步声,光代屏息听着。祐一同样蹲在一旁,搂着光代的肩膀。

那群年轻人刚开车来到这里。两人听见车子的引擎声远远地爬上狭窄的林间小路,祐一顿时拉住光代的手,躲进灯塔旁边的小屋里。

车子开上林间小路,在稍远处的停车场停下来后,三四个人的脚步声往这里走近,同时伴随着这样的对话:

"这里真是阴森森的。"

"之前还摆了路障不让车子进来呢。"

光代两人潜藏的小屋里,有一道镶有雾面玻璃的门,在月光照射下,玻璃中的方格状铁丝浮现出来。

年轻人的谈话声和脚步声转眼间就来到这道门前,门突然"喀喳喀喳"作响,他们粗鲁地试图开门。

"开着吗?"

"没有,锁上了。"

"要不要用石头敲破?"

雾面玻璃另一头出现了几道人影。光代忍不住把身子挨近祐一,握住彼此冻僵的手。

"不要啦,反正里面什么都没有。"

话声响起,同时"咚"的一声,一块大石头掉到地上。好像真的有人捡起石头了。

祐一蹲着,旁边摆着一桶一点五公升的宝特瓶矿泉水。祐一好像没注意到,但瓶子似乎随时都会倒下来。

"前面的路太暗了,很危险啦!"

好像有个人先往灯塔走去,另一个人叫道,于是站在门外的人影一边踢着小石子,一边走开了。

光代趁机抓住宝特瓶。祐一以为光代是要抱住他,紧紧抱住握住宝特瓶的光代。

年轻人似乎往灯塔前方的断崖走去了。

"早知道就来这里看元旦日出了。"

"这边不是西边吗?"

"这座灯塔一直用到什么时候啊?"

"可是四个大男人到这种地方来,一点意思都没有啊。"

话声连光代和祐一屏住呼吸躲藏的小屋都听得见。

可能是太冷了,年轻人连一分钟都待不住,又回到小屋这边来。"求求你们,就这样回去吧,求求你们。"光代在心里祈祷。

一道、两道人影从雾面玻璃门另一头走过。第三道影子过去,就剩下一个人的时候,那人突然用拳头敲打玻璃。屏住呼吸的光代差点叫出声来，急忙把嘴巴抵在祐一的肩膀上。

年轻人商量着接下来要去哪里，离开了。停车场传来发动引擎的声音。

祐一拍了光代的背两下，光代似乎放下心来，"嗯"的微微点头。引擎声逐渐远去。

祐一站起来，窥看外头，谨慎地打开门。光代也站在祐一背后，确认外面的情况，车灯照亮树林，逐渐开下林间小路。

冬季的夜空闪烁着满天星辰，拍打在断崖上的波涛声就在近处。风很强，贴在小屋窗上的三合板被吹得挠弯，噼啪作响。光代做了个深呼吸。仰望前方，灯塔正沐浴在月光下。

数天前，他们在有田放弃了车子。祐一迟迟下不了决心，光代提议说："我们去看灯塔吧。"她明白不可能逃得掉，却抵挡不了想要和祐一多待一个钟头、多待一天的心情。

"有一座现在已经没在使用的灯塔。"

祐一呢喃，总算决心丢弃车子。

祐一默默地拿出放在后车厢里的睡袋。睡袋是鲜红色的，好像是一个人远行兜风时使用的。

他们从有田换乘电车及巴士来到这里。光代被祐一牵着走，也不去确认自己是从哪里上了电车，又是在哪里下了巴士。

他们搭乘巴士在沿海的道路坐了一段路，在有灯塔的小渔港下车。巴士站前面有一家不是连锁的便利商店，还有小型加油站，除此之外，只有庭院里晒着渔网的几十户民家而已。

从巴士站走上一会儿，有一座神社，旁边有一条陡急的林间小

289

径。小径的入口竖着"此路不通""关闭中"的牌子。路肩长满茂密的杂草,使得原本不宽的柏油路更显狭窄。两人手牵着手,就像在草原中前进似的,上坡走了将近三十分钟。

"快到了。"途中祐一好几次这么鼓励光代。

陡急的林间小路尽头处,天空整个扩展开,伫立着一座白色的灯塔。

"喏,在那里。"

放弃车子以后,祐一第一次微笑了。

穿过小路以后,有一座小型停车场。当然里面没有半辆车子,地面的柏油四处龟裂,杂草强而有力地探出头来。停车场再过去是栅栏围住的灯塔土地。穿过破损的栅栏,走进里面,脏兮兮的灯塔仿佛要倒向他俩似的近在眼前。灯塔底下有一栋管理小屋,白色的墙壁同样肮脏不堪,祐一转动门把,门一下子就开了。

里面满是灰尘,一片空荡,光线从门口照进去,把空气里的灰尘照得闪闪发亮。房间角落立着几块三合板,还有一把海绵破掉绽出的铁管椅。地板上散乱着古早的面包塑胶袋和果汁空罐。

祐一将三合板铺在地上,把睡袋扔到上面。然后他马上牵起光代的手,来到灯塔正下方。一只鸢在冬季的天空回旋着。感觉天空伸手可及。

灯塔俯视着断崖底下广阔的大海。扶手绑着铁锁,另一头没有道路,底下传来激烈的浪涛声。望着眼前的风景,让人觉得与其说这里是尽头,倒不如说从这里可以前往任何地方。

"你会饿吗?"

祐一问道，光代望着遥远的水平线，点了点头。虽然有太阳，但是吹上悬崖的风很冷，两人为了避风，回到满是尘埃的管理小屋。他们把睡袋摊在三合板上，吃起在巴士站前的便利商店买来的便当。

"这里不会有人来吗？"

光代问道，祐一嘴里塞满了饭，点了点头。

"可以在这里待上一阵子吧？"

光代说，祐一停止咀嚼。

"可以到底下的便利商店买蜡烛跟粮食……"

祐一说着，声音越来越微弱。

从唐津警察局前面逃走后，两人没有讨论过最重要的事。他们并不是以为自己逃得掉。两人可能都只是想在被捕之前厮守在一起，却怎么样也说不出口。

◇

健康食品公司在除夕打了一通恐吓电话，但是过年以后就没有再打来了。房枝知道不能一直缩在厨房角落害怕个不停，但是一想到电话什么时候会再打来，那些男人什么时候会杀到家里来，光是坐着，身子就忍不住发抖。

这时候，门铃响了起来。房枝不禁在心中呢喃"终于来了"。但是接着传来的却是派出所警员的声音："大婶？你在吗？"

房枝大大地松了一口气，身子几乎要瘫软下去，她急忙跑到玄关。

"大婶,你知不知道祐一有个朋友,叫做马迁光代?好像是在佐贺的服饰店工作的女孩。"

房枝一打开玄关门,警察也没打招呼,劈头就这么问。寒风从大开的门口吹进来。房枝面对边搓着手边问的警察,虚弱地摇摇头。

"这样啊,大婶果然不知道呢。啊,祐一那家伙好像带着那个女孩逃走了。"

"带……带着女孩子家……"

"啊,好像不是祐一强迫带走人家的,是那个女孩自愿跟他走的……"

房枝在玄关平台上瘫坐下来。警员可能觉得再问下去也没有结果,拍了拍房枝的手臂,留下一句"祐一的车子好像在有田找到了",便离开了。

房枝只能目送警员的背影离去。

祐一丢掉了车子。那个祐一竟然放弃车子了……

房枝看见祐一摇摇晃晃地远离车子的背影。"你要去哪里!"房枝拼命叫他,祐一的背影却消失在未曾见过的黑暗森林中。

这个时候,厨房的电话响了起来。房枝一下子被拉回现实,不由得想叫住派出所警察。但是警察是来调查犯下杀人命案的孙子的,她不可能找人家商量恐吓电话的事。

如果不接电话,那些男人一定会来这里。可是如果接电话,对方或许会告诉她什么解决之道。房枝只能抓住那一缕希望了。她回到厨房，以发抖的手接起电话。

"喂？妈？是我，依子啦！到底是怎样了？祐一杀了人是怎么回事！那不是真的吧？喂！喂？"

话筒里传来的，是房枝的次女——祐一的母亲依子的声音。

"喂？我叫你啊！"

依子激动地只顾着自己说，房枝总算挤出一句话："你啊……"

"警察跑来我工作的地方了！说什么祐一杀了人，一副我藏匿祐一的口气，连员工宿舍都被他们翻过了……"

"……你过得还好吗？"

女儿那种完全无视对方的口气，让房枝想起依子年幼的时候。依子从小就很好强，上中学的时候就常常玩到三更半夜。一到周末，飙车族的车子和机车就会发出震天价响的咆哮声，聚集到这座小渔村来。丈夫胜治拉扯依子的头发阻止她出去，依子甚至踢开胜治，也要离开家里。有时候依子在市内遭警方取缔辅导，夫妇俩不止一两次在半夜到警署去接她。依子高中毕业后，马上到酒店工作。酒店的工作也不是不好，事实上，依子工作后，整个人变得稳重许多，偶尔回老家来，还会为胜治斟酒，高高兴兴地留下店里的名片说："爸偶尔也到我们店里来喝一杯嘛。"

然而依子没跟父母商量一声，就和一个没用的男人结了婚，两三下就被抛弃，丢下已经出世的祐一跑掉了。从此以后，她只有每隔几年突然想到似的打电话回家。依子总是在电话里说"我真的觉得对妈过意不去""下次一起去泡温泉吧"，却从来没有回家过。

"祐一不是真的杀人了吧？"

依子非常激动,房枝说不出话来。

沉默当中,依子叹了一口气。"不是有妈陪着吗……真是的,你到底是怎么养的,怎么会养出那种人!"她接着火冒三丈地叫道。

"反正那孩子不可能到我这里来。你跟警察这么说,知道吗?那孩子只会到我这里来讨钱而已。明知道我穷,还死皮赖脸地硬是要讨个一千、两千的才肯回去。"

听到依子激动之下说出来的话,房枝忍不住问道:"你们见过面?"依子一副懒得解释的态度,扔下一句"反正你跟警察这么说就是了",挂断了电话。

房枝陷入茫然。祐一和依子偷偷见面这件事虽然让她吃惊,但是她完全无法想象那个祐一竟然会向依子讨钱。比起向母亲要钱这件事,祐一因为某些理由不小心杀了人要更现实多了。

◇

朝阳照进玻璃窗后,室内的气温也稍微上升了一些。光代在睡袋里亲吻祐一的脖子。

虽然有睡袋,但是睡在地板的三合板上,背和腰都痛极了,光代在半夜醒来好几次。醒来一看,吐出来的气息一片雾白,耳朵和鼻子冻得发疼,但是拥挤的睡袋感觉得到祐一的体温。

三合板旁边,白色的塑胶袋堆积如山,里面装着两人这几天吃剩下的便当盒、面包袋与宝特瓶之类的垃圾。躺在这里,这块三合板就宛如在天空飞翔的魔毯。

光代的动作把祐一吵醒了。他对着光代的头顶低声说"早",紧紧地抱住了她。光代被他拥抱着,说:"等一下我去一趟便利商店。"睡袋里温暖的空气从两个人的肩口流了出来。

"你一个人真的不要紧吗?"

祐一半带哈欠地说。

"不要紧,我想我一个人去比较保险。"

"那我陪你下去,躲在草丛里等你。"

"真的不要紧啦。"

光代在狭窄的睡袋里敲敲祐一的胸膛。

昨天两个人一起去了便利商店。可能是已经一起去了好几趟,结账的时候,店员大婶问道:"你们不是本地人吧?"光代情急之下答道:"呃,嗯,我们年底的时候就到亲戚家来玩。"

"哎呀,真的?从哪里来的?"大婶又问。光代不经思索地随即回答:"佐贺。"

"佐贺的哪里?"大婶再问。

"呼……呼子那里。"

大婶似乎还想再聊,但光代收下找零后,拉着祐一的手,逃也似的离开店里。

如果今天又碰上那个大婶,这是个小镇,她很有可能会问:"你亲戚是哪一家?"那么一来,就再也不能去那家店了。如果要找别的店,就只能沿着街道一路走到邻镇去才行。

祐一从睡袋里爬出来,踩着运动鞋,走向厕所。这座灯塔已经好几年没有使用了,但厕所的水很幸运地没有被停掉。厕所虽然称不上干净，但光代觉得仿佛是上天冥冥之中在帮助他们，感激地几乎要对冲下来的水合掌膜拜。

"变得好干净哟。"

祐一走进厕所前，再次佩服地轻声说。

"我可是花了两小时打扫的呢。"

光代躺在睡袋里说。祐一指着面朝海的窗户说："你去便利商店的时候，我拿个东西塞住那边破掉的玻璃窗好了。"

他们用在便利商店买来的胶带贴住破掉的窗户，但是风一大，还是会有风从缝隙里钻进来。

祐一上完厕所后，拿着宝特瓶的水去外面，光代问他："除了食物外，还有什么需要的吗？"

"食物以外的东西吗？……那买副扑克牌吧。"

"扑……扑克牌？"

光代不由得认真地反问，但她很快就发现祐一是在开玩笑了。祐一被冬天的朝阳照得眯起眼睛，发出怪笑声笑着光代。

光代爬出睡袋，把还留有两人体温的睡袋在三合板上折好。她听见祐一用宝特瓶里的水漱口，跟着走出外面，眼前是一片太阳照射下波光粼粼的大海，海鸥低空飞着。

"好漂亮……"

光代忍不住看得出神，这么呢喃。祐一把嘴里的水吐到脚下，难为情地说："这么说来，我昨天做了一个梦。"

"梦？怎样的梦？"

光代从祐一手中抢过宝特瓶。

"跟你住在一起的梦。喏,昨天睡前我们不是在讨论吗?要住的话,要住在怎样的家。就是我们住在那里的梦。"

"你说哪种?独门独户的,还是公寓?"

"公寓……可是在梦里,我被你踢下床了。"

祐一说道,笑了一下。光代喝了口宝特瓶里的水,回道:"因为我在睡袋里真的踢了你嘛。"

祐一面对大海大大地伸了个懒腰。他的指尖仿佛就快碰到天空。

"等一下我们拔些杂草,铺在三合板底下怎么样?"

"铺草的话,会变得比较软一点吗?"

光代再喝了一口水。尽管没有放在冰箱,水却冰得仿佛冻结了。

◇

每个人都说是因为我抛弃了祐一,那孩子才会干出这种事来,光是责备我一个人,可是实际上养育那个孩子的,是我的母亲啊。啊,我当然不是在责怪我的母亲。只是电视杂志把责任全怪到我一个人头上不是吗?女主播一副别人的人生事不关己的模样,轻描淡写地说明命案的经过,然后一些不可一世的评论家再发表意见,讲了一堆有的没的,结果最后结论总是抛弃孩子的母亲才是这个命案的元凶。

把那个孩子丢在岛原的渡轮码头以后,我好几次想要寻死。可是，我怎么样就是死不了。

回到老家，父母说："祐一由我们来抚养。"连监护权都被抢走了。那感觉就像被宣告："你离开这里吧。"

可是啊，再怎么说我都是祐一的母亲。就算分隔两地，我还是一直担心着祐一。对于那些和我交往的男人，我也从来没有向他们隐瞒过祐一的事。

我一直没有跟祐一联络，是因为母亲会抱怨："你没意思扶养祐一，就不要打电话来。"而且祐一好不容易才习惯跟母亲他们生活，又让他想起妈妈，实在很可怜。可是我心里总是惦记着祐一的。所以我一直等到祐一上了高中，才偷偷跟他联络。因为我想祐一上了高中的话，应该就可以和他谈论许多事，对于男女之间的问题，他也应该能够稍微理解了吧。

当然，我们彼此起初非常生疏。可是再怎么说都是母子，见个面，说说话，就好了。我到现在都还记得那时候一起吃的乌冬面的味道呢。祐一撒了一大堆七味粉，我吓了一跳，问他理由，他说："外婆做的菜都没有什么味道，所以我都加一堆七味粉、芥末、蛋黄酱跟番茄酱。"听到这段话，不知道为何，我心想祐一在那个家备受呵护，便感到放心了。

后来我们大概每半年见一次面吧。祐一还是学生的时候，就选在暑假或寒假，两人一起吃个饭之类的。祐一本来就是个沉默寡言的孩子，跟他在一起，也没什么话可说，可是只要找他，他却会马上过来。

那是什么时候的事？祐一进入社会后过了几年，他的性格突然变了。

那天我心情非常低落。我们在岛原市吃过饭后,祐一开车送我回公寓,我在车子里突然哭了出来。

当时我跟同居的男人处得不是很好,在职场又被分配到不喜欢的职位,很多琐碎小事撞在一起,弄得情绪很不稳定,然后我突然觉得抛弃祐一的自己是个无可救药的女人。虽然当时还年轻,但是如果我能振作一点的话,就不会让祐一尝到这么多寂寞辛酸了。

那个时候,我真的在车子里哭了起来。

我对祐一说,你妈这么没用,真的对不起。你妈这么坏,可是每次找你,你还是马上就来见我,也没有半句怨言。你妈这个样子,你还是愿意叫我"妈",像这样见到你,妈真的觉得难过死了。都是妈不好,你要怎么恨你妈都可以。妈只能背负着这个十字架活下去了。

我停不下来,我哭个不停,车子已经到了公寓前面都没有发现。可是……

车子停下来后,我总算止住哭泣,差不多要下车的时候,那孩子突然开口说:"妈,可以借我一点钱吗?"一时间我怀疑我听错了。在那之前,就连我要给他一千日元零用钱,那孩子都绝对不收的。由于太突然,我吓了一跳,不过我马上打开钱包,给了他五千还是一万。我哭着问:"你要钱做什么?"结果他竟然一脸凶狠地说:"不关你的事。"

就是从那天开始,只要见面,祐一就一定会说"给我钱""借我钱"。最初我是怀着赎罪的心情给他钱的,可是我也是每个月靠着十二三万在过活,根本没有多余的钱可以给他。每次见面,祐一

299

就只会满口要钱,渐渐我也不再联络他了,没想到他竟然不顾我的情况,独自跑来见我,说他在等发薪,身上没钱,不管是一千还是两千都好,都一定要搜刮回去才甘心。

那孩子会做出这种事,抛弃他的我当然也有责任。可是我也有话要说,我已经被惩罚得够多了。钱包里仅存的一点血汗钱全都被自己的孩子硬是抢走,你也想想我做母亲的心情嘛。很难过的,很心痛的。有时候我甚至觉得那孩子简直像个恶鬼。现在我几乎是憎恨着他的。

◇

"好痛、好痛!"

光代尖叫起来。她伸长了腿,坐在睡袋上,祐一正帮她按摩脚底。

"这里痛吗?那你脖子不好喽?"

光代也不晓得自己是在哭还是在笑,但祐一一脸兴味盎然的样子看着她,又用力压下拇指根部。

"啊、啊!等、等一下!"

光代拼命想逃,但祐一的大手就是不放开她的脚。

"好啦好啦,不按了啦……不过这里也会痛吗?"

"好痛!"

"这里也会痛吗?"

"你……你看我的表情像不痛吗?"

"这里痛的话,表示你睡眠不足。"

"不用你说我也知道!睡在三合板上,哪里能睡得舒服嘛!"

"可是昨天你打鼾了。"

"我才不会打鼾,不过我会说梦话。"

光代想要逃走,祐一安抚她似的,这次温柔地为她揉起小腿来。

直到刚才,他们还在灯塔底下做日光浴。从断崖蹿上来的风很冷,但是祐一在树林里捡了一个小汽油罐,在里面生火,然后两人围在旁边吃着事先买来的吐司。枯木噼啪燃烧的声响让他们连昨晚的寒冷都给忘了。

"要是去便利商店买年糕,能不能用刚才的汽油罐烤啊?"

光代让祐一揉着小腿,这么问道。祐一答道:"如果有什么当网子的东西,就能烤啊。"

"对了,你一般过年都怎么过?"

祐一帮光代穿上袜子。

"过年?最近几乎从除夕就在舅舅家跟同事一起喝酒,然后半夜去拜拜。初三会去兜风吧。"

"自己一个人?"

"有时候是一个人,有时候会和一个叫一二三的朋友一起去。你呢?"

"我?初二早上店里就营业了。所以在这种状况下说这种话或许很怪,不过我好久没像这样悠哉地过年了。"

光代自己穿上另一只袜子。她明白说什么"像这样悠哉地过年"其实很不恰当,可是就是情不自禁地说了出来。

去年过年，做了什么？

光代穿上鞋子，丢下躺在睡袋上的祐一，走出小屋外。即使这里是九州的西侧，冬季的太阳也西沉得特别快。刚才还在头顶上照耀着海面的太阳，现在已经落至水平线，呈现出淡淡的红色。

光代走到灯塔底下，从围起的铁链探出身体，窥看深深的断崖。高浪像要削掉岩石似的拍打着。

去年除夕，光代下班以后离开店里，已经过了六点。那是年底大拍卖的最后一天，所以提早打烊，但是一整年站着工作的疲劳还是一口气涌了上来。

每年只有除夕这天，光代会住在老家，不过去年她先骑脚踏车回到公寓。妹妹珠代几天前就和男朋友一群人到北海道去旅行了，桌上摆着似乎忘了带走的行程表。光代打算在回老家前先来个年底大扫除，擦了玻璃窗。她用冰冷的水沾湿抹布，从窗户探出身体，忘我地擦着。

次日元旦，上午的时候，一家人围坐着享用母亲做的年节料理。然后全家去附近的神社拜拜，回来以后，就无事可做了。弟弟、弟媳和侄子坐车回去了，母亲看起过年特别节目，喝醉的父亲在一旁打鼾。

光代闲得发慌，骑脚踏车去全年无休的购物中心。路旁的大型停车场停满了车子，店里也到处是全家出游、盛装打扮的客人。

光代并没有特别想买的东西，她先绕到书店。店头有个架子陈列着畅销书，她拿起一本改编成电影的恋爱小说，但是一想到明天又要工作，就觉得书里的铅字好沉重。她离开书店，这次走进CD

店。她拿起工作时常在广播中听到的福山雅治的歌,犹豫了一下要不要买,最后又放回架上。

从 CD 店的窗户望向外面。那里摆着刚才停放的脚踏车,车篮里不晓得是谁丢的,放了一个空罐。霎时,眼前一片模糊。光代这才发现自己在哭。她急忙跑出店里,找了间厕所关进去。她也不晓得为什么哭,并不是因为有人把空罐丢在她的脚踏车篮子里……

她没有想要的书和 CD。新年才开始,她却没有想去的地方,也没有想见的人。

一进厕所,她再也忍不住了。泪水毫无理由地泉涌而出,等她回过神来,早已经号啕大哭起来了。

光代也不在乎从崖下吹上来的寒风,眺望着大海。白天晴朗无云的天空不知不觉间覆盖了一片厚重的云层。若气温持续下降,今晚或许会下初雪。

忽地,光代感觉背后有人,回头一看,祐一正冷得蜷起背,目不转睛地直盯着她看。

"再不去便利商店,天就要黑了。"

祐一走过来,站在她旁边,伸长脖子望向底下的断崖。他的喉结突出,被透过云层微微照射下来的夕阳给染红了。

"如果我没有求你跟我一起逃走,你那个时候会去警察局自首吗?"

突然冒出的这个问题,光代这几天一直都很在意。祐一看着断崖,简短地答道:"……不晓得。"不管怎么等,祐一还是没有作答。

"有件事我一定要说清楚。"

光代说道，祐一听到她的话，有点紧张。

"不是你带着我逃走的。是我求你，叫你带我一起逃的。不管谁问你，你都要这么说哟。"

祐一似乎不晓得该怎么理解光代的话，皱起了眉头。光代觉得这样简直像是在道别，忍不住将脸埋进祐一的胸膛。

"在遇到你之前，我从来不觉得一天竟然有这么宝贵。工作的时候，一天总是一下子就过去了，一星期也一下子就过去了，回头一看，一年已经过去了……我以前到底是在做什么？为什么我一直没有遇到你？如果要我选择过去的一年，或是和你在这里度过的一天，我一定会选择和你在这里度过的一天……"

光代让祐一抚摸着头发，说到这里，终于忍不住啜泣起来。祐一的手刚从口袋里伸出来，暖得就像毛毯一般。

"我也会选择跟你在一起的一天。其他的我真的都不要……可是我什么事都不能为你做。我想带你去许多地方，可是我哪里都没办法带你去。"

光代的脸颊按在祐一的胸口。

"……我们还能像这样在一起多久？"

祐一寂寞地呢喃。话声刚落，一朵细雪落在围绕着断崖的铁锁上，融化了。

◇

突如其来的细雪，落在脚下紧踏住的柏油路上融化了。刚下雪的时候，走在前方的增尾圭吾停下脚步，仰望了天空一下。

转眼间，眼前的世界被细雪所覆盖。博多的天空一片阴沉，由于降下的细雪使得街景失焦，近处的邮筒看起来变得遥远，道路另一头的大楼却直逼而来。

走在前方的增尾距离约十米远，两人之间也下着无数细雪。

石桥佳男每踏出一步，就拼命压抑随时要跑出去的冲动。前方的增尾不晓得正被人跟踪，一只手插在牛仔裤口袋里，冷得缩着肩膀行走。

两天前，佳男出于连自己都感到吃惊的冲动，跑出久留米的家，他很快就找到佳乃同事所说的增尾住的大厦。

在三濑岭把女儿从车子里踢出去的大学生，就住在豪华大厦的最顶楼。佳男搭乘电梯前往八楼。上楼途中，他感觉到藏在外套口袋里的扳手重量。虽然有门铃，但佳男直接用手掌拍门。他一次又一次敲打厚重的门扉，大叫："给我出来！给我出来！"

敲了好一阵子门，门依然没开，不知不觉之间，佳男的鼻子靠在门上，哭了起来。

"给我出来……我绝不放过瞧不起佳乃的家伙……"

门的另一头没有半点声响。

佳男忍住泪水，离开门扉。他一走进电梯，佳乃在山上被踢出车子的情景又浮现在眼前。佳男不断捶打着电梯门。

他不是来逼问对方为什么丢下佳乃的。就算逼问，佳乃也不会回来了。佳男身为父亲，无法原谅践踏女儿感情的家伙。身为父亲，他只是想守护女儿的心意。

佳男回到停在大厦前的车子，用手机打电话给妻子里子。

"我今晚不回去了。不用担心。事情办完我就回去。"他一鼓作气地说完，里子沉默了一下，问道："你现在在哪里？"

"博多。"

佳男简洁地回答。里子沉默了一会儿，说："我知道了。事情办完后，你一定要回来。"

雪下得更大了，增尾在其中穿梭。不晓得他要去哪里，脚步轻盈得几乎就要跳起步子来，他无视红灯，走过斑马线。

佳男重新握好怀里的扳手，追了上去。他一走上斑马线，就差点被左转过来的计程车给撞上，司机按下震耳欲聋的喇叭。佳男几乎要跌在地上，勉强扶住车子的保险杆撑住了。

司机打开车窗吼道："你走路不长眼睛啊！"两个女高中生正在等红绿灯，她们缩起围着围巾的脖子观望情况。已经走过斑马线的增尾也被喇叭声和吼声给引得回过头来。

佳男无视司机，追上增尾。喇叭声又在他背后响起。

穿过斑马线后，增尾的背影越来越远。佳男在雪中跑了起来。怀里的扳手剧烈晃动，不断敲击着他的肋骨。飞到脸上的细雪融化了，从眼角像泪水般流过脸颊。

就在这时，增尾注意到脚步声从背后靠近，转过头去。他看到佳男往他冲过来，作势要逃地说："你……你干吗？"

佳男就站在增尾面前，紊乱的气息化成纯白的热气。站在近处一看，佳男感觉到增尾个子很高——不，是自己个子太矮。即使如此，佳男还是瞪向从上方睨视的增尾。

"你是增尾圭吾吗？"

佳男喊得格外大声。声音在近处的半地下停车场回响着。

"你……你谁啊？大叔？"

增尾退了一步。佳男伸手进外套口袋，触摸沉甸甸的扳手。

"是你把佳乃害死的。"

"啥？"

"都是你，把我的宝贝女儿害死了。"

佳男眼皮不眨一下，瞪着增尾的眼睛。增尾狂傲的眼底一瞬间浮现出怯色。

"你为什么做那种事？"

"啥？"

"你为什么……把佳乃丢在山上！"

佳男突如其来的吼声，把正好走出电线杆后面的猫给吓得全身寒毛倒竖，溜了出去。

"干……干吗啊？没头没脑的。"

增尾想要逃走，佳男抓住他的手臂。增尾扭动着身体，想要挣脱。

"又……又不是我杀的！我啥都没做啊！"

增尾甩开佳男的手。甩开的时候，增尾的手肘狠狠地撞到佳男的脸。顿时佳男眼前一片空白，在地上跪了下来。即使如此，他还是紧紧抱住想要逃跑的增尾的脚不放。

"放开啦！你……你干吗啦！"

增尾粗鲁地甩脚。佳男的膝盖拖过地面，一阵扎刺的疼痛传了上来。增尾硬是走出去，把抱住自己的佳男一并拖着走。

"放开啦！"

瞬间佳男的手松了。增尾随即抽出脚，几乎是不经思考地踹上佳男的肩膀。佳男被踢，身体水平后飞，后脑勺撞到护栏，发出"咚"的一阵闷响。

"我啥都没做啊！"

增尾一副烦躁又害怕的表情，扔下这么一句话，跑掉了。佳男在变得更加模糊的视野中，瞪着增尾逃走的背影。

"等一下……向佳乃道歉……"

他喊叫着，口中却只传出白色的气息。增尾逃走的身影被暴风雪给埋没了。一朵冰冷的雪花掉在佳男的睫毛上融化了。

"佳乃……爸不会输……"

逐渐淡去的意识中，年幼的佳乃摇摇晃晃学步走的模样浮现在眼前……这里是哪里？是哪里的渡轮码头？另一头是一片大海。佳乃跑过宽阔的停车场。她的手里拿着在摊贩买来的烤鱼卷，跑向海边。

"你……你还好吗？"

就在即将失去意识的当下，忽然有人出声。一个年轻男子欲扶起佳男的身体。

"站……站得起来吗？"

"去追那家伙，追那家伙……"

佳男拼命地拜托，年轻男子跟着望向增尾逃掉的方向。

"追……追增尾？为什么？"

年轻男子不安地问。

漆黑的乌鸦就在距离不远处啄着垃圾袋。垃圾袋被拖过地面，上头不知不觉间也积起了雪。

◇

漆黑的乌鸦激烈地甩着头，啄破便利商店的塑胶袋。原本似乎是便当保鲜膜的东西变成团状，从破掉的洞口掉了出来。柏油路上薄薄地积了一层雪，留下了乌鸦的脚印。乌鸦偶尔张开翅膀，拍打到电话亭的玻璃。

光代把公共电话冰冷的话筒按在耳上，轻轻踢着电话亭的玻璃，想要赶走乌鸦。乌鸦吓了一跳，衔着塑胶袋往后跳了一步。

"喂？"

就在这个时候，话筒另一头传来妹妹珠代的说话声。

"喂？是谁？"

珠代警戒的声音又响了起来。

"对不起，一直没有联络。"

"光……光代？等一下，你现在在哪里？你干吗都不联络我？你现在一个人吗？你……你还好吗？"

光代一出声，珠代便连珠炮似的问个不停。光代连回答的空当也没有，勉强只说了一句："等……等一下，你冷静点。"

"我怎么可能冷静！这里已经闹翻天了！大家都说你被杀人犯

带走了！你还好吗？难道犯人就在你旁边？"

"没有，我现在是一个人。"

"那……那你快逃啊！你现在在哪里？我马上打电话叫警察！"

"哎……哎哟，你冷静一点啦。"

珠代一副真的就要去报警的模样。这也难怪。那天晚上，光代几乎是被祐一强拉上车以后，只联络了珠代一句"不用担心"，后来虽然传了几次邮件，但是不管珠代问她什么，也都没有说明原委。不过那也只到手机的电池用尽为止。

"喂，你现在真的是自己一个人吧？"

珠代再次问道。

"如果你真的是一个人，那你说这句话：'快点打电话报警。'"

"什么跟什么啊？"

"如果犯人不在，你就敢说吧？"

珠代好像是认真的，光代没办法，只好重复她说的那句话，又加了一句："跟我在一起的那个人，真的不是个坏人。"

话筒另一头很快传来岂有此理的叹息。

珠代说，到昨天为止，都有刑警在老家监视着。警方似乎认为是祐一强迫带走光代的，新年特别节目结束后，八卦节目在报道了，里面虽然没有登出名字和照片，而且打上了马赛克，但是也拍出了光代与珠代居住的公寓。搜查进行得比想象中的更快。

光代听着珠代的话，想着被留在林间小路的祐一。她说她可以一个人去便利商店，要祐一在灯塔的小屋等她，但祐一很担心，跟着她一起下山，现在躲在草丛里。不只是这里，草丛那里一定也开始积雪了。

"你真的不是被强迫带走的？"

珠代在电话另一头问，光代斩钉截铁地说："嗯，不是。"

"那你打算怎么做？你知道对方是个什么样的人，还跟他在一起吗？"

光代不知道该怎么回答才好。她沉默不语，结果珠代半带哭声地说："真是的，你干吗好死不死跟个杀人犯……"

"珠代……"

不知何时，外头的乌鸦不见了。乌鸦踩出的脚印上也积雪了。

"我做了不得了的事呢。"

听到光代的话，话筒另一头的珠代咽下口水。

"你知道的话，就快点……"

"可是，我平生第一次有这样的心情，我想跟他在一起，哪怕是只多一天也好……"

"什么想跟他一起……你这样太任性了吧？"

"咦？"

珠代意外的一句话，让光代忍不住握紧话筒。

"该不会是你叫人家跟你一起逃的吧？就算你再怎么喜欢人家，也不能用你的心情去束缚别人啊。如果你真的喜欢人家，不管再怎么痛苦，都该带他去投案才对啊。你自己倒好，但是越是逃，他的罪便会越重啊。"

回过神时，光代冻僵的手已经按下了电话挂钩，耳边只留下"嘟"的无机质响声。珠代点出了她再明白不过的事。她打电话给

311

珠代，不是期待珠代能够理解，可是这下子她更深切感受到她和祐一有多么的无依无靠了。

离开电话亭一看，雪已经停了。

光代在薄薄的积雪上踩出脚印，前往马路对面的便利商店。食物已经买好了，不过她想为祐一买一副四百八十日元的手套。

"不能用你的心情去束缚别人啊。"

珠代方才说的话，随着留在地面的脚印跟了上来。

便利商店空荡荡的停车场里停着一辆未熄火的车子，消音器喷出来的废气白得就像一团棉花。平常的话，光代应该很快就会注意到了，但可能是珠代的话打击到她，也有可能是车子融入周围的雪景，光代直到穿过马路之前，都没有发现那是一辆警车。当她发现的瞬间，脚软了下去，当场站住不能动了。

由于温度差异，便利商店的玻璃起雾，看不见店里。但是玻璃另一头隐约有个疑似警察的影子站在收银台前，目前正在移动。

出来了。警察要出来了。

光代拼命想要挪动双腿，但吓软的腿动弹不得。

自动门打开的瞬间，光代的脚总算动了。和警察之间还有一段距离。就在她想要回头的时候，有人拍了拍她的肩膀。

"小姐？"

男人的声音在耳边响起。

光代吓得回头，一名警察就站在那里。警帽上积了一层薄薄的雪。警察还很年轻，鼻头冻得通红，吐出来的气息白得几乎盖住了脸。

"你怎么了吗？"

年轻警察对光代笑道。他似乎从别处看到光代僵在路上不动。

"我没事……"

光代别过脸去，快步走了出去。就在那一刹那，警官冻僵的眉毛忽地一震。

"呃，不好意思，你是不是马迁小姐？"

光代几乎就要跑了起来，那句话从后面追了上来。一辆卡车穿了过去，在雪地上压出来的轮胎痕往祐一等待的林间小路笔直延伸而去。

"祐一……"

光代在内心呼唤他的名字。

◇

雪地上压出来的轮胎痕在狭窄的小路上延伸而去。阳光和阴影恰好把视野分成两半，只有照到太阳的部分雪白得刺眼。

房枝小心地不踩到轮胎痕中间，头垂得低低的，笔直地走着。走出小巷就是码头，穿过码头，就是巴士站。她已经查过巴士时刻表了。只要巴士到站……

"可以请你说句话吗？"

"你现在是什么心情？你有什么话要对被害者的家属说吗？"

"祐一真的没有联络吗？"

"你认识跟你孙子一起逃亡的女人吗？"

房枝看也不看包围自己的摄影机和记者，只盯着脚下行走。房枝就要踩上去的地方，已经被别人的鞋子踏过了，雪上残留着漆黑的脚印。

原本只是零星出现的媒体，今早突然暴增。昨晚宪夫打电话来，说祐一的照片终于被公布了。讲完电话后不久，电话很快又响了。房枝以为是宪夫，接起电话，没想到竟然是健康食品公司打来的恐吓电话，对方劈头就突然大骂："死老太婆，你钱还没汇啊！"

房枝立刻挂掉电话，但是接下来直到深夜十二点过后，每隔十五分钟电话就响一次。房枝躲进被窝里，捂住耳朵。比起恐怖，她更感到悔恨。害怕，让她流下不情愿的眼泪。

今早一打开电视，立刻看到八卦节目正在报道命案。祐一的照片虽然没有被播放出来，但画面上出现九州北部的地图，高速公路以佐贺与福冈交界处的三濑岭为中心延伸出去。上面标出被杀的女孩居住的博多宿舍，以及现在跟祐一一起逃亡的女孩居住的佐贺市郊外的公寓，长崎这里也标出了祐一的家。除此之外，还拍出了祐一的车子被发现的有田，还有两个人被目击的宾馆。

电视说，目前尚未证实是不是祐一强押走住在佐贺的女孩。但是目击到两个人的宾馆员工说"感觉是女方拉着男方的手"。一名刻薄的评论家受不了地说："如果是两个人一起逃亡，那么男的是笨蛋，女的也是笨蛋。说穿了，这种女人就是会被这种男人吸引，真是会给人惹麻烦。"

房枝在记者和摄影机的包围下走过雪地，好不容易来到了巴士站。那些伸出的麦克风有时候会打到她的下巴和耳朵。

抵达巴士站后,仍然不断有记者发问。房枝顽固地不肯开口,记者不耐烦,强硬地想要做出结论:"你不说话,表示你承认了是吗?"

幸好巴士站没有其他人,但是在走过来的途中,附近的一些太太半同情半嫌恶地远远看着房枝遭到记者围攻。

巴士总算来了,房枝小声地说"对不起"后,往前走去。记者虽然让了路,但咂嘴声此起彼落。房枝抓着扶手上车,几名记者想要一起挤上去。

巴士里有五六名乘客。港镇的巴士站平常总是冷冷清清,今天气氛却十分异常,每个人都睁圆了眼睛观望。

房枝蜷着背,坐在司机后面的座位上。记者争先恐后地抢上巴士,继续竞相采访。房枝默默地盯着自己的鞋子。鞋尖沾上了泥土和雪。

"喂,你们干吗?车内禁止采访。先去跟公司的公关部拿到许可再说!"

司机用车内广播叫道。原本还在争执的记者顿时停下了动作。

"很危险,快点下去!"

司机的口气不容分说,那模样仿佛随时都要从驾驶座站起来,把记者推下车似的。

"欺负老人家又能怎么样嘛。"

司机呢喃道,他的声音透过麦克风传遍车内。驾驶座的后视镜倒映出房枝面熟的脸。这名司机在负责这条路线的司机里,算是比较冷漠的一个,驾驶技术也相当粗暴,是房枝最不喜欢的一个司机。

"喏，要关门了！"

司机硬是关上车门，巴士慢慢地开了出去。

房枝又望向自己的鞋子。抵达下一个巴士站时，房枝才发现自己在摇摇晃晃的巴士里，对司机感激得流下泪来。

巴士从沿海道路开进市内。撇开房枝在哭这件事不说，巴士里一如往常。坐在最前面的房枝觉得每个人都在看她，连抬头都不敢，但是巴士每停一站，就有新的乘客上车，车子里的气氛也渐渐和缓。比起知道房枝上车时发生骚动的乘客，后来上车不知情的乘客变多了。

巴士来到胜治住院的医院前，房枝摁下窗边的下车钮。车内响起司机冷淡的声音："下一站停车。"

巴士驶近站牌，放慢速度。车子完全停下来后，房枝抓着扶手站起来。她想向司机道谢，却没有勇气，径自往后方车门走去。

一阵气门放气声响起，车门开了。没有其他人下车。房枝看了驾驶座一眼，走下一级阶梯。就在这个时候——

"……不是大婶的错，你要振作点啊。"

司机的声音突然从麦克风传来，车子里议论纷纷起来。司机意料之外的发言让房枝慌了手脚。乘客的视线集中在阶梯上的房枝身上。房枝逃也似的下了巴士。下车后她立刻回头，但车门一转眼就关上，巴士很快地开走了。

真的是转眼之间，房枝被孤零零地丢在巴士站，只能木然目送巴士离去。

"你要振作点啊。"

司机透过麦克风的鼓励在耳畔回响,房枝急忙对着离去的巴士低下头来。

"又不是大婶的错。"

房枝在心里重复司机的话。背后是胜治住院的医院。就算像平常一样到病房去,照顾不高兴的胜治再回家,也只能等待夜晚来临,害怕着外头的记者和恐吓电话。

"你要振作点啊。"

房枝小声对自己说。

只是逃避,也不会有所改变。就算等待,也不会有人来救你。再这样下去,跟人家扔出配给的芋头而自己默默捡拾的那个时候又有什么两样?要振作才行。怎么能让别人瞧不起?要振作。不许任何人再瞧不起我了。绝对不许、不许别人瞧不起我。

◇

佳男醒来的时候,人在医院的简易病床上。可能是昏倒了,但现在觉得神清气爽,只留下刚才被增尾踢倒、脑袋撞到护栏时的疼痛。

佳男在床上环顾周围。病床不在病房,似乎放在走廊上。他想要起身,一个男子从旁边的长椅伸出手来,按住他的胸口说:"啊,先不要动。"但是佳男依然硬是起身。长长的走廊前方,有个护士的背影快步走过。

"应该是轻微的脑震荡……呃,等一下很快就可以安排到病房……"

年轻男子站在一旁,轮流看着远去的护士和眼前的佳男,不安地说明状况。佳男想起是这个年轻人救了脑袋撞到护栏的自己,想要向他道谢,却忽地想起一件事,吞回了谢辞。

"你认识增尾圭吾?"

佳男一边爬下简易病床,一边问道。男子的表情霎时僵住,战战兢兢地反问道:"请问,你和增尾……是什么关系?"

佳男笔直凝视年轻男子的脸。男子身材瘦高,眼里感觉不到生气。男子像要逃避佳男默默无语的视线,低头鞠躬说:"呃,我是增尾的大学同学,我叫鹤田。"

"你是他同学的话,你知道他现在在哪里吗?"佳男问。不过他心想对方不可能告诉他,很快地往电梯走去。

"请问……"

鹤田朝他的背后喊了一声。

"请问,难道你是那个女孩子的……"

佳男停下脚步,回头望向鹤田。忽地,他发现外套变轻了。他把手伸进怀里,扳手不见了。

"你在找这个吗?"

鹤田走过来,从黄色背包里取出扳手。

"你也看到了吧?连我都被那家伙踢到昏倒,我不能就这样回久留米去。那样实在太窝囊了。不过你可能不会了解这种心情吧。"

佳男伸手去鹤田手中抢扳手。鹤田犹豫了一下,老实地把扳手交出去，说："如果只是想见增尾，我可以帮忙，可是请你不要打坏主意，拜托你。"

◇

那个时候，我带着石桥佳乃的父亲前往增尾总是流连忘返的那家咖啡厅，途中打电话到增尾的手机。增尾接起电话，感觉非常兴奋，说："噢，鹤田啊？你现在在哪里？你快点过来啦。"他大声地说，"发生了一件很好玩的事。你猜我刚才遇到谁了？那个死在三濑岭的女人的爸爸！说什么'都是你害死我女儿的'，突然扑向我，吼，真是笑死我了。我把他给一脚踢飞了。"平常的那群跟班应该就聚集在他身边，对着他的话起哄。

离开医院以后，佳乃的父亲垂着头走在我旁边。我挂断电话，告诉他："增尾果然在他平常去的店里。"佳乃的父亲只是点头，应了声："这样啊。"

那个时候，我为什么想带佳乃的父亲去见增尾？我也不太清楚。我没办法表达得很好，但是看到佳乃的父亲在雪中抱住增尾的腿，我似乎生平第一次嗅到了人的味道，或者说在这之前，我从来没有去注意过人的味道，而那个时候不知道为什么，我确实感觉到佳乃父亲的味道……佳乃的父亲和增尾相比，真的是娇小得叫人悲伤。

以往我总是关在房间里埋头看电影，我看过太多人哭泣、悲伤、愤怒、憎恨的模样了，可是那个时候，我头一次感觉到人的感情有味道。没办法表达得很好，我自己都觉得心急，可是看到佳乃的父亲拼命地抱住增尾的腿时，该怎么说呢，我深刻体会到这次的事件……

诸如增尾把佳乃踢出山路时的脚底触感、佳乃被踢出去时手掌按在地上感觉到的冰冷；再者，佳乃被凶手勒住脖子时看到的天空情景，或是凶手勒住佳乃脖子时的触感——这些我都清楚地感觉到了。

我忍不住心想：一个人从世上消失，并不是金字塔顶端的石头不见，而是底下的无数块石头少了一块哪。

老实说，我不觉得佳乃的父亲赢得了增尾。不管是他们对决的那个时候，还是两个人今后的人生，赢的都一定是增尾吧。可是，我想我还是希望佳乃的父亲对增尾反驳些什么。我不希望他就这样默默地输了。

◇

房枝走出医院前的巴士站，从挂在手腕上沉甸甸的提包里取出用旧了的钱包。里面装着超市等商店的收据，四张一千日元钞票，还有许多零钱，当中又以五日元硬币特别醒目。

沿海的路上只有行道树的根部残留一点积雪，车子激起雪融后的泥水呼啸而去。

房枝把钱包收进提包里。当然，巴士司机的话肯定拉了她一把，但她似乎看开了更多。这几个星期以来一直支配着她的恐惧，仿佛完全从身体溜走了似的。

房枝离开岸边的道路，走进石板地小巷。

那是什么时候的事了？胜治有一个住在冈山、叫做吾郎的远房堂兄带着全家人到长崎来旅行。虽然不是很亲，但胜治鼓足了劲带他们到市内观光，晚上再带他们去中华街吃饭。祐一那个时候才小学低年级，所以或许是二十年前的往事。

吾郎的妻子个性强悍，不重打扮，开口闭口就是抱怨"入场券太贵""咖啡太贵"。他们有个刚上中学的独生女叫京子，旅行的时候常常陪祐一一起玩。

那好像是带他们参观时的事，房枝受不了吾郎夫妇又在抱怨住宿的旅馆有多糟，于是赶上走在前面的祐一和京子，没想到听见京子对祐一说："祐一的外婆好漂亮，我好羡慕。"祐一好像没兴趣，继续踢他的石头，京子又说："我妈要是像祐一的外婆这样，至少旅行的时候围条漂亮的丝巾就好了。"

房枝觉得害羞，拉远了和两人之间的距离。她围在脖子上的丝巾是便宜货，而且称赞自己的也只是个才刚升中学的小女孩，但是她还是难掩自豪的心情。

或许是因为这样，后来只要去参加祐一学校的教学参观或家长面谈，房枝都一定会系条丝巾。虽然再也没有人称赞过她，但是房枝心想，如果没有丝巾，她一定没有勇气和那些年轻的母亲站在一起。

房枝从石板小巷走向闹区，心想已经好几年没有买过丝巾了。别说是丝巾，这几年她完全没有买过新衣。最后买的衣服是什么呢？好像是在大荣买的合成皮大衣吧，还是在附近的服饰店买的浅蓝色毛衣？

可能是因为满脑子想着衣服的事，房枝在已经走过很多次的路旁发现一家第一次注意到的服饰店。店面很小，门口摆了一个几乎要遮住入口的大花车，上面摆着一看就知道是给中年妇女穿的毛衣。

房枝停下脚步，望向店里。可能是因为外面天色还很亮，店里暗得就像没开灯，几个老旧的假人模特儿以迫不及待想要奔出外头的姿势站立着。

假人模特儿身上穿的衣服别上大大的标价，先是定价被画上红色的叉，上面用红字写着打折后的价钱，但是这上面也画了个叉，结果也没有写到底是多少钱。

房枝走近入口的花车，拿起放在最前面的紫色毛衣，摊开一看，就知道太小了。房枝看到坐在柜台后的女人从椅子上站起来，犹豫了一下，还是放回手里的毛衣，走进阴暗的店里。

富态的店员立刻招呼房枝，房枝只点了点头，抚摸假人模特儿身上穿的白色外套，于是店员走近过来说："那件外套穿起来很舒服哟，很轻。"

标价上的定价一万两千日元被画掉，折扣价格的九千日元也画掉了。往别处一看，收银台旁边挂着各式各样的丝巾。店员注意到房枝的视线，告诉她："丝巾也在特价卖哦。"

房枝走进里面，拿起亮橘色的丝巾。旁边有镜子，上面倒映出穿着深灰色大衣的自己。房枝慢慢地把手中的丝巾围上去看看。她觉得这颜色太花哨了，但是橘色的丝巾与灰色的大衣意外的相称。

"这条多少钱？"房枝问。

"这个颜色的话，可以成为衣服的好配件呢。"镜中的店员边说边为她整理丝巾，然后看标价说："我看看，这条是半价，三千八百日元。"

只靠着一条丝巾，自己连妆都没化的脸看起来变得容光焕发。钱包里的钱只有四千日元多一点，但房枝从脖子上取下丝巾，交给店员说："请给我这条。"

◇

"请用。"

驾驶座上的警员伸出手来，递来一条纯白的棉质手帕，与年轻警察粗犷的手指格格不入。他可能有家室吧，手帕熨得相当平整，还散发出一丝香味。

光代坐在警车后车座。旁边放着装满食物的便利商店塑胶袋，车窗因暖气而变得一片模糊，看不见外面。光代接过手帕，擦拭眼泪。

光代在便利商店前面突然被警察叫住，慌忙想要离开，却被认了出来："你是不是马迁小姐？"她的脚再也动不了。警察绕到前面，表情和刚才截然不同，紧张万分。

被带上警车后车座之后，光代突然流下泪来。年轻警察一下子担心光代的身体，一下子询问祐一在哪里，又用无线电联络，手足无措的，但光代心慌意乱，别说是他的声音了，连自己的哭声都听不见。

光代用警员递过来的手帕按着脸，警察挂断无线电说："马迁小姐，我先送你去派出所。女警很快就来了，详细情形到那里再说。"他发动引擎。

车子开出便利商店的停车场。从车窗依稀可见店员和客人站在店前望着这里。光代发现身体在发抖，她下意识地将放在旁边的便利商店袋子挪到膝上，紧紧抱住。

祐一发现了吗？他有没有注意到，选择马上逃走呢？

车子就要开到通往灯塔的林间小路的十字路口。从这里左转，应该就会看到祐一藏身的草丛。光代紧紧抱住塑胶袋，甚至不敢往那里看。她抱得太用力，一个面包被挤了出来，掉在湿掉的脚边。

"祐一……祐一……"

车子完全通过了十字路口前，光代不断地在心里呼唤祐一的名字。

她甚至想拉开车门逃出去，但是车子的速度越来越快。离别来得太匆促了。她想转向祐一所在的位置。可是要是转头，会被警察发现。无线通讯机传来声音。警察急忙放开方向盘，车子猛地往左边一晃。

抵达派出所前，光代一直用手帕按着脸。她让警察搀扶着下车，走进无人的派出所，里面充满汽油暖炉的味道，不知为何还掺杂着咖喱的香味。

"总……总之，你先坐这里。"

警察推着光代的背，想让她在窗边的长椅坐下。寒风从大开的门扉吹进来，办公桌上的文件散落一地。桌上的电话响个不停。

警官一瞬间犹豫该不该接电话，但他先去关门。门一关，电话就断了。

光代在冰冷坚硬的长椅坐下，又抱住装着食物的塑胶袋。握紧的手帕被手心的汗水和泪水给沾湿了。

警察想对光代说什么，但他好像很惊慌，欲言又止。他把警帽放到办公桌上，拿起刚停止作响的电话。

"……是。刚才回来了……不，好像没有受伤。但是好像情绪有点激动……不，那件事还没有……"

光代听着警方的回答，想着躲在草丛里的祐一。薄薄积雪的草丛里有多冷呢？冰冻的树叶和树枝一定正戳刺着祐一冻僵的手和脸颊。

光代坐着的长椅对面的墙上贴着这一带的地图。派出所的位置插着一个红色图钉，便利商店所在的村落，还有两人藏身的灯塔都在上面。

"不好意思，我想去厕所……"

光代说道，站了起来。警官捂着话筒，犹豫了一下，不过还是帮她打开通往后面房间的门。光代默默地向他行了个礼，用眼神问他是不是可以关门，警官把话筒放回耳边，点点头。光代关上了门。

那里是约十平方米大的空间，折叠摆放着休息用的棉被。

"……男方应该也还在这一带……不，这附近应该没有可以长期潜伏的地方……"

门的另一头传来警官的说话声。写着"WC"的门旁有一扇窗户。光代近乎冲动地打开那扇窗户。她拿铁椅子垫脚,翻过了窗户。

光代一次也没有回头。派出所后面的矮墙她也翻过去了。她穿过民家的庭院,来到小路。小路尽头是山。灯塔就在这座山上。她觉得祐一在呼唤自己。光代心想就算必须爬过陡急的山坡,也要回那座灯塔去。

◇

佳男走在这个自称鹤田的年轻人旁边,犹豫着该不该相信他。这个年轻人偶然出现在佳男与增尾起争执的现场,还亲切万分地护送他到医院,然后自称他其实是增尾的朋友。

佳男忽地感到在意,问道:"难道你也认识佳乃?"

鹤田那张仿佛几乎没晒过太阳的白皙脸颊冻得发红,支吾其词地说:"啊,不,我跟佳乃小姐并不直接认识……"

鹤田什么也没说,往闹区走去。看他不招呼计程车,也不进入地铁站,增尾一定是在这附近的店里。

"你跟那个男的读同一所大学?"

佳男问道,鹤田简短地答道:"对。"

"你跟那个男的有仇吗?"

"不,我们是好朋友。"

听到鹤田的回话,佳男短促地一笑。如果他们真的是好朋友,怎么可能会带着一个身藏扳手的陌生中年男子去见他呢?

"我是抱定杀掉那家伙的决心离开家的。你了解我的心情吗？"

真不可思议。这个人是把女儿遗弃在山上的男人的好朋友，佳男竟然想把自己的心情告诉了他。

"你父母还在吗？"佳男问道。

"在。"鹤田又简短地回答。

"处得好吗？"

"不太好。"

回答得斩钉截铁。

"你有珍惜的人吗？"

听到佳男的问题，鹤田忽地停下脚步，纳闷地偏着头。

"只要想到他幸福的模样，自己也会跟着高兴。"

听到佳男的说明，鹤田默默摇头，呢喃道："……我想那家伙也没有。"

"没有的人太多了。"

忽地，这句话脱口而出。

"现在这个社会上，连珍惜的对象都没有的人太多了。没有珍惜对象的人，自以为什么都办得到。因为没有可以失去的事物，自以为这样就变强了。既没有可以失去的事物，也没有想要的事物。可能是因为如此，才会自以为是个逍遥自在的人，用瞧不起的眼神去看那些患得患失、忽喜忽忧的人。但不是这样的。这样是不行的。"

鹤田只是呆立在原地。佳男推着他的背前进："喏，哪边？快走吧。"

来到一家面对大马路,整片墙壁都是玻璃的餐厅前,鹤田停下脚步。擦拭得光可鉴人的玻璃上,白色油漆写的各种字母跃然其上,但不知道是哪一国的语言。店里有许多年轻女孩正用叉子戳着大钵里的生菜沙拉。

鹤田在店前停下脚步,佳男留下他,一个人走进店里。他一走进去,店里的音乐、厨房的碗盘敲击声及客人的笑声一齐涌入耳里。

前方桌位没看见增尾,也不在围绕厨房的吧台座位。佳男无视于过来带位的女服务生,往里面走去。沙发座有两个年轻男子,脸朝着这里。他们仰望前方背对这里说话的增尾,正笑得连喉咙都仰了起来。

佳男直走了进去。增尾没有发现,对着他前面的两个人比手画脚地说着什么。

"……然后啊,那个叔叔突然扑了上来,说:'都是你害死我女儿的!'表情够严肃,够拼命的。哈哈哈,看到那个叔叔的表情,我都快笑死了。喏,阿松有时候不是会模仿老头子吗?"

眼前,两个人正对增尾的话开怀大笑。但是佳男不懂哪里好笑。他不懂,为了被杀的女儿拼命的父亲的表情,为什么会那么好笑?

两人注意到佳男,瞥了他一眼,增尾跟着回过头来,瞬间倒抽了一口气。

佳男不懂。他不懂嘲笑他人悲伤的增尾。他不懂对增尾的话发笑的两个年轻人。他不懂送信来诽谤中伤佳乃的人。他不懂八卦节目上认定佳乃是个放荡女的评论家。

"佳乃。"佳男在心中呼唤女儿的名字。

爸真的不懂。

增尾就杵在前面。他连吭都不敢吭一声,脸上血色全无。佳男在怀里紧紧握住扳手,不知为何感觉轻极了。

"很好笑吗?"佳男问。

他是真心想问。增尾退了一步。

"你要就这样活下去吗?"

忽地,这句话脱口而出。

"……你就像这样一辈子嘲笑别人活下去吧。"

佳男悲伤得无以复加。他悲伤得甚至忘掉了憎恨。

增尾等人愣住了。佳男从怀里抽出扳手,扔在增尾脚边。然后他没有再说什么,离开了现场。

这天,佳男在下午四点刚过的时候回到久留米市内的自宅。两天离家不在,他一想到原本就整日以泪洗面的妻子里子会有多么担心,就内疚得心痛。

把车子开进稍远处的停车场后,他拖着沉重的步伐回家。佳乃走了以后,他没有力气做任何事。他不知道面对嘲笑自己的增尾,最后却什么也没做就回来,究竟是做错还是做对了?

走出停车场前的小巷,他远远看见"石桥理发"的招牌。突然间佳男以为自己眼花了。佳乃过世后一次也没有打开过的店门旋转招牌,正兀自转个不停。

佳男半信半疑地加快脚步。他越是走近,就越确定旋转招牌确实是在旋转。

佳男跑了过去。他在门口喘了一口气,打开店门。店里没有客人,但是里子穿着白衣站在那里,正在折叠刚洗好的毛巾。

"你……是你开店的吗?"佳男问。

里子被突然冲进店里的佳男吓了一跳,睁圆了眼睛说:"……啊,吓死我了。"然后她微笑说,"不是我开的,是谁开的?啊,对了,刚才园部先生来剃头了。"

"是你剃的吗?"

妻子这几年因为不愿意触摸客人的头发,完全不进店里来。然而那个妻子现在却穿着白衣,站在眼前。

"你很担心吧?"佳男问。

里子折着毛巾,默默摇头。

"……我回来了。"佳男说。

夕阳照射下,门上"石桥理发"四个字在两人脚边投下了影子。

◇

房枝谢绝包装,在店里系上丝巾。房枝本来想随便系一系,但店员教了她"方巾结"的系法。房枝付钱以后,离开店里。只是多了一条丝巾,她却觉得意气风发起来了。

房枝从服饰店穿过公园,来到巴士总站后面。入夜后,这里会出现许多小摊贩,但现在时间还早,路旁只有几个用白铁皮和锁严密关上的小摊子。

马路前方有一座大型计时收费停车场,再过去就是热闹的中华街。

房枝受到男人要挟的时候,从那个房间的窗户看到这座停车场。当时房枝怕得连头都不敢抬,但是一个口气偶尔会变得温和、貌似头头的男子拿了一杯热茶给她的时候,她瞬间偷瞄到窗外。

房枝顺着马路走去,来到停车场的栅栏处,吞了口口水,慢慢地回头仰望背后的大楼。

那是一栋随处可见的老旧住商混合大楼,有一道狭窄的楼梯通往二楼夹层,只看得见蓝色电梯门的下半部分而已。

不知道是不是去中华街吃饭,一个年轻的父亲肩上坐着年幼的女孩路过。女孩头上戴着一顶像圣诞帽的帽子,似乎觉得很不舒服,想要把它拿下来,但被走在一旁的母亲戴好了。

房枝抓紧挂在手腕上的皮包,再一次深呼吸,走了进去。她自以为脚步非常坚定,双腿却犹如踏在水面上的木板似的,晃颤不已。

房枝走进阴暗的住商混合大楼。她踏上瓷砖剥落的第一段阶梯,忍不住想要拔腿就逃,但赶忙握住黑得发亮的扶手。

祐一,你现在在哪里?

房枝踏上一级。

不管发生什么事,外婆都站在你这边。

再踏上一级。

你也要做对的事。你一定也很怕吧？可是不可以逃避，要好好地做对的事，外婆也不会认输。

房枝触摸电梯的按钮。手腕被皮包的重量压得发颤。门很快就开了。电梯非常狭小，进去三个人就满了。房枝走进里面，摁下三楼的按钮。门关上之前，她一连摁了好几次。

电梯门打开以后，房枝走出阴暗的走廊。走廊尽头处有一道门。

祐一，不可以逃避。你一定很怕，但是不可以逃避。就算逃跑，也不会有所改变。就算逃跑，也不会有人来救你。

不知不觉，房枝正一边如此呢喃，一边走过狭窄的走廊。她来到门前，室内传来男人的笑声。来到这里以后，身体僵硬了。室内除了男人的笑声，还有电视声。可能是在坐云霄飞车，女孩子的尖叫声伴随着隆隆声传来。女孩子越是尖叫，看电视的男人们活生生的笑声就显得越近。

房枝咬紧牙关，转动冰冷的门把。门没有上锁，无声无息地打开，门缝间飘来香烟的味道。

门完全打开之后，她看见三个男人大摇大摆地坐在电视机旁的沙发上，背对着这里。一个看起来最年轻的男人立刻发现房枝站在门口，不耐烦地问道："什么事？"房枝踏出一步。她不知道在发抖的是自己还是地板。出声的男人站了起来，其他两人也盯着房枝看。

"大婶，干吗？"

站起来的年轻男子走了过来。剩下的两个男人视线已经转回电视上了。

"我没有要签一年的契约……"

房枝拼了命地说。男子好像没听见,走近过来,大声问道:"啥?你说什么?"

"我没有要签一年的契约!请你们取消!"

房枝大叫。她的眼前事物剧烈摇晃,感觉随时都会昏倒。听到房枝的叫声,沙发上的两个人又回过头来。

"请你们取消!我家没那种钱!请你们取消!"

房枝口沫横飞地叫道。

她手里挥舞的皮包打到柜子。三个男人看到房枝拼命的模样,笑了出来。但是房枝浑然不觉。

"……我是拼了老命才活到这把岁数的。才不许你们……才不许你们瞧不起我!"

房枝大叫,气喘如牛地离开房间。她在走廊上跌跌撞撞地前进,心想要追就来啊,想笑就笑吧。但是关上的门扉另一头既没有追上来的脚步声,也听不见笑声。阴暗的走廊寂静得令人瑟缩。

◇

就在刚才,夕阳触碰到水平线了。祐一站在断崖前端,目光追寻着飞进夕阳的两只海鸟。

祐一不等夕阳西下,便回到灯塔的管理小屋。这个小屋绝不温暖，但还是让他感觉到一直站在断崖上的身体变得有多冰冷。

铺作地板的三合板上放着光代折好的睡袋、光代喝过的橘子汁利乐包、光代吃过的巧克力包装盒，此外还有光代排列的小石头。

祐一在折好的睡袋上坐下。臀部陷了下去，水泥地的冰冷透过三合板传了上来。

躲在树丛的时候，树叶上的积雪落在脖子上。祐一冷得缩起肩膀，于是融化的雪水滑过背后。只是去便利商店买个东西，光代也未免太晚了。祐一担心起来，走出树丛。就在他要走出马路的当下，一名警察突然从巴士站牌走过来。祐一情急之下躲到电线杆后面。警察在马路另一头的布告栏上贴了什么，又走回巴士站。

祐一观望了一阵子，又想走出马路的时候，这次一辆警车鸣着警笛开了过来。祐一急忙又躲到电线杆后面。

五分钟过去，十分钟过去，光代还是没有回来。祐一心想，或许光代也注意到警车，改从神社那头回灯塔了。祐一拨开杂草，走上山去，但是不管再怎么等，光代都没有回来。

祐一以手指弹开光代排在三合板上的小石头。不知道有什么意义，大小、颜色不一的小石头呈一直线排列。祐一把所有的小石头捞进手心，握在一起，手中传来小石头碎裂的声音。

光代……

祐一捏碎小石头，呼唤光代的名字。除此之外，他想不出任何话语。

这个时候，山脚下吵闹起来。平常山脚下的动静在山顶的灯塔是不易察觉的。一股不祥的骚动沿着山壁传了上来。

祐一握紧小石子，跑到外面。太阳已经西下，黑暗遮蔽了海与山的界线。山脚下小镇灯火依稀可见，警车的红色车灯穿梭其中。不止一辆，红色车灯从四面八方聚集到山脚下的小镇里。警笛如浪涛般在山底下不断回响。

可能是由于山脚下的骚动吧，山上更显得寂静。祐一把视线从吵闹的山脚移开，仰望耸立在背后的灯塔，废弃的灯塔支撑夜空似的耸立着。

祐一忽地想起小时候，被母亲抛下时一直盯着看的对岸灯塔。

那个时候母亲说"很快就回来"，之后就失去踪影了。祐一相信母亲的话。但是不管再怎么等，母亲都没有回来。祐一心想一定是自己做错了什么事。他拼命地思考究竟做错了什么，但是不管怎么想，他都想不到惹母亲生气的理由。

最后一班渡轮眼看就要开走，祐一等累了，在码头边一个人走着，此时一个小女孩突然从停车场跑了过来。小女孩可能刚学会走路，似乎不晓得该怎么控制跑得飞快的双脚。祐一抱住跑过来的小女孩。小女孩松了一口气，祐一到现在都还记得她的表情。小女孩的父亲跟着赶来，想要抱起女儿，于是女孩把手中握住的烤鱼卷伸向祐一。祐一拒绝了，但女孩的父亲说"这是刚买的，吃吧"，递给了祐一。祐一道谢，收了下来。

仔细想想，母亲消失之后，一直到隔天早上被渡轮码头的工作人员发现，祐一唯一吃到的东西就只有那条烤鱼卷。

祐一仰望灯塔，把手里握住的小石头扔过去。"光代……"他再次呼唤。大大小小的石子四散飞去，只有最大的一颗打中了灯塔底部。

或许光代坐在那辆警车上。或许光代被抓了。如果她被抓了，我得立刻去救她才行。我要赶快过去，对警察说："光代是被我强行带走的。她是被我威胁，才不得不跟我走的。"……不，不对。光代会回来。光代不可能被警察抓住。她在便利商店买了许多食物，会笑着回来说："不好意思，我回来晚了。"因为她说"我很快就会回来了"。她这么说，笑着和我道别的。

祐一捡起脚边的石头，扔向灯塔。

光代不在，这让祐一难过得胸口仿佛被挖了一个大洞。光代现在也在某处是孤零零的一个人。祐一绝对不想让光代尝到这种心酸。这种痛，只要自己一个人尝就够了。

◇

树皮剥裂，刺进指甲里。光代忍耐着痛楚，重新握住细枝，踩上岩石。

森林里一片漆黑，不管脚踩哪里，都会踏到枯木。只是枯木还好，生苔的岩石让她脚下打滑，她已经在泥泞的地上摔倒好几次了。

光代跳出派出所的窗户逃跑后，一心朝着灯塔所在的山顶走去。途中她穿过民家的庭院，一个老婆婆站在檐廊上叫住她，但她头也不回，翻过围墙，踏进伸手不见五指的山里。

树木枝叶上的积雪使得视野所见一片微亮，但是雪的冰冷也让她的指尖失去了触觉。

抬头一看，树木的上方是天空。只要去到那里，就是祐一等待的灯塔。抓住的草上有刺。细枝一次又一次挠弯，打上脸颊。

即使如此，光代还是攀住岩石，爬上山崖。只要稍一停步，被带上警车时的悲伤就仿佛从底下追赶上来。光代已经没有力气思考此时正在做什么，或做了什么。她只想再见到祐一一面。祐一不在身边，让她难过极了。她不想让在灯塔等待自己的祐一继续尝到寂寞的滋味。

她不晓得哪来的这股力量。她不知道自己竟有如此大的力量去爱一个人。

"祐一！"

每当被冰冷的树枝和叶子打到脸颊，光代就紧咬嘴唇，呼唤祐一的名字。

祐一在灯塔等我。他绝对在那里等我。我以往的人生，有过那样一个地方吗？那里有等我的人。只要到那里……只要能够到那里，就有爱我的人。过去曾有那样一个地方吗？我活了三十年，曾经有过那样的地方吗？我找到它了。我正在朝那里迈进。

光代失去感觉的手抓住冰冷的树枝，爬上湿滑的山崖。

◇

这天，九州北部的气温降到摄氏零度以下。九州自动车道在下午五点决定全面重新设定限制车速。山区实施车轮上雪链规定，市区有些地方也降了霜。黄昏的新闻播出晚间大雪预报，市区面临交通瘫痪的危机。位于福冈与佐贺交界处的三濑岭在下午五点半过后禁止通行。这段资讯以字幕方式突然出现在报道影艺新闻的电视画面，很快又消失了。

此时，一名老妇人来到位于港镇的派出所。她说在约二十分钟前，有个年轻女子穿过自家庭院，跑进后山。听到老妇人的话，面无血色的警察急忙摊开地图。港镇的派出所平常总是静悄悄的，今天却异于平常，聚集了许多警察。

老妇人自家庭院后面的山上有座现在已经废弃不用的灯塔。聚集在派出所的警员纷纷指着地图讨论。

"我叫住那个年轻小姐，问她要去哪里，结果她头也不回就跑进山里了。"

老妇人悠哉的说明已然传不进奔出派出所的警官耳里。

同一时刻，祐一决定下山，在灯塔的管理小屋收拾睡袋。只要下了山，就会被逮捕，也没有机会再用到睡袋了，即使如此，他还是下意识地背起睡袋。蜡烛已经熄灭，小屋里一片漆黑，却仍看得见吐出来的白色气息。

离开管理小屋一看，山脚下的小镇吵嚷得更厉害了。刚才还在镇里四散巡回的警车红色车灯，现在已经排成一列，从山脚直往灯塔过来。

祐一浑身虚脱无力，只能勉强站着。

就在这个时候，漆黑的树丛里枝叶晃动，传来光代微弱的呼声。"光代！"祐一大声叫道，于是光代的声音响了起来："祐一！"

树枝摇晃，叶子上的积雪掉了下来。祐一翻过栅栏，冲进漆黑的树林里。

光代的头发粘满枯叶，插着断掉的树枝，指尖满是鲜血，眼角被泪水和雪沾湿了。

"我回来了……"光代虚弱地微笑，祐一扶着她，让她爬过栅栏。

"……我还是不想离开你。"

光代呢喃道，祐一急忙朝她冻僵的手指呵气。

"我逃出来了……我不想就那样和你分开……"

祐一用力摩擦光代冻僵的身体。光代的脸颊冷得让祐一甚至觉得自己冰凉的手是温的。

祐一搂住光代的肩膀，想要进管理小屋，但是光代忽地停下脚步，发现警车的红色车灯排成一列，正从山脚沿着林间小路上来。红色车灯的行列正步步逼近灯塔。好几道警笛在山中回响。祐一推推光代的背。

两人进入小屋，祐一摊开背上的睡袋。他让疲倦的光代坐下之后，光代抱住了祐一的脖子。警笛声又逼近了。

"……对不起，我什么都不能帮你，对不起……"

光代抱着祐一的脖子，放声哭泣。

"早知结果一定会被抓，都是我的任性，叫你跟我一起逃走……要是我不说这种任性的话……"

光代啜泣个不停，祐一紧紧抱住她。

"明明什么都帮不了你，我还叫你跟我在一起……我是个笨女人,你却这么温柔地抱住我……什么都不怪我地抱住我……我好难过。你对我越好,我越难过。我好恨什么都没办法帮你。都是我不好……是我不好。那时候你明明说要去自首的,都是我……都是我的错,都是我不好,我不该阻止你的……"

祐一只是默默地聆听光代边啜泣边说。光代哭得越大声,警笛声也跟着越响。警车排成一列,逼近两人所在的灯塔。

祐一硬是扯下光代搂住脖子的手。光代怔了一下,想要把脸埋进祐一的胸膛。但是祐一拒绝了她。祐一拒绝光代,目不转睛地凝视她泪湿的瞳眸。

红色灯光从管理小屋的玻璃窗照了进来。照进来的红色灯光染红了光代泪湿的脸颊。光代察觉到红色的灯光,想要抱住祐一。警察的脚步声逼近了。

"我……不是你所想象的那种人。"

祐一把想要扑上来的光代粗鲁地按倒在三合板上。

光代短促地尖叫一声。警察的手电筒在玻璃窗另一头交叉闪现。此时祐一骑坐到光代身上,双手勒住她冰冷的脖子。

光代瞪大了眼睛,想要尖叫。祐一闭上眼睛,双手用力勒住光代的脖子。门在背后打开。无数的手电筒灯光捕捉到了两人的身影。

◇

不知是多久以前的事了?那个时候我还期待他做的便当,所以应该是认识之后没多久的事吧……我们就像平常一样，在店里的包厢床上吃着他做的便当，聊了些什么呢？我们聊到彼此的母亲。

我已经完全忘掉我们曾经聊过这种事了，不过，喏，他被捕以后，八卦节目什么的不是大肆报道过吗？那个时候他母亲也上了电视，凶巴巴地对着记者大叫："我已经被惩罚得够多了！"看到这一幕，我突然想起那个时候的事来。

我从小就和母亲相依为命。我做的是那种工作，说这种话或许很怪，不过全世界里，我唯一不想让我的母亲牵挂。我把我的想法告诉他，他突然变得一本正经，说："这件事我只告诉你，每次我去见我妈，都会跟她要钱。"

这不是什么稀奇事，所以我漫不经心地应声，不过我想既然他说得这么严肃，应该是心里头觉得过意不去，所以或许会接着说几句反省的辩解吧。老实说，当时我觉得有点厌恶，心想话题可能会变得很无聊。

可是他却出乎意料地说："其实我根本不想要钱，却还是向我妈讨钱，真的很难过。"所以我笑说："那你不要跟她要钱就好啦。"结果他想了一下说："……可是那样的话，两边都不能变成被害人了。"

一瞬间我不懂他在说什么，想要追问，不过那个时候正好时间到了，电话打来催人了。

这个话题就到此打住。后来，他好几次都带便当来，但是再也没有提到母亲的事。

最近，电视跟杂志不是大幅报道他，还有最后跟他在一起那个差点被他杀掉的女子的供词吗？每次看到那些报道，我都觉得哪里怪怪的。"……可是那样的话，两边都不能变成被害人了"，我就是一直想起他说那句话时的表情。

可能是因为这样吧，最近我有点想见见跟他亡命到最后、住在佐贺的女子。我就是很在意他说那句话时的表情……

当然，我知道就算我去见那个女子，和她谈了什么，事情也不会有所改变。要是写邮件给他……不，我不该多管闲事哪……

当然，或许就像他供称的，不管是在岭上还是在灯塔，都是他一时冲动，萌生了杀意吧。或许他实际上就是这样一个人……

结果，好不容易才开张的店，上个月关掉了。才开张就生病，我想我是没那个运气吧……我现在又在做以前的工作了。开店的时候，我把存款都用光了，可是店一关掉，马上就需要生活费哪……一想到自己的年纪，我就感到心慌意乱，可是现在我也只剩下这条路可以走了……

◇

事情就像我之前说的那样。我没有要补充的地方，也没有要更正的地方。

逼迫女性，让我获得快感。看到女性被逼入绝境、痛苦万分的模样，我就感觉到亢奋。

只是我一直没有发现而已，但其实内心是有这样感觉的。我想我第一次做的口供应该已经被报纸杂志大肆报道了吧。那千真万确是出自我的口中。我就是这样一个人。

我并不是最初就想杀掉石桥佳乃小姐才跟踪她的。她跟我约好了，却突然说"今天我没空"，而且还在我面前搭上别的男人的车，我只是希望她向我道个歉，所以我才追上她……可是佳乃小姐在山上被踢出车子……我想要帮她，她却拒绝了我，说要报警，我回过神的时候，已经掐住她的脖子了。

或许就像刑警先生说的，那个时候，我第一次发现对痛苦的女人感觉到亢奋。所以，我也没有自首，又寻找起其他女人，跟恰好联络我的马迁小姐约好见面。

刚被抓到的时候，马迁小姐好像作证说她是出于她的意志跟着我四处逃亡的。不过我想那也是因为我逼迫马迁小姐，把她的精神逼迫到走投无路的地步，她才会这样想。我向马迁小姐坦白我杀了佳乃小姐，让她知道我是个心狠手辣的男人，她绝对没办法轻易逃离我身边，好让她服从我。

事实上，马迁小姐对我唯命是从，而且我身上也没钱，跟马迁小姐一起逃亡，对我来说反倒方便。

马迁小姐好像为我辩护说我没有威胁她，也没有对她动粗，不过这也就像刑警先生说的，是因为她从我身边被解放以后，仍然无法立即摆脱那种恐惧，所以才会这么说。反过来说，这证明了我就是以如此莫大的恐惧在支配着马迁小姐。

马迁小姐跟我在一起的时候，总是惊恐万状。我告诉她我杀掉佳乃小姐的状况时，硬是把她带进宾馆时，坐在车子的副驾驶座时，还有抵达灯塔后，她都一直战战兢兢的，而我看到马迁小姐那走投无路的样子，却感到兴奋无比。

听刑警先生说，我被逮捕的隔天早上，外公去世了。外公把我养到这么大，我却在最终的时候这样伤了他的心，我真的觉得很过意不去。

当然，我对外婆也是同样的心情。我知道外婆去了石桥小姐家和马迁小姐家道歉，也知道两家人都不肯见外婆……

外婆很内向，一个人什么都做不到，一想到这里，我就……

外公跟外婆一点错都没有。他们一点错都没有，我却……

我也写了信给佳乃小姐的父母。我没有收到回信。可是他们本来就不可能回信，再说，我根本没有写信的资格。就算道歉，也一辈子道歉不完。不管有什么理由，我都做了不可挽回的事。我应该以死谢罪才对。我知道除此以外，我这种人无法做出任何弥补。可是在我以死谢罪以前，也只能够不断地祈求道歉。

对于马迁小姐，我当然也觉得很过意不去，如果警察来得再晚一点，她应该也落得跟佳乃小姐相同的下场了。肯定是的。不，或许我从第一次见到她起，就一直在想象着那个画面和触感。

我说过很多次了，我打从一开始就根本不喜欢马迁小姐。我只是把她当成逃亡时的财源，才偶尔装出喜欢她的样子来讨好她。就在假装喜欢她的时候，连我都被自己骗了，以为自己是真心喜欢她的。

可是现在重新回想，其实就算不是马迁小姐也无所谓。就算不是马迁小姐……

只是，如果我没有遇到马迁小姐……

如果我没有遇到她……

那天晚上，石桥佳乃小姐对我大叫"我要去报警！"那个时候，我觉得不管我再怎么主张她是骗人的，也不会有人相信我。我觉得全世界没有一个人会相信我的话。我怕得要命，忍不住掐了她的脖子。所以我的内心才一直没办法坦承自己做出来的事……所以我才会做出逃亡如此卑劣的举动……

可是现在不一样了！有人相信我说的话。我已经明白了。所以我现在敢承认了，我是个杀人犯。我是个杀人犯，我杀了佳乃小姐，还掳走马迁小姐……我敢堂堂正正地这么说。

呃，最后我可以问你一件事吗？

听说马迁小姐回去上班了，这是真的吗？

等一下你要去见马迁小姐吧？

或许我没资格说这种话，不过可以请你转告马迁小姐吗？请她早点忘了这件事……请她一定要幸福……我们可能再也不会见面了，请你这么帮我转告就行了。

我想她一定很恨我，可能也不想听到我说的话，可是请帮我转告，只要帮我转告这些话就好了……

◇

最近，我又和妹妹一起同住在公寓了。由于公司的同事帮忙，这个月起，我又可以回归职场了。

一切都和以前一样。就和遇到他之前的生活一样，毫无改变。

事件刚结束的时候，电视和杂志记者大举来到老家，自己也还很混乱，不过现在已经恢复正常，照样每天早上八点起床，骑脚踏车去上班，黄昏回到公寓，做自己和妹妹两人份的晚餐……

上个假日，我在附近的购物中心睽违已久地买了一张喜欢的歌手的CD。我也觉得最近心情稍微平静些了。

自从他被捕以后，我就从刑警那里听到许多他对于事件的供述。当然，起初我还是很难相信，什么"我想逼迫女人，看女人痛苦的样子""我会带她一起逃，是为了要她出钱"之类的话……

不管再怎么听，我都无法相信。可是后来我渐渐觉得，其实可能只有我一个人在一头热吧。或许他真的只是利用了傻傻一头热的我。

但是，因为电视和杂志大肆报道他的说法，我的老家不再被人扔石头了。现在公司里虽然还是有人用好奇的眼光看我，但也不像之前那样，只是在路上擦身而过时露出厌恶的表情。

因为我不是跟杀人犯一起亡命的女人，而是被他强迫掳走的被害人……

家人提议我搬到别的城镇生活，但是我连和他逃亡的时候，都离不开这块土地呢。我没有其他地方可去。

最近，我有时候也会读杂志上的事件报道，但是不管怎么看，我都觉得上面写的女人不是我自己……

我不是在逃避现实。但是不管我如何努力回想，都依然觉得记忆中的女人不是我自己。

在那场事件当中，我一直忘了自己是个什么样的女人。我明明是个什么都不会的女人，当时却自以为什么都办得到……我明明从以前就是个什么都做不好的女人……

前几天，我第一次到三濑岭，去石桥佳乃小姐过世的地方献花。我一直没有勇气过去，但是我觉得我有去的义务……

妹妹说"你也一样是被害人，没必要勉强去"，但是那时候，他在呼子的墨鱼料理店告诉我那件事的时候，我原谅他了。当时我满脑子只想着自己的事，但是不管是什么样的理由，他都以暴力结束了佳乃小姐的人生，而我却原谅他了。

我想我有义务花上一生，向佳乃小姐道歉。

佳乃小姐过世的地点，即使在白天也很昏暗，是一条很冷清的弯道。地上的献花已经枯掉了，不晓得是谁放的，有一条橘色丝巾就像记号一样绑在护栏上面。我打算今后每个月的祭日都要去向佳乃小姐道歉。当然，就算这么做，我也不可能获得原谅……

我还没有见过他的外婆。他的外婆好像已经拜访过我老家好几次了，但是老实说，我不晓得该用什么样的表情去见她才好。他的外婆没有任何责任，我只想告诉她这句话……

我尽可能不去听闻他的审判经过。当然，起初我反驳说他是在说谎……我没有被他威胁，也没有被他洗脑……我们是真心相爱的。可是就像社会大众说的，有哪个男人会真心爱上在交友网站上邂逅的女人呢？如果他真心爱我，怎么可能会掐我的脖子呢？

但是，只顾着逃亡的每一天……只能缩在灯塔的小屋里害怕的每一天……下了雪，两个人冻得发僵的每一天，我到现在都还觉得怀念。我真的很傻，现在光是想起那些日子，还是心痛不已。

一定是只有我在一头热。

因为他杀了佳乃小姐,他还想杀了我呢。

就像社会大众说的对吧?他是个恶人,对吧?只是我自己要喜欢上那个坏蛋罢了。喏,你说对吗?